THEIL

Katarina Podehl

This is all we got

Young Adult Roman

MIX
Aus verantwortungsvollen Quellen
FSC® C115691

Klimaneutral
Druckprodukt
ClimatePartner.com/14701-2102-1002

ISBN 978-3-96857-006-8

Virginia Theil, Noltenburg 3a, 30890 Barsinghausen

Text: Katarina Podehl
Einband und Illustrationen: Virginia Theil (www.vie-vantastisch.de)
Lektorat: Carina Hippke
Druck- und Bindearbeiten: Druckerei TOTEM.com.pl

Dieses und weitere wundervolle Bücher unter:
www.theil-kbv.de

Für Charlotte

Es ist die Sonne, die uns Wärme schenkt.
Es ist der Mond, der die Dunkelheit erhellt.
Und es sind die Sterne, die uns den Weg zeigen.

Prolog

„Charly, du musst dein letztes Jahr an der Westmount High absolvieren“, sagt Dad mit fester Stimme.

Mir war klar, dass wir uns die Privatschule nicht mehr leisten können und doch hatte ich eine letzte Hoffnung gehabt, dass Dad durch die vielen Kontakte, die er hat, etwas regeln könnte. Ich schaue in seine rehbraunen Augen, der Blick ruht sanft auf mir. Ich ertrage diesen Blick kaum. Wenn er könnte, würde er mir das alles ersparen, das weiß ich, aber es gibt keine Möglichkeit. Keine Rettung.

Sein Mund verzieht sich zu einer schmalen Linie. Anstatt zu antworten, schließe ich die Augen, atme tief ein und nicke ihm bestätigend zu.

Mom schenkt mir ein aufmunterndes Lächeln und doch erkenne ich den Schmerz in ihren Augen. Ich mache ihnen keinen Vorwurf, aber es tut ihnen leid, was passiert ist.

Um was sich meine Eltern jetzt kümmern müssen, ist nichts im Vergleich zu der Tatsache, dass ich das letzte Jahr eine staatliche Schule besuchen muss.

Das Handy von Dad klingelt erneut, so wie schon so oft an diesem Tag. Die Sanftheit verschwindet, der Blick wird klar und seine Miene wird kalt, als er das Gespräch annimmt. Emotionen haben in der Geschäftswelt nichts zu suchen, sie machen dich schwach und angreifbar. Das haben wir alle auf die harte Tour lernen müssen.

Was Dad angreifbar gemacht hat, weiß ich nicht, aber was ich weiß, ist, dass wir unser gesamtes Vermögen der Bank überlassen mussten, bis seine Unschuld nachgewiesen ist.

„Falls das nicht passiert ...“, mir wird schlecht bei dem Gedanken, meinen Dad im Gefängnis besuchen zu müssen, und ich schiebe ihn schnell beiseite.

Ich verlasse unsere jetzt winzige Küche. Kann man das überhaupt Küche nennen? Ein in der Mitte gebrochener Holztisch – Mom hat versucht, die Stelle mit einer überdimensionalen Vase zu überdecken, und es wundert mich wirklich, dass der Tisch darunter nicht zusammenbricht - dazu gibt es zwei weiße Klappstühle, die ganz harmonisch zu dem uralten Herd passen, der ausschaut als hätte hier schon mal ein Feuer gewütet. Das einzig Neue in dieser Küche ist der Kühlschrank, immerhin etwas. Diese gesamte Wohnung ist so groß wie unser ehemaliger Eingangsbereich. Es gibt bloß noch zwei weitere Zimmer: Eines, in dem meine Eltern schlafen und eines für mich. Ein Wohnzimmer können wir uns nicht leisten.

Ich schließe die Tür hinter mir, beachte den Koffer auf dem Boden, in dem ein winziger Teil meines alten Leben verstaut ist, nicht weiter und werfe mich auf das Mini-Bett. Ich sollte ihn eigentlich auspacken, allerdings bin ich noch nicht bereit, das hier zu akzeptieren. Und die graue Wand, die mit gelben Flecken übersät ist, macht es mir nicht gerade leichter. Angeekelt drehe ich mich zur Seite und schließe schnell die Augen. Willkommen in deinem neuen Leben, Charlotte Stonewall.

Kapitel 1

Unsere Wohnung liegt am Rande der Twin Brooks von Scona Hills, eine Gegend die einen ... Sagen wir, keinen guten Ruf hat. Dad hat mir sogar verboten, weiter in dieses Viertel hinein zu gehen, als ich unbedingt muss.

Der Schulbus bringt mich von unserer Wohnung direkt nach Downtown, wo die Westmount High-School liegt. Von dort kommt man dann auch zu den etwas schöneren Orten der Scona Hills. Glenora Summit, wo sich auch meine alte Schule befindet, ist ein ausgezeichnetes Viertel. Dort leben so gut wie alle, die Rang und Namen haben, und bis vor Kurzem konnte ich es auch mein Zuhause nennen.

Die Fahrt mit einem Schulbus ist eine ganz neue Erfahrung für mich. Bis ich in den Genuss eines eigenen Autos kam, hat mich unser Chauffeur Will zur Schule gefahren. Nervös kaue ich auf meinen Nägeln, während mein Blick die eilig vorbeilaufenden Menschen streift.

Auch für unser Personal ist die Zukunft ungewiss, sie wurden bis auf weiteres beurlaubt – mit Aussicht auf fristlose Kündigung. Mir blutet das Herz, wenn ich an unsere Haushälterin Ruby denke. Wie es ihr wohl geht? Für meine Freunde war sie immer nur eine Angestellte, doch für mich ist sie mehr. Ruby ist das Herzstück unserer Familie. Ich kenne sie von klein auf und mein Hals schnürt sich zu, wenn ich daran denken muss, sie nie mehr in meinem Leben zu haben. Sie ist wie die gute Fee aus Cinderella. Ich hoffe, es geht ihr gut. Leider darf ich keinen Kontakt zu ihr aufnehmen. Es könnte so gut wie alles bei einem Prozess gegen uns verwendet werden. Oder sogar gegen die Angestellten. Wir sollen uns so unauffällig wie möglich verhalten.

Ich schüttele den Kopf, als ob das so einfach wäre: Alle Augen sind auf uns gerichtet! Selbst hier im Bus, in dem ich andauernd einen Satz nach oben mache (der Busfahrer findet es anscheinend lustig, jedes Schlagloch mitzunehmen) und niemanden kenne, werde ich ununterbrochen angestarrt, während sie alle hinter vorgehaltener Hand tuscheln. Ich wende mich ab und mein Blick gleitet über die Sitzbezüge. Dass diese mal braun waren, kann man nur noch erahnen. Ich rümpfe die Nase.

Meine Klamotten für den ersten Tag hatte ich extra unauffällig ausgewählt ... Na ja ... es ist nicht so, dass ich eine große Auswahl habe, denn meine ganzen Klamotten sind noch in unserem Haus und wurden wie alles andere bis auf Weiteres einfach mitbeschlagnahmt. Also trage ich eine zerrissene dunkelblaue Jeans mit einem schwarzen Hoodie, ein schlichtes schwarze Cap und dazu ein paar weiße Turnschuhe.

Eigentlich Klamotten, die ich so nie tragen würde, aber tatsächlich fühlt sich der Schlabberlook ganz gut an. Man kann sich verstecken, ohne sich zu verstecken. Das gibt mir eine gewisse Sicherheit, die ich gerade wirklich brauche.

Niemand von der Redfox Academic High-School würde mich in diesem Outfit ernst nehmen, geschweige denn mit mir reden. Dort herrschen Luxus und Prestige, selbst die Schuluniform ist von einer bekannten Designerin. Aber all das spielt im Moment sowieso keine Rolle, denn ich bin jetzt auf dem Weg zu meiner neuen High-School.

Wenn man mir das vor ein paar Monaten erzählt hätte, wäre ich vor Lachen sicherlich aus meinem Himmelbett gefallen. Ich schlinge die Arme um meinen Bauch, wieder einmal verkrampft sich mein Magen und ich weiß noch nicht, wie ich das alles überstehen soll. Immerhin bin ich nicht irgendeine neue Schülerin, sondern eine Schülerin von der Redfox, deren Dad obendrein angeblich Dreck am Stecken hat.

Der Bus hält immer wieder an und immer neue fremde Schüler steigen ein, doch der Platz neben mir bleibt leer. Mein Handy piept und eine Nachricht von Sam erscheint auf dem Display. Wenigstens meldet sich mein bester Freund noch bei mir. Erleichtert öffne ich die Nachricht:

„Sei tapfer. Sam“

Ich zähle die Wörter. Zwei Wörter ... für mehr hat es nicht gereicht. Aber immerhin meldet er sich noch, was man vom Rest meiner alten Clique nicht behaupten kann. Sicherlich ... Es wird viel Negatives über die Westmount High-School erzählt. Auf die Schule gehen sowohl Schüler der Mittelschicht als auch die sozial Schwachen aus den Twin Brooks. Aber zähle ich jetzt in den Augen meiner Freunde ebenfalls dazu? Bei uns in der Clique wird viel Wert drauf gelegt, wo du lebst und wer du bist. Seit die ganze Story um meine Familie publik wurde, haben sich – bis auf Sam – alle von mir abgewandt.

Zwar hatte Sam im letzten Monat auch nicht viel Zeit, aber das lag vermutlich daran, dass er die Sommerferien auf einer Luxusjacht verbracht hat, während ich verzweifelt versucht habe, aus diesem Alptraum aufzuwachen. Es bringt nichts, sich weiter den Kopf darüber zu zerbrechen. Also antworte ich ihm, dass er sich keine Sorgen zu machen braucht und dass ich mich melde.

Die restliche Busfahrt beschreibt perfekt unser derzeitiges Leben – holprig.

Kapitel 2

Mit verschränkten Armen betrachte ich meine neue Schule. Die Westmount High-School ist das komplette Gegenteil von meiner alten Schule. Vor mir baut sich ein riesiger, grauer Betonklotz auf, links befindet sich ein Basketballplatz und rechts reihen sich die Parkplätze auf, wo auch schon einige Schüler aus ihren Autos steigen und in Richtung Eingang gehen. Eine typische High-School, mitten in Downtown, nichts im Vergleich zu dem Gebäude einer Privatschule. Selbst die verbliebende Deko vom Home Coming verleiht diesem Klotz keinen Glanz. Die Redfox Academic High-School gehört zu den Eliteschulen im Lande, man erhält praktisch schon allein wegen des Besuchs der Schule ein Stipendium an einem der besten Colleges der Welt.

Ein kurzer Blick auf meine Armbanduhr sagt mir, es wird Zeit. Der Weg bis zum Eingang zieht sich gefühlt endlos in die Länge und immer wieder überlege ich einfach umzudrehen. Doch wozu? Was habe ich für eine Wahl? Vor einer Glastür bleibe ich kurz stehen und möchte gerade tief durchatmen, als mich jemand von der Seite anrempelt und ich erschrocken zur Seite springe. Wütend blicke ich ihm hinterher und bin kurz davor, ihm etwas hinterher zu rufen. Doch ich will nicht sofort auffallen, also schließe ich mich seufzend diesem Strom fremder Schüler an und gehe ebenfalls durch die Tür. Rechts und links entlang eines langen Flures stehen vereinzelt Schüler an ihren Schließfächern. Andere wiederum haben kleine Grüppchen gebildet und reden wild gestikulierend miteinander. Wahrscheinlich über die Sommerferien und Home Coming. Mit einem innerlichen Seufzer stelle ich fest: Selbst deren freie Tage waren vermutlich schöner als meine. Ich rufe mir die Informationen, die ich aus dem Internet habe, zurück ins Gedächtnis. Die Schule besteht aus zwei Gebäudekomplexen. Ich befinde mich im Hauptgebäude, wo auch das Sekretariat zu finden sein soll. Leider kenne ich den Weg nicht und will auf keinen Fall jemanden fragen. Also gehe ich ziellos den Flur entlang. Die hellblauen Metallicschließfächer reihen sich an den Wänden beidseitig entlang. An den Wänden hängen Plakate, Banner und noch vereinzelt ein paar Luftballons, die das vergangene Event preisen. Wer hier wohl Home-Coming-King und -Queen wurde?

Mitten in meinen Gedanken fällt mir ein Mädchen mit blonden Locken auf, das ihrer Freundin auf die Schulter tippt und eine Kopfbewegung in meine Richtung macht. Ich ringe mich durch und schenke ihr ein kleines Lächeln, worauf sie eine Augenbraue skeptisch in die Höhe zieht und den Blick schnell abwendet. Ich presse die Lippen aufeinander und versuche mir die Enttäuschung nicht anmerken zu lassen. Während ich weiterhin Ausschau nach dem Sekretariat halte, steigt die Sehnsucht nach meiner alten Schule immer mehr in mir auf. Ich denke an meinen Status, den ich mir aufgebaut hatte, an meine Mitschüler, einfach an alles, was vor dem hier war.

Die Gänge füllen sich immer mehr mit Schülern und ich schlängele mich durch die Massen hindurch. Einige gehen an mir vorbei, ohne mich weiter zu beachten, andere wiederum schauen mich ganz genau an und fangen an miteinander zu flüstern. Am liebsten würde ich mich unsichtbar machen oder in Luft auflösen. Doch es sind Dads Worte, die mich erinnern: „Mit einer Hand lässt sich kein Knoten öffnen."

Ich lächele, seine Ratschläge geben mir Kraft und so straffe ich die Schultern und blende die anderen einfach aus.

Als ich endlich vor der Tür zum Sekretariat stehe, schaue ich noch einmal nach links und rechts, ehe ich das Cap abnehme und meine langen dunkelblonden Haare in geschmeidiger Bewegung über die Schultern fallen. Wovor noch verstecken? Ich klopfe an die Tür und warte.

„Herein", erklingt eine weibliche Stimme. Ich atme einmal tief durch und drehe am Türknauf.

Der Raum ist klein und hinter einem braunen Schreibtisch sitzt eine kleine, quirlig aussehende Dame. Sie trägt eine schwarze Kurzhaarfrisur, ihre Haut ist leicht gebräunt und sie mustert mich über ihr schwarzes Brillengestell hinweg.

„Wie kann ich helfen?", fragt sie.

Ich räuspere mich.

„Entschuldigen Sie bitte, ich bin neu auf dieser Schule. Mein Name ist Charly … Charlotte Stonewall."

Ihre dunklen Augen begutachten mich von oben bis unten. Nach einem Moment des Schweigens schenkt sie mir ein fast liebevolles Lächeln.

„Bitte nehmen Sie einen Moment Platz, Miss Stonewall", sie zeigt auf den Holzstuhl ihr gegenüber und ich setze mich, während die Dame zahlreiche Zettel auf ihrem Schreibtisch sortiert. Ich schaue mir ein paar Bilder an den Wänden genauer an. Auf den meisten ist die Footballmannschaft zu sehen, die jubelnd den Landespokal in die Luft hält. Das muss man der Westmount High-School lassen: Ihre Football Mannschaft war immer besser als unsere.

Ich richte meine Aufmerksamkeit wieder auf die Frau vor mir, sie wühlt gerade in einem großen schwarzen Ordner und holt einige Papiere hervor.

„Mein Name ist Mrs. Darcy", stellt sie sich endlich vor.

Ganz unweigerlich muss ich an Stolz und Vorurteil denken, welches wir letzten Sommer lesen sollten. „Zu Ihren Pflichtfächern gehören Englisch, Mathematik, Kanadische Geschichte und Sport. Hier ist eine Liste der Wahlfächer. Für welche möchten Sie sich eintragen?", fragt sie und ich lese mir die Liste der Fächer durch.

Astronomie, Fremdsprachen, Theater und Filmwissenschaften, Design/Architektur, Kreatives Schreiben und Journalismus. „Design, Architektur und Journalismus bitte", verkünde ich schließlich.

Dieselben Fächer hatte ich auch an meiner alten Schule, daher macht es nur Sinn, sie auch hier zu belegen.

„Gut, dann kommen wir noch zu den Nachmittagsaktivitäten: Haben Sie sich da schon informiert? Laut Ihrer Akte waren Sie Kapitän der Cheerleader?", setzt Mrs. Darcy ihre Befragung fort und ich nicke zögerlich. Ich schließe für einen Moment die Augen, die Betonung liegt auf dem Wort war. Ich habe mir nämlich geschworen, nicht gegen meine alte Mannschaft im Cheerleading anzutreten. Das fühlt sich falsch an und außerdem möchte ich mich so unauffällig wie möglich verhalten.

„Keine sportlichen Aktivitäten, bitte", antworte ich daher zügig.

Mrs. Darcy runzelt die Stirn. „Na gut, ich lege Ihnen die Liste der Freizeitaktivitäten mit bei und Sie geben mir spätestens Ende der Woche Bescheid, sollten Sie es sich anders überlegen", sagt sie und reicht mir eine kleine gelbe Mappe.

Mit den Fingerspitzen berühre ich das Schulwappen, welches die Mappe ziert. Der Adler, mein neues Schulmaskottchen.

„In der Mappe sind Ihre Kurspläne und eine kleine Karte, damit Sie sich nicht verlaufen“, redet die Frau weiter und zwinkert mir zu.

„Vielen Dank.“

„Ihre erste Stunde ist Kanadische Geschichte, ich bringe Sie dorthin.“

Wir stehen gemeinsam auf und verlassen den Raum.

Kapitel 3

Nachdem wir mehrere Flure nach links und rechts abgebogen sind und ich schon längst den Überblick verloren habe, stehen wir vor einer offenen Tür. Aus dem Raum schallt uns der typische Lärm von Schülern entgegen. Okay, jetzt ist es soweit. Ich atme einmal tief durch, bevor ich die Schultern straffe. Mrs. Darcy betritt den Raum und steuert direkt auf einen älteren Herrn zu. Etwas unschlüssig, ob ich ihr jetzt schon folgen soll oder nicht, bleibe ich ihm Türrahmen stehen und warte auf ein Zeichen.

Mein Lehrer für kanadische Geschichte ist wesentlich größer als Mrs. Darcy und sie muss die ganze Zeit den Kopf in den Nacken legen, während sie ihm einen Zettel reicht.

Die beiden drehen sich zu mir um und winken mich mit hektischen Bewegungen herbei. Während meine Lunge verzweifelt auf der Suche nach Sauerstoff ist, mache ich die ersten Schritte und bete, nicht zu stolpern.

Mrs. Darcy ergreift zuerst das Wort. „Miss Stonewall, das ist Mr. Arnold, Ihr Lehrer für das Unterrichtsfach Kanadische Geschichte", stellt sie vor und mein Lehrer nickt mir zu. Ich erwidere das Nicken und mustere ihn unauffällig. Er wirkt sehr steif und ernst in seinem grauen Jackett. Das grauschwarze Haar kräuselt sich um sein faltiges Gesicht. Die haselnussbraunen Augen streifen mich nur, ehe er sich zu der Klasse dreht.

„Wir haben ab sofort eine neue Schülerin, sie kommt von der Redfox Academic, absolviert ihr letztes Jahr aber an unserer Schule. Ihr Name ist Charlotte Stonewall. Bitte Miss Stonewall, suchen Sie sich einen freien Platz."

Mein Herz klopft so laut, dass es womöglich gleich aus meiner Brust herauskatapultiert wird. Dennoch bedanke ich mich und schaue in die ausdruckslosen Gesichter der Schüler. Unschlüssig darüber, ob ich meine Unsicherheit gut verstecke, setze ich einen Fuß vor den anderen. Einige tuscheln und ich verdrehe die Augen. Das ist ja schlimmer als im Zoo! In der letzten Reihe entdecke ich einen freien Platz und gehe mit entschlosseneren Schritten dorthin, um mich zu setzen.

Ich hole einen Block und Stift aus dem Rucksack und lege es auf den Tisch. Das Thema, welches Mr. Arnold bespricht, haben wir schon im letzten Jahr behandelt, daher kritzele ich gelangweilt auf einem leeren Blatt herum, um die Zeit zu überbrücken. Ab und zu schaue ich mal nach vorn und versuche, interessiert zu wirken, dabei fallen mir immer wieder die verstohlenen Blicke der anderen auf. Ich hoffe, dass sie bei den anderen Kursen nicht auch so glotzen werden, sonst könnte es echt anstrengend werden. Womöglich müsste ich dann doch mit meinen Lehrern sprechen, denn so könnte ich mich nicht konzentrieren. Aber das konnte ich mir nicht leisten. Mein Notendurchschnitt war immer sehr gut, jetzt nachzulassen, war keine Option.

Als endlich die Schulglocke läutet, bleibe ich noch sitzen und warte, bis alle den Raum verlassen haben. Erst dann gehe ich raus auf den Flur. Ich senke den Blick und laufe völlig planlos an allen vorbei. So ergeht es mir auch noch die nächsten Stunden und in jedem Kurs werde ich meinen Mitschülern erneut vorgestellt. Bis zum heutigen Tag war es mir nie unangenehm, mich mit meinem Namen vorzustellen. Doch die Abneigung, die ich heute dagegen entwickelt habe, zerrt an meinem Selbstbewusstsein. Der dicke Kloß, der sich in meinem Hals gebildet hat, ist mittlerweile festgewachsen.

Als ich endlich den letzten Kurs hinter mich gebracht habe, verlasse ich so schnell ich kann das Gebäude. Die sanften Sonnenstrahlen kitzeln meine Nase und eigentlich müsste ich spätestens jetzt lachen, denn ich liebe eine warme Briese auf meiner Haut. Doch ich fühle nichts, außer den Drang, mich in diesem winzigen Zimmer in dieser kleinen Wohnung zu vergraben und nie wieder hinaus zu kommen. Ich laufe zügig zu einem der gelben Schulbusse und setze mich direkt hinter den Fahrer. Wie kann ein einziger Tag einen so verändern? Nicht eine Person hat mit mir gesprochen. Mit gesenktem Blick betrachte ich wie eine einzelne Träne, den Jeansstoff dunkler färbt. Ich glaube, so einsam wie heute habe ich mich noch nie gefühlt.

Kapitel 4

Als der Wecker mich heute Morgen mit einem grässlich schrillen Geräusch geweckt hat, wollte ich erst gar nicht aufstehen. Als Mom mich gestern gefragt hat, wie mein Tag war, verfiel ich in eine Art Schockstarre. Ich wusste nicht, ob ich weinen oder lachen sollte. Schnell entschied ich mich für ein winziges Lächeln, damit sie sich keine Sorgen machen muss und ging in mein Zimmer, wo mein Kopfkissen sämtliche Tränen auffing, die ich den Tag über zurückgehalten hatte. Erst als der letzte salzige Tropfen im Kissen versunken war, konnte ich einen zarten Faden greifen, der mir neue Energie gab. Dieser war es auch, der mir heute Morgen Kraft gegeben hat.

Und jetzt stehe ich hier mit meinen Kursplan in der Hand. Dank der Karte von Mrs. Darcy finde ich mich ziemlich schnell zurecht und bin mit eine der ersten, die den Kursraum betreten. Die meisten Tische sind noch frei und ich kann mir ganz entspannt einen Platz suchen. In der letzten Reihe sitzt ein Mädchen, welches mich freudig angrinst. Kurz überlege ich, ob ich mir das nur einbilde, aber dann winkt sie mir zu. Sollte ich mich noch umdrehen, um mich zu vergewissern, dass nicht jemand hinter mir steht? Nein, nein, ich bin mir ziemlich sicher, dass sie mich ansieht, also gehe ich langsam auf sie zu und betrachte das Mädchen genauer. Ihr Haar ist blond mit lila Strähnen und sie trägt ein graues Shirt mit einem knappen dunklen Lederrock. Die durchsichtige Strumpfhose ist mit schwarzen Punkten versehen. Dazu trägt sie schwarze Boots mit Nieten.

Als ich vor ihr stehen bleibe, erwidere ich dankend ihr Lächeln. Immerhin ist sie die Erste – neben Mrs. Darcy –, die nett zu mir ist. Ich muss an gestern denken und mein Magen verknotet sich.

„Hi, mein Name ist Elly“, stellt sie sich vor und ich setze mich an den Tisch neben ihr.

„Ähm ... Ich bin Charly“, antworte ich zögernd, woraufhin sie anfängt zu lachen.

„Jeder weiß, wer du bist“, gluckst sie und lächelt dabei.

„Ja, leider.“ Hier an der Schule wäre es mir um einiges lieber, einfach ein ganz normales Mädchen zu sein. Anonym, unbekannt, einfach neu.

„Ach was, bis vor Kurzem waren noch alle neidisch auf dein Leben.“

„Du sagst es, bis vor Kurzem. Und jetzt würden sie mich am liebsten alle zum Frühstück verspeisen und meine Knochen ausspucken.“ Elly lacht erneut und ich kann mir ein echtes Lächeln nicht verkneifen. Immer mehr Schüler kommen in den Raum und suchen sich einen freien Platz. Aber nicht, bevor sie mir nicht den typischen „das-ist-Charly“-Blick zu geworfen haben. Der Begriff fiel mir während der Busfahrt ein, tatsächlich hat er mich etwas aufgemuntert und mich bestärkt, wieder in die Schule zu gehen.

Elly spielt mit ihrem Handy und ich tue es ihr gleich.

Ich scrolle durch die Bilder von unseren Winterferien Anfang des Jahres. Wir waren in den Rocky-Mountains.

Bei einem Bild von Sam und mir, wie wir mit einem breiten Grinsen in die Kamera lachen, verweile ich etwas. Elly stupst mich von der Seite an.

„Wer ist der Typ?“, flüstert sie.

„Das ist mein bester Freund, Sam.“ Ihre Augen weiten sich und ihr Mund formt ein leises Oh. Womöglich dachte sie, er wäre mein Freund. Das vermuten tatsächlich die meisten, aber Sam und ich kennen uns seit Kindertagen und ich habe in ihm nie etwas anderes gesehen als einen Freund. Viele von unseren Freunden waren immer der Meinung, dass wir das perfekte Paar wären. Ob sie das jetzt immer noch denken? Wohl kaum.

„Miss Stonewall?“, ertönt eine weibliche Stimme und ich schrecke hoch.

Vor mir steht eine hochgewachsene Frau mit kurzen, blonden Haaren. Sie trägt einen roten Schal um den Hals und könnte glatt in einem französischen Film mitspielen.

„Würden Sie sich bitte einmal kurz vorstellen.“ Ich seufze. Nicht schon wieder. Wann habe ich endlich alle Kurse hinter mich gebracht? Ich stehe auf und rattere den üblichen Text herunter, nur diesmal auf Französisch. Meine Lehrerin nickt zufrieden und ich setze mich wieder.

Als endlich die Glocke läutet, packen wir unsere Sachen ein.

„Welchen Kurs hast du als nächstes?", fragt Elly.

Ich krame meinen Plan hervor und schüttele genervt den Kopf. „Sport und du?", seufze ich, denn das bedeutet, dass ich mich erneut vorstellen muss. Elly reagiert nicht auf meine Frage, sondern greift nach meiner Hand und zieht mich aus dem Raum hinaus auf den Flur.

„Wo willst du hin?", rufe ich aus, aber Elly zeigt keinerlei Reaktion und hält meine Hand fest. Eigentlich sollte ich die Beine in den Boden stemmen und stoppen, aber irgendwie gibt sie mir ein Gefühl von Freiheit und so eilen wir über den langen hellblauen Flur, an den Schülern vorbei, hinaus auf das Schulgelände. Kurz bleiben wir stehen, ich entdecke eine Traube aus Schülern, die sich auf dem Vorhof gebildet hat.

„Was ist da los?", wundere ich mich. Als ob Elly dafür keinerlei Interesse hätte, schaut sie nur kurz in die Richtung und zuckt gelangweilt mit den Schultern.

„Wahrscheinlich Jackson, der sich wieder mit irgendwem prügelt." Sie zieht mich weiter und ich versuche, noch einen Blick auf das Grüppchen zu erhaschen. Aber bis auf einen Typen, der eine schwarze Kapuze über den Kopf gezogen hat, kann ich nichts erkennen. Anscheinend ist es total normal, dass man sich an dieser Schule prügelt. Damit bestätigt sich wohl die Meinung meiner alten Clique. Kopfschüttelnd über ein solches Verhalten, wende ich mich ab, beschleunige meinen Schritt und gehe endlich neben Elly her.

Unser Weg führt hinter das Schulgebäude, wo ein kleines Holzhäuschen steht. Elly geht darauf zu und begrüßt einen Jungen in unserem Alter. Er ist einen Kopf größer als sie und hat dunkelblondes Haar, das vorn etwas länger ist. Auf seiner Nase sitzt eine schwarze Sonnenbrille und er grinst Elly frech an, als sie sich umarmen.

„Charly, komm her", winkt sie mich herbei und ich geselle mich dazu. Der Typ kramt in seiner Tasche und holt eine kleine Schachtel hervor. Elly stellt uns vor und ich erfahre, dass er Luke heißt. Er nimmt die Brille ab und lächelt mich an. Meine Güte, was hat er bitte für leuchtend blaue Augen.

„Was machen wir hier?", frage ich etwas verunsichert.

„Du siehst irgendwie fertig aus, also wollte ich dich ein bisschen aufmuntern", antwortet Elly achselzuckend. Luke öffnet die kleine Schachtel, in der mehrere Cupcakes aneinander gereiht sind. Sie sind mit einer rosafarbenen

Creme dekoriert, auf der eine einzelne Erdbeere platziert ist. Elly nimmt ein Törtchen heraus und reicht es mir. Ich zögere kurz und sie nickt mir noch einmal bestätigend zu. Völlig verwirrt nehme ich es entgegen. War das hier gefährlich? Oder ein Witz?

„Wenn dich diese Cupcakes nicht aufmuntern, dann schafft es niemand", grinst mich Luke an und ich muss auch lächeln, weil es so ansteckend ist. Die Törtchen sehen köstlich aus und schon beim Anblick läuft mir das Wasser im Mund zusammen. Also beiße ich hinein und erlebe eine wahrhafte Geschmacksexplosion.

„Die sind super lecker. Wo hast du die denn her?", seufze ich genüsslich auf. Es fällt mir schwer, nicht laut bei jedem Bissen aufzustöhnen.

„Von meiner Grandma. Sie liebt es, zu backen – ich übrigens auch", ergänzt er, wobei sich eine leichte Röte auf seinen Wangen ausbreitet.

Die beiden erzählen mir, dass sie ab und zu Sport schwänzen und sich die Zeit mit Cupcakes versüßen, während die anderen beim Sport schwitzen. Sie finden die Ironie lustig und amüsieren sich jedes Mal darüber.

„Du kannst dich uns gerne anschließen", schlägt Elly vor und Luke nickt eifrig. Auch wenn das Schwänzen wirklich mit eines der absoluten Highlights der letzten Wochen ist, kommt das für mich nicht regelmäßig in Frage, daher lehne ich bedauernd ab.

Ich kann mir keine Fehlzeiten für die Collegebewerbungen leisten. Es wird jetzt schon für mich schwer genug, ein vernünftiges College zu finden. Aber ich bin Elly dankbar für die Abwechslung. Es tut echt gut, sich mit den beiden zu unterhalten. Vielleicht habe ich endlich einen Platz für mich an dieser Schule gefunden.

Kapitel 5

Die ersten Schüler steigen schon in den Bus ein und ich lege einen Gang zu, um ihn noch rechtzeitig zu erreichen.

Die letzten beiden Kurse musste ich leider ohne Elly überleben und mich alleine gegen die „das-ist-Charly"-Blicke wehren, aber dank der Cupcake-Stärkung habe ich es geschafft. Luke hatte vollkommen Recht mit seinen Worten.

Ein schwarzes, übertrieben geschmücktes Cabrio taucht wie aus dem Nichts auf und schneidet mir den Weg ab. Ich verliere das Gleichgewicht und falle auf den Hintern. Das Kichern im Auto und der Blonde Bob erkenne ich sofort.

Niemand geringeres als der Kapitän der Cheerleader von der Westmount High-School und meine ehemalige Konkurrentin sitzt in diesem Auto, Elizabeth Daniels. Ich habe mich schon gefragt, wann ich ihr über den Weg laufen werde. Der Typ auf dem Beifahrersitz wirft grölend den Kopf in den Nacken, während sie – in einem entsetzlich schrillen Ton – laut auflacht. Da klingt selbst das Bohren beim Zahnarzt wie ein zarter Morgengesang eines Vogels.

Ich stehe wütend auf und will ihr gerade etwas an den Kopf werfen, da drückt sie aufs Gas und fährt los. Dieses Biest! Das war pure Absicht!

Und da! Eine Sekunde später fährt der letzte Schulbus für heute los und ich stehe da. Wütend trete ich gegen einen Stein der vor mir liegt und förmlich dazu einlädt, in eine andere Dimension befördert zu werden. Jetzt darf ich den Weg zu Fuß antreten. Danke an die Home-Coming-Queen ... Denn genau das bedeutete ihr blödes, geschmücktes Auto.

Es dämmert bereits und je näher ich den Twin Brooks komme, desto mehr verändert sich die Gegend. Ich ziehe die Kapuze über den Kopf und stecke die Hände in die Bauchtasche des Hoodies. Mein Schritt beschleunigt sich und ohne nach rechts oder links zu schauen, laufe ich den Fußweg entlang. Ich versuche, meine Wut über Elizabeth nicht Überhand nehmen zu lassen und denke über den Tag nach. Im Gegensatz zu gestern fühle ich mich besser. Ich bin mir ziemlich sicher, dass es an Elly und Luke liegt. Sie haben mir gezeigt, dass nicht alle etwas gegen mich haben und dafür bin ich ihnen dankbar. Wahrscheinlich mehr als sie sich bewusst sind. Ellys Lächeln ist ansteckend, sie ist ein absoluter Sonnenschein und ich hoffe, dass wir wirklich Freunde werden können. Wir haben sogar einige Kurse zusammen, was mich total beruhigt und mir ein Stück der Einsamkeit nimmt, die sich in den letzten Tagen wie eine Hülle um mich gelegt hat.

Schon bald entdecke ich den Kiosk, der ein paar Eingänge vor unserer Tür steht. Ich bleibe stehen und überfliege die Zeitungsartikel. Sie sind wie immer voller Lügen über meine Familie, allen voran die Hills Weekly. Haben die denn kein anderes Thema? Enttäuscht wende ich mich ab und bleibe vor der kleinen Steintreppe, die in das alte Backsteinhaus führt, stehen. Wir wohnen im zweiten Stock und eine Etage unter uns wohnt eine ältere Dame mit ihrer Katze.

Sie schaut gerade aus dem Fenster und winkt mir freundlich zu.

Ich grüße sie und gehe dann ins Haus.

Im Treppenhaus höre ich laute Stimmen und gehe zügig die alte Holztreppe hinauf. Es ist nicht unüblich, dass es laut in dieser Gegend ist. Mindestens einmal in der Nacht sind die Sirenen der Polizei oder Feuerwehr laut zu hören. Dank meines Fensters, welches direkt an der Hauptstraße ist, darf ich in den vollen Genuss allen Lärms kommen. Ich schrecke zusammen, als ich feststelle, wo der Krach seinen Ursprung hat. Vor unserer Tür stehen zwei Männer, der eine hat eine Kamera dabei und der andere ein Mikrofon in der Hand. Sie klopfen immer wieder gegen unsere Wohnungstür.

„Mr. Stonewall, würden Sie uns bitte ein Interview geben." Ich kralle mich an dem alten Holzhandlauf des Geländers fest. Das Geklopfe wird immer lauter und lauter. Es sieht so aus, als ob die alte Tür jeden Moment nachgeben könnte. In mir zieht sich alles zusammen und ich versuche, meine Atmung zu kontrollieren, doch mein Brustkorb hebt und senkt sich immer schneller. Ich gehe eine Stufe zurück, woraufhin die alte Holzdiele laut knarzt. Der Mann mit der Kamera bemerkt es und dreht sich zu mir um. Die Kamera ist nun direkt auf mich gerichtet.

„Oh, Charlotte Stonewall!", ruft er und ich zucke zusammen. Der andere Mann dreht sich auch herum und beide kommen auf mich zu. Panik erfasst mich, ich drehe mich um und renne die Stufen hinunter. Die Männer laufen mir hinterher und rufen immer wieder meinen Namen.

Ich reiße die Tür auf und springe die Steintreppe hinunter.

Ohne mich noch einmal umzudrehen, renne ich weiter und bemerke erst, als es schon zu spät ist, dass ich mich auf direktem Weg in die Twin Brooks befinde. Ich weiche allen Menschen, die mir entgegenkommen, aus. Sie machen nicht den Eindruck, dass es sie interessiert, dass ein junges Mädchen vor zwei Männern wegläuft.

Ungefähr nach einer Meile halte ich schnaufend an.

Ich schaue über die Schulter und bin mir sicher, die Reporter abgehängt zu haben. In einer Seitenstraße lehne ich mich mit dem Rücken an die kalte Steinmauer. Es stinkt bestialisch, ich blicke mich um und wende mich angewidert von den Müllbergen neben mir ab. Wie konnten die Reporter uns finden? Nur die engsten Berater von Dad wissen, wo wir uns derzeit aufhalten.

Müssen wir jetzt erneut umziehen?

Vorsichtig nähere ich mich der Hauptstraße und schaue um die Ecke – von den Männern weit und breit keine Spur. Mittlerweile ist es dunkel geworden und die Straßenlaternen beleuchten nur kläglich den Weg zurück. Die ersten dunklen Gestalten stehen am Rand des Weges und mein Körper beginnt zu zittern. Ich verfluche diese blöden Reporter.

Der Akku meines Handys hat schon in meinem letzten Kurs den Geist aufgegeben und somit habe ich keine andere Wahl. Ich muss da jetzt durch und bloß keine Aufmerksamkeit auf mich ziehen.

Mit gesenktem Kopf mache ich mich auf den Rückweg und beschleunige den Gang etwas. Doch nach wenigen Metern stellt sich mir eine Gestalt in den Weg. Er trägt eine dunkle, schäbige Jogginghose, die mit Löchern und Flecken übersäht ist. Ich versuche, ihm auszuweichen, doch er ist schneller und fängt mich ab. Noch immer ist mein Kopf gesenkt und ich wäge meine Möglichkeiten ab. Hier in Twin Brooks wird mir wohl kaum jemand helfen, das hatte ich bei der Verfolgungsjagd mit den Reportern gesehen. Ich muss also irgendwie an ihm vorbeikommen.

Eine Berührung an der Schulter lässt mich zusammenzucken und ich versuche, die Hand abzuschütteln. Das Adrenalin schießt durch meinen Körper und als der Mann sich auf mich zulehnt, trete ich zu und mein Fuß landet direkt in seinen Weichteilen.

Er greift sich in den Schritt und brüllt fluchend los.

Das ist mein Moment! Ich bin fast an ihm vorbei, als er meinen Arm packt.

„Du widerspenstiges Stück."

Ich versuche, mich loszureißen, doch er zieht an meinem Pullover. Angewidert von dem Klang seiner Stimme schlage ich seinen Arm weg.

„Nein! Lass mich!", schreie ich ihm entgegen und ich winde mich, um ihm zu entkommen.

Mit einer ruckartigen Bewegung baut sich vor mir auf. „Jetzt reicht es mir aber!"

Erst jetzt heb ich langsam den Kopf an und kann ein Gesicht unter der Kapuze erkennen. Eine tiefe Narbe zieht sich über seine schmutzige Haut und ich spüre seinen stinkenden Atem auf mir. Ein Gemisch aus Alkohol und Zigaretten - mir wird übel.

Flehend schaue ich die Frau auf der anderen Straßenseite an, aber sie beachtet mich nicht und geht einfach weiter.

Mein Herz hämmert laut in meinen Ohren. Doch gerade als ich versuchen will, ihn erneut zu treten, zieht mich jemand zur Seite.

Ein Typ mit Lederjacke, dunkler Jeans und schwarzen Boots schiebt mich plötzlich hinter seinen Rücken.

„Verschwinde! Sie gehört zu mir", knurrt er mit bedrohlicher Stimme. In seiner Hand blitzt ein metallischer Gegenstand auf, woraufhin der Mann zurückweicht. Es legt sich eine unheimliche Stille zwischen die beiden und erst als sich der Mann langsam regt, spüre ich, dass ich die Luft angehalten habe.

„Dein Glück, Mädchen", brummt er mir zu, bevor er sich umdreht und geht.

Nach wenigen Sekunden verschwindet auch der Typ mit dem Messer ohne ein weiteres Wort. Wie angewurzelt stehe ich da und starre in die Richtung, in die mein Retter gegangen ist. Ich schüttele den Kopf und renne so schnell ich kann zurück zur Wohnung. Die Bilder von dem widerlichen Mann, die sich in meinem Kopf festgesetzt haben, versuche ich auszublenden. Ich mag mir gar nicht ausmalen, was passiert wäre, wenn der fremde Typ nicht aufgetaucht wäre.

Meine Lunge brennt, aber dann entdecke ich sie, Mom und Dad. Sie kommen auf mich zu gerannt und ich springe in ihre Arme.

„Oh Gott, Charly. Es tut uns so leid“, höre ich Dads Worte wie aus weiter Ferne. Auf meinen Wangen spüre ich heiße Tränen und dann schluchze ich laut los.

„Kommt“, flüstert Dad und wir gehen zusammen Arm in Arm noch ein paar Blöcke, bis wir endlich in unserer Wohnung sind. Ich gehe direkt unter die Dusche, bevor ich mich in mein Zimmer zurückziehe und mich ins Bett lege.

Mom bringt mir noch einen Tee und streichelt mir sanft über die Wange.

„Alles wird wieder gut“, wispert sie.

Ich nicke nur, denn zu mehr bin ich nicht im Stande. Zu tief sitzt noch das Geschehene in meinen Knochen. Ich werde nie wieder einen Fuß in die Twin Brooks setzen.

Dads laute Stimme am Telefon dringt bis zu mir ins Zimmer, er ist so wütend.

Mom gibt mir noch einen Kuss und steht auf. Bevor sie mein Zimmer verlässt, dreht sie sich noch einmal zu mir um.

„Ruf mich, wenn du etwas brauchst.“

Ich vergrabe das Gesicht tief in meinem Kissen und wünsche mir so sehr, einfach nur aus diesem Alptraum aufzuwachen. Blind taste ich nach dem Handy auf dem kleinen Nachtschrank und wähle Sams Nummer, doch nach dem es ein paar Mal gepiept hat, kommt die Mailbox und ich lege auf. Wie kann sich innerhalb einer Stunde mein Leben schon wieder so stark ändern? Der kleine Lichtblick, den ich vorhin auf dem Rückweg noch deutlich gespürt habe, hat sich nun hinter dunklen Wolken verzogen. Wird es jemals besser werden? Werden wir jemals wieder in unser altes Leben zurückkehren? Was wird aus uns, wenn Dad für schuldig befunden wird? Der Strudel dieser Gedanken ist unendlich. Ich darf mich darauf nicht einlassen. Nein, ich muss weitermachen, ich darf nicht aufgeben. Diesen Kampf fechten wir gemeinsam als Familie aus.

Ich nehme das Handy noch einmal in die Hand. Eine Weile starre ich das Display an und warte auf einen Rückruf, doch irgendwann werden meine Augen so schwer, dass sie einfach zufallen.

Kapitel 6

Auch wenn ich mir geschworen habe, stark zu sein, spüre ich noch immer die Hilflosigkeit von gestern in mir und verstecke mich in dem übergroßen schwarzen Hoodie, den ich heute wieder trage. Auf den Weg zur Cafeteria ruht Ellys Blick auf mir. Nur ein kurzes Hallo habe ich heute zustande gebracht, seitdem hat sie ein paar Mal versucht, ein Gespräch anzufangen. Doch von mir kam immer nur ein Hm. Zu mehr war ich nicht in der Lage. Irgendwann hat sie es aufgegeben, aber sie ist die ganze Zeit bei mir geblieben und irgendwie hat mir das Kraft gegeben.

„Alles okay bei dir?“, durchbricht sie dann die Stille und ich brauche einen Moment, ehe ich antworten kann. Auch wenn ich sie noch nicht lange kenne, habe ich schon jetzt das Gefühl, mich ihr anvertrauen zu können. Also beschließe ich, mich ihr ein Stück weit zu öffnen.

„Nicht wirklich“, beginne ich und zögere wieder.

„Willst du darüber reden?“ Ich nicke langsam und Elly nimmt meine Hand, während wir uns auf den Weg zu den Mädchentoiletten machen. Wir setzen uns auf eine der Fensterbänke und dann erzähle ich ihr alles. Ich wische mir die Tränen aus dem Gesicht und schaue in große dunkle Augen, die verdächtig glänzen.

„Oh Charly, das tut mir so leid.“ Sie nimmt mich in die Arme und drückt mich fest an sich. Ich weiß, wir kennen uns noch nicht so lange und doch fühlt es sich richtig an, mit ihr darüber gesprochen zu haben.

„Es ist ja nochmal gut gegangen.“ Ich möchte nicht, dass sie meinetwegen leiden muss und springe daher auf, um zum Waschbecken zu gehen. Ein Glück habe ich heute Morgen kein Mascara aufgetragen, sonst würde ich jetzt wie ein Panda ausschauen. Ich drehe den Wasserhahn auf, um mir das kalte Wasser in den Nacken zu tröpfeln und auch ins Gesicht.

„Ich konnte mich nicht mal bei ihm bedanken", murmele ich. Das war wirklich eine Sache, die mich beschäftigt. Wieso hat er mir geholfen, ist dann aber ohne ein weiteres Wort gegangen? Normalweise sollte man sich doch erkundigen, ob es der Person gut geht. Die Erinnerung an die Worte „sie gehört zu mir" lösen ein seltsames Gefühl in mir aus. Ich brauchte nie einen Beschützer, vermutlich stammte daher das Gefühl. Ungewohnt, das musste es sein.

„Er wird auch so wissen, dass du dankbar bist", versichert mir Elly und tätschelte meine Schulter.

Ich nicke und muss an Sam denken, mit dem ich sonst über all meine Probleme gesprochen habe. Aber er hat auf keinen meiner Anrufe gestern Abend reagiert, dabei hätte ich ihn so sehr gebraucht. Vielleicht wurde es Zeit, dass ich mich mehr auf Elly verließ als auf ihn?

„Dad versucht, Polizeischutz zu bekommen. Falls das nicht funktioniert, hat er noch Kontakt zu jemandem, bei dem er noch etwas gut hat", erzähle ich ihr und bin wirklich erleichtert darüber. So etwas möchte ich nie wieder erleben.

Ich brauche noch einen Moment, bis ich mich beruhigt habe und wir uns auf den Weg in die Cafeteria machen können.

Diese ist allerdings total überfüllt und einen freien Platz zu finden, scheint ein aussichtsloses Unterfangen zu sein. So gut wie alle Stühle an den runden Tischen sind besetzt. Ich folge Elly zur Essensausgabe, wo wir uns anstellen und uns etwas auf das Tablett laden. In der hintersten Ecke finden wir noch ein paar freie Stühle. Elly schaut auf ihr Handy und presst die Lippen zu einer schmalen Linie zusammen.

„Auch das noch", murmelt sie.

„Was ist los?", erkundige ich mich.

„Hmm", brummt sie und tippt dabei mit ihrem Finger auf das Display.

„Das ist unsere schulinterne Webseite. Dort findest du Informationen über Veranstaltungen, Ausflüge und so." Ich nicke, so etwas haben wir auf meiner alten Schule auch. Elly räuspert sich. „Und dann gibt es noch eine Seite für uns Schüler, die vor einigen Jahren von der Schülerzeitung Readmore-Mount ins Leben gerufen wurde. Eigentlich werden die Beiträge überprüft bevor sie online gehen, aber ..."

„Aber?", in mir krampft es sich zusammen. Ich spüre deutlich wie unangenehm es ihr ist und mache mich auf das Schlimmste gefasst. Kann mich noch irgendwas schocken?

„Charly, bitte nimm dir das nicht zu Herzen, das sind Idioten." Sie schiebt mir zögernd das Smartphone über den Tisch. Das Bild zeigt mich, wie ich auf dem Boden sitze, als mir Elizabeth den Weg zum Bus abgeschnitten hat. Darunter stehen jede Menge Kommentare. Ich lese nur ein paar davon, aber selbst die zerren an meinen Nerven.

„Reiche Bitch küsst den Boden der Westmount High."

„Du meinst wohl arme Bitch."

„Hoffentlich kommt ihr Dad in den Knast."

Dieses Mal sind es allerdings nicht die Tränen, die sich ihren Weg suchen, sondern die Galle. Ich schließe die Augen und konzentriere mich auf meine Atmung. Elly greift nach meiner Hand und ich öffne die Augen.

„Wir stehen das gemeinsam durch, das verspreche ich dir." Sie meint das ernst! Dankbar nicke ich und setze mich aufrecht hin. Sollen sie doch denken, was sie wollen. Ich werde nichts von dem an mich heranlassen.

„Wer ist für die Seite verantwortlich?", frage ich.

„Eigentlich die Chefredakteure von Readmore-Mount, aber da kümmert sich schon lange niemand mehr drum. Auf der Seite steht nur Blödsinn, weil es niemand überprüft."

Ich bemerke eine Bewegung und ... Perfektes Timing: Elizabeth Daniels und ein Typ mit blonden kurzgeschorenen Haaren kommen auf uns zu. Man könnte meinen, sie haben sich bewusst für diesen Moment entschieden. Sie trägt ihr blau-weißes Cheerleader Outfit und der blonde Bob bewegt sich in fließenden Bewegungen auf und ab.

Die blaugraue Iris betrachtet mich abschätzig, als sei ich ein Eindringling in ihrem Territorium. Eine ihrer Augenbrauen hebt sich leicht an.

„Stonewall, ich soll dir das von Mr. Swanson geben."

Sie legt mir einen Zettel auf den Tisch und betrachtet ihre rot lackierten Nägel eindringlich. Ich ziehe den Zettel zu mir und lese die Nachricht.

Charlotte Stonewall, 14 Uhr auf dem Sportplatz.

Ich sehe Elly fragend an, die aber nur mit den Schultern zuckt.

„Okay, danke", sage ich zu Elizabeth und betrachte den blonden Typen neben ihr. Er sieht so gelangweilt aus, dass man meinen könnte, er schläft gleich im Stehen ein. Er ist muskulös, hat ein markantes Gesicht und strahlend blaue Augen. Als Elizabeth bemerkt, wie ich ihren Begleiter anstarre, schnipst sie mit den Fingern und ich sehe zu ihr.

„Oh Liebes, bedanke dich nicht zu früh." Ihr Blick wird eiskalt, ihre Lippen verziehen sich zu einem bösartigen, schmalen Lächeln und mit einer grazilen Bewegung dreht sie sich um und die zwei entfernen sich.

„Wer ist der Typ?", frage ich irritiert.

„Das ist Matt, Kapitän der Footballmannschaft. Das ist aber auch das einzige, was er kann." Ich muss schmunzeln und Elly zieht den Zettel zu sich.

„Ich bekomme bestimmt Ärger wegen dem Fehlen beim Sport. Es ist, als ob ich durch ein Mienenfeld laufe und anstatt auszuweichen, springe ich überall mit Anlauf drauf." Ich vergrabe mein Gesicht in den Händen.

„Weißt du, Charly, meine Mom sagt immer, im Leben gibt es immer Höhen und Tiefen. Momentan ist dein Leben eine Talfahrt, aber auch für dich geht es bald wieder bergauf. Du wirst schon sehen."

„Deine Mom und mein Dad würden sich sicher gut verstehen." Doch sie hat Recht, es kann nicht immer alles perfekt laufen. Ich reiße den Deckel von meinem Joghurt ab und löffele ihn leer. Danach betrachte ich das wabbelige Sandwich auf den Teller. Mir war vollkommen klar, dass es nicht einfach werden wird. Aber eigentlich bin ich davon ausgegangen, dass die Leute mich einfach ignorieren und ich nicht zur Zielscheibe werde.

Elly winkt einen rothaarigen Jungen zu uns.

„Hey Elly", ruft er von Weitem.

„Walter, darf ich vorstellen: Die berühmte Charlotte Stonewall." Sie zwinkert mir frech zu und ich presse die Lippen fest aufeinander, aber ich muss grinsen.

„Einfach nur Charly", wiegele ich ab und halte ihm die Hand hin, die er ergreift und einen leichten Knicks vor mir macht. „Es ist mir eine Ehre." Ich verdrehe die Augen und Elly kichert neben mir. Mit einem leichten Stupser an die Schulter, warne ich sie vor weiteren Peinlichkeiten.

„Du bist unmöglich", schimpfe ich. Er setzt sich mit seinem Tablett zu uns und fängt an, über seine Ferien zu erzählen. Sein Haar ist kurz und auf seinem hellen Gesicht verteilen sich viele kleine Sommersprossen. Ich versuche, dem

Gespräch zu folgen, kann mich aber nicht ganz darauf konzentrieren. Ich starre den Zettel von Mr. Swanson an und lese erneut die Zeilen. Wieso müssen Elly und Luke nicht zu unserem Sportlehrer? Schnell schiebe ich den Zettel in meine Tasche.

„Ist es eigentlich wahr, was in den Nachrichten über deinen Dad berichtet wird?", fragt Walter plötzlich und Elly gibt ihm einen kräftigen Stoß in die Seite.

„Schon gut", seufze ich in ihre Richtung und wende mich dann Walter zu. „Nein, es stimmt nicht. Mehr kann ich dir dazu leider auch nicht sagen, weil private Ermittlungen laufen."

Er nickt und widmet sich dann seinem Essen, als wenn es eine ganz banale Frage war und irgendwie mag ich das. Denn ich kann die Situation derzeit sowieso nicht ändern, also sollte ich so gut wie möglich, damit umgehen. Und diese Lockerheit war wirklich hilfreich.

„Weißt du schon, welche zusätzlichen Kurse du nehmen wirst?", wechselt Elly das Thema. Nach der Aktion von gestern kam ich nicht mehr dazu, mir darüber Gedanken zu machen. Ich hole die kleine Mappe hervor und schaue mir die Liste genauer an. An meiner alten Schule war ich Kapitän der Cheerleader, das kann ich hier unmöglich machen. Ehrlich gesagt, glaube ich nicht, dass ich überhaupt einen dieser Kurse besuchen kann, ohne auf Ärger zustoßen. Und dann bleibe ich bei der letzten Zeile hängen. Die Entscheidung ist gefallen.

„Ich muss los, Mrs. Darcy wartet bestimmt schon auf mich. Bis später."

Ohne die beiden weiter zu beachten, schnappe ich mir das Essenstablett und bringe es weg, bevor ich mich auf den Weg zu Mrs. Darcy mache, um ihr von meiner Entscheidung zu erzählen. Die Idee ist einfach perfekt und löst ein paar meiner Probleme.

Kapitel 7

Mrs. Darcy ist begeistert von meiner Idee mit der Schülerzeitung. Sie gibt mir den Schlüssel für den Raum und auch den Code für mein Schließfach. Dort gehe ich als erstes hin, um endlich meine Bücher zu verstauen. Mein Rücken schmerzt schon von dem ganzen Gewicht.

Da das Treffen mit Mr. Swanson ansteht, mache ich mich auf den Weg zum Sportplatz. Auf dem Weg dorthin überlege ich mir Ausreden, aber keine davon klingt auch nur ansatzweise plausibel.

Als ich am verabredeten Ort ankomme, ist weit und breit niemand zu sehen. Womöglich verspätet er sich und so gehe ich ein wenig über das Feld. Ich war schon ein paar Mal hier, um die Footballmannschaft der Redfox Academic anzufeuern. Mein Herz wird schwer bei dem Gedanken an Cheerleading. Immerhin beitreibe ich den Sport schon seit meiner Kindheit und jetzt bleibt mir nichts außer die Erinnerung.

Eine kleine Spraydose liegt vor meinen Füßen und ich hebe sie auf, um sie in einen Mülleimer zu schmeißen. Auf dem Weg bleibt mein Blick allerdings an einem roten Schriftzug hängen. Ich gehe zügig dorthin und kann nicht glauben, was dort an der Mauer steht.

„Ist das Ihr Ernst, Miss Stonewall?“, ertönt eine wütende Stimme hinter mir und ich drehe mich erschrocken um.

„Mr. Swanson?“, frage ich, weil ich keine Ahnung habe, wie mein Sportlehrer aussieht. Allerdings spricht sein Aussehen dafür, dass er eben dieser ist. Er ist recht klein, aber durchaus muskulös. Wie jeder Sportlehrer hat er einen Trainingsanzug an und auf dem Kopf trägt er ein blaues Cap mit dem Adler, den ich schon vom Schulwappen kenne.

„Können Sie mir das bitte erklären?“, wütend stampft er zu der Wand, wo in

fetten roten Buchstaben steht:
WESTMOUNT HIGH, SCHLIMMER ALS JEDER KNAST!

Ich runzele die Stirn. „Ich war das aber nicht!", beteuere ich. Er kommt auf mich zu und nimmt mir die Spraydose aus der Hand.

„Und was ist dann das?" In dem Moment wird mir klar, dass sich hier jemand einen üblen Streich auf meine Kosten erlaubt hat. Und ich habe auch sofort eine Vermutung, wem ich das Ganze verdanke.

„Aber ...", setze ich an, doch er unterbricht mich kurzerhand.

„Sie kommen sofort mit zum Direktor!"

Wenige Minuten später sitze ich wieder bei Mrs. Darcy, die mich über ihre Brille hinweg aufmerksam mustert.

Mr. Swanson ist schon beim Direktor und man hört sie lautstark diskutieren. Äußerlich zeige ich keinerlei Emotionen, aber innerlich schreie ich und hämmere wild gegen eine imaginäre Wand. Da ich nicht auf den Kopf gefallen bin und eins und eins zusammenzählen kann, weiß ich natürlich, wer dahintersteckt – Elizabeth. Aber noch mehr ärgere ich mich über meine Naivität. Es waren alle Zeichen für so eine hinterhältige Aktion zu erkennen. Meine Hände ballen sich zu zwei Fäusten und ich versuche, die Aggression zurückzuhalten.

Meine Güte, was ist ihr Problem? Als ob meine Familie nicht schon genug Sorgen hat.

Ich will einfach nur dieses beschissene letzte Jahr zu Ende bringen, um endlich am College den Grundstein für meine Zukunft zu legen und anschließend in die Fußstapfen von Dad zu treten, falls das bis dahin überhaupt noch möglich ist.

Ich erinnere mich noch zu gut, wie ich jede Ferien bei Stonewall Systems war und ihm über die Schulter geschaut habe. Andere Mädchen in meinem Alter interessieren sich nur für Mode und anderen Schnickschnack, aber ich fand die Arbeit in der Elektronikbranche schon immer interessant.

Stonewall Systems ist für die gesamte Elektronik in Scona Hills und Umgebung verantwortlich. Unterstützt werden wir von Clark Industries, welches von Sams Dad geleitet wird. Auch Sam wird mal die Firma von seinem Dad übernehmen und dann arbeiten wir als Partner zusammen. Wie unsere Väter.

„Miss Stonewall“, reißt Mrs. Darcy mich aus meinen Gedanken. „Sie können jetzt zu Direktor Watts gehen“, fährt sie fort und schenkt mir ein aufmunterndes Lächeln.

Im Büro des Direktors lehnt Mr. Swanson an einer alten braunen Kommode. Ich nicke ihm zu und schließe die Tür hinter mir. Dann schaue ich zu dem Mann am Fenster. Er trägt eine schwarze Anzughose und ein weißes Hemd, sein Haar ist schwarz, aber an einigen Stellen scheint es schon leicht gräulich. Braune Augen betrachten mich erst streng, doch dann legt sich ein sanftes Lächeln auf sein Gesicht, als er sich setzt.

„Miss Stonewall, nehmen Sie bitte Platz.“

Ich setze mich ihm gegenüber auf den Stuhl und warte auf die Standpauke.

„Wie geht es Ihnen?“, beginnt er das Gespräch und legt die Hände vor sich gefaltet auf den Tisch. Er wirkt keineswegs wütend, sondern ganz normal.

„Den Umständen entsprechend“, antworte ich zögerlich, woraufhin er verständnisvoll nickt.

„Nun ... ich nehme an, Sie haben mit diesem Graffiti nichts zu tun?“, fährt er ernst fort.

„Nein“, bestätige ich ehrlich und höre ein leises schnaubendes Geräusch von Mr. Swanson. Direktor Watts schenkt ihm aber keinerlei Beachtung und hält seine Aufmerksamkeit voll und ganz auf mich gerichtet.

„Was hatten Sie dort zu suchen?“

Und so erzähle ich ihm die ganze Geschichte. Meine beiden Lehrer nicken sich zu und Mr. Swanson verabschiedet sich.

Wie sich herausstellt, hat mein Sportlehrer diesen Zettel nicht geschrieben und er war auf dem Weg zum Training mit der Footballmannschaft.

So einfach soll alles geklärt worden sein? Ich bleibe misstrauisch und beobachte den Direktor aufmerksam.

„Dann wäre das ja geklärt. Versuchen Sie sich in Zukunft von solchen Fettnäpfchen fernzuhalten.“ Dabei sieht er aus dem Fenster. „Wie geht es Ihrem Vater? Sie müssen wissen, wir kennen uns aus der Kindheit.“

„Wie soll es schon jemandem gehen, der mit einem Bein im Knast steht?“, bemerkte ich sarkastisch und frage mich, ob Dad mit meinem Direktor Kontakt aufgenommen hat, um mich auf diese Schule zu schicken.

„Es wird sich bestimmt alles klären. Davon bin ich überzeugt. Bestellen Sie

Jack und Kat die besten Grüße." Damit bin ich entlassen und kann es immer noch nicht fassen, dass mir einfach so geglaubt wurde.

Vor der Tür des Direktors steht Elly und wartet.

„Was zur Hölle ist passiert?", bricht es aus ihr heraus.

Ich lächle nur etwas verwirrt und zucke mit den Schultern. Sie hakt sich bei mir unter, während ich ihr alles bis ins kleinste Detail berichte.

Elly wohnt ein paar Blöcke von hier entfernt und muss nicht mit dem Schulbus fahren, daher verabschieden wir uns vor der Schule.

Während der Fahrt schaue ich aus dem Fenster und gehe die letzten drei Tage im Kopf durch. Mein Leben ist das absolute Chaos, die Presse zerreißt uns in Stücke, meine Mitschüler machen es mir alles andere als leicht und von meiner alten Clique habe ich nichts mehr gehört. Selbst Sam hat keine Zeit mehr für mich. Ich hole mein Smartphone heraus, um ihm erneut eine Nachricht zu schreiben:

„Du kannst dir gar nicht vorstellen, was in den letzten zwei Tagen alles passiert ist. Charly"

Als ich in der Wohnung ankomme, stehen vor dem Eingang tatsächlich zwei Sicherheitsmänner. Dad hat es geschafft! Kein Polizeischutz, aber immerhin Schutz für unsere Familie! Die beiden sind ganz in schwarz gekleidet und tragen passend dazu auch eine schwarze Sonnenbrille. Ich muss ganz automatisch an den Film Men in Black denken.

Ich betrete die Wohnung und finde am Esstisch nur Mom vor.

„Hallo mein Schatz, wie geht es dir?", begrüßt sie mich und steht auf, um eine Teekanne zu holen. Mom befüllt eine weitere Tasse mit der dampfenden Flüssigkeit.

Ihr blondes Haar liegt geflochten über den Schultern. Ihre Wangenknochen ragen hervor und das Gesicht wirkt eingefallen. Die dunklen Schatten unter ihren Augen, hat sie versucht zu überschminken. Auch wenn sie nach Außen taff wirken möchte, weiß ich, dass es ihr gar nicht gut geht. Sie hat Angst, genau wie ich. Deshalb erzähle ich ihr nichts von den Konflikten in der Schule.

„Alles bestens, Mom. Wo ist Dad?" Ich trinke einen Schluck Tee und eine angenehme Wärme breitet sich in meinem Körper aus.

„Er hat ein Treffen mit einigen Anwälten und mit Matthew." Dad ist also mit Sams Dad zusammen. Na ja, immerhin haben unsere Väter regelmäßig Kontakt.

„Gibt es etwas Neues bei den Ermittlungen?"

Mom schüttelt traurig den Kopf.

„Nicht wirklich, Matthew kümmert sich derzeit um die Firma. Das wurde damals in den Verträgen so vereinbart. Ein Glück, wenn du mich fragst." Mein Handy piept und eine Nachricht von Sam blinkt auf, freudig öffne ich sie.

„Davon musst du mir unbedingt bald erzählen. Im Moment ist es stressig. Wir hören uns bald. Sam"

Enttäuscht lege ich das Handy auf den Tisch und trinke meine Tasse leer.

Kapitel 8

Im Gegensatz zu den letzten Tagen, verläuft der nächste entspannt. Elly, Walter und Luke habe ich den Vormittag über nicht zu Gesicht bekommen, aber wir sind nach der Schule verabredet. Ich stehe vor einer grauen Tür, an der ein Schild mit der Aufschrift Schülerzeitung hängt. Bevor ich den Schlüssel ins Schlüsselloch stecke, um die Tür zu öffnen, kremple ich die Ärmel von meiner Strickjacke hoch. Doch nichts passiert. Seltsam ... ich versuche es erneut - wieder nichts.
Ich drehe am Türknauf und die Tür springt auf. Anscheinend hat jemand vergessen abzuschließen.

Ich betrete den dunklen Raum und schalte das Licht ein.

„Was soll der Scheiß?", schreit eine tiefe Stimme und ich schrecke zusammen. Dennoch gehe ich weiter in den Raum und knalle mit jemanden zusammen.

„Oh, Entschuldigung. Ich wusste nicht, dass jemand hier ist." Ich lege den Kopf in den Nacken und schaue in tiefgrüne Augen, die mich wild anfunkeln. Die dunklen Haare fallen ihm leicht ins Gesicht.

Er zieht die Augenbrauen zusammen und legt die Stirn in Falten. Ich trete ganz automatisch einen Schritt zurück. Über dem weißen T-Shirt trägt er eine schwarze Lederjacke und dazu eine schmal geschnittene dunkle Jeans mit Boots. Moment mal, diese Jacke habe ich schon mal gesehen. Kann das wirklich wahr sein? Doch! Das ist der Typ, der mich gerettet hat! Die sportliche Statur ist identisch. Er geht auf meine Schule, ob er weiß, wer ich bin? Noch immer sieht er mich an. Ich könnte mich jetzt sofort bei ihm bedanken.

„Geh!", fordert er mich auf und ich trete einen Schritt zurück. Sein Ton duldet keinen Widerspruch wie schon bei dem widerlichen Mann auf der Straße.

Aber jetzt ist Schluss, ich lasse mir nicht von allen auf der Nase herumtanzen.

Ich recke ihm das Kinn entgegen und er mustert mich abschätzig.

„Ich bin Charly und bin ab sofort für die Readmore-Mount verantwortlich."

Ich verschränke die Arme vor der Brust und starre ihn weiter an. Anstatt einer Antwort, schiebt er mich rücklings zur Tür hinaus.

„Das kannst du vergessen", deklariert er.

Ich hebe den Finger und will gerade noch etwas sagen, als er die Tür vor meiner Nase zuschlägt. Das ist ja wohl unglaublich! Was bildet der sich bitte ein? Wütend stampfe ich zu meinem Schließfach, wo Elly auf mich wartet und mir zuwinkt.

„Was ist denn jetzt schon wieder passiert?", fragt sie.

„Die Schülerzeitung ist passiert." Sie runzelt die Stirn und reibt sich das Kinn.

„Du hast dich für die Schülerzeitung eingetragen?", ihre Augen weiten sich bei der Frage.

„Ja", antworte ich und lasse mich über das Arschloch aus.

„Das, liebe Charly, ist Jackson Stewart", verkündet sie, als wäre es die Nachricht des Tages.

„Und was ist bitte sein Problem?" Ich stemme die Hände in die Hüften.

„Jackson ist ein absoluter Einzelgänger. Wenn er sich mal nicht prügelt, dann sitzt er dort drin", erklärt sie. Ich gleite mit den Fingerspitzen über die Stelle, wo er mich berührt hat und spüre noch immer seinen Griff.

„Er hat mich vor dem Mann gerettet", flüstere ich enttäuscht.

Elly zieht fragend eine Augenbraue in die Höhe.

„Ich habe ihn an seinen Klamotten erkannt", rede ich weiter. Schnell ziehe ich die Ärmel von meiner Strickjacke herunter und hole meine Bücher aus dem Schrank.

„Okay und für welchen Kurs wirst du dich nun eintragen?", geht sie zum nächsten Tagesordnungspunkt über, anstatt darauf weiter einzugehen.

„Ich bleibe bei der Schülerzeitung. Jackson kann sich doch einen anderen Raum suchen", entgegne ich und straffe die Schultern.

„Okay, das wird ein Spaß", bemerkt sie und grinst mich an.

Wir gehen gemeinsam auf den Hof, wo Luke schon wartet.

„Also, wie schaut´s aus, gehen wir noch ins Diner?"

Ich seufze. Bisher war ich nur einmal im Diner von Scona Hills gewesen. Damals mit meiner alten Clique, denen hat es dort allerdings gar nicht gefallen und sie haben sich über alles und jeden lustig gemacht. Es entsprach nicht ihrem Standard.

Dabei sind die Burger fantastisch und es gibt sehr leckere Milchshakes.

„Ich bin dabei", ruft Walter von hinten und tritt zu uns. Während die Jungs sofort losgehen, wartet Elly auf mich.

„Charly, kommst du?"

„Ja, es ist nur so ... ich habe im Moment nicht das Geld, um mir so was zu leisten. Aber geht ruhig, vielleicht klappt es beim nächsten Mal." Die Situation ist mir total peinlich und ich weiche Ellys Blick aus.

„Süße, ich lade dich ein. Wenn du wieder reich bist, kannst du es wieder gut machen und mir eine dieser teuren Designertaschen spendieren." Sie zwinkert mir zu und lacht herzlich los.

„Und wenn ich für immer arm bleibe?"

„Dann stehst du wohl für immer in meiner Schuld und musst ewig mit mir befreundet sein", trällert sie. Jetzt muss ich auch lachen und hake mich bei ihr ein.

„Nichts lieber als das!"

Ich schlucke den letzten Bissen von meinem Burger herunter und genieße die gute Stimmung. Das Diner ist genauso, wie ich es in Erinnerung habe. Schwarz-weiße Kacheln lassen den Fußboden wie ein Schachbrett aussehen und die korallfarbenen Wände sind mit verschiedenen Bildern übersäht. Von James Dean bis Marylin Monroe ist alles dabei. Auch alte Filmposter wie King Kong sind zu sehen. Hier kann man sich nur wohlfühlen. Wir sitzen am Fenster und ich liebe die ungezwungene Stimmung zwischen mir und meinen neuen Freunden. Sie haben mich einfach so akzeptiert wie ich bin. Ein bisschen wehmütig macht mich das schon, als ich aus dem Fenster schaue. Mir wird bewusst, dass meine bisherigen Freundschaften nur auf einer materiellen Basis aufgebaut waren. Eigentlich habe ich mich für klug genug gehalten, so etwas zu erkennen.

Womöglich hat die Situation doch etwas Gutes und ich bin um eine Erfahrung im Leben reicher geworden.

„Jungs, wusstet ihr das unsere Charly die Schülerzeitung übernehmen will? Es gibt nur ein winziges Problem", verkündet Elly und nimmt einen großen Schluck von ihrem Milchshake.

„Jackson Stewart“, seufze ich. Walter und Luke verziehen ihre Münder zu einer schmalen Linie.

„Okay, Leute, wer will wetten?“, fragt Elly und trommelt wild auf den Tisch herum.

„Wetten?“ Ich kneife die Augen zusammen.

„Na, wer zuerst das Schlachtfeld verlässt“, antwortet sie schulterzuckend.

Bei dem Vergleich muss ich schmunzeln und auch die anderen fangen an zu lachen.

„Nimm es mir bitte nicht übel, Charly, aber Jackson ist wie ein wildes Tier“, bemerkt Elly.

„Oh wow, lass ihn den Vergleich bloß nicht hören. Aber ja ich bin ganz bei dir, Elly“, lacht Luke.

Ich schüttle den Kopf und sehe Walter fragend an.

„Ich glaube, ihr unterschätzt unsere Charly, daher stimme ich für Jackson“, verkündet er. Zufrieden nicke ich ihm zu und strecke Walter ein High-Five in die Luft, worauf er einschlägt und wir wieder einen Lachflash bekommen.

Während wir noch eine Weile zusammensitzen und über alles Mögliche erzählen, muss ich immer wieder an Jackson denken. Der Junge, der mir schon jetzt ein Rätsel ist.

Zu Hause gehe ich direkt in die Küche und finde meine Eltern vor, wie sie den alten Herd putzen.

„Hallo, ich bin wieder da“, begrüße ich die beiden enthusiastisch und sie lächeln mir zu.

„Hallo Schatz“, sagt Dad.

Ich habe ihn gestern nach seinem Termin nicht mehr zu Gesicht bekommen, aber er wirkt zufrieden. Ich gehe in die kleine Küche und gieße mir einen Tee ein.

„Was ist bei deinem Meeting gestern herausgekommen?“, frage ich, während ich mich an den Küchenschrank lehne.

„Wir haben jetzt einen Privatdetektiv beauftragt. Einer unserer Anwälte hat uns dazu geraten und uns direkt jemanden empfohlen. Der Detektiv meint, dass wir womöglich in unserer Firma ein schwarzes Schaf haben. Nun gilt es, herauszufinden, wer für das alles verantwortlich ist.“

„Wie können wir uns einen Detektiv leisten?"

„Darüber musst du dir nicht den Kopf zerbrechen."

Ich trinke einen Schluck und versuche zu verstehen, wer meiner Familie etwas Böses wollen würde.

„Hast du schon eine Vermutung?" Sein Mund wird schmal und Dad schüttelt den Kopf.

„Leider nein. Wir sind die Mitarbeiter durchgegangen, aber uns fällt niemand ein. Einige Unterlagen sind verschwunden. Wir können vorerst nur warten und uns zurückhalten. Der Detektiv braucht Zeit und niemand darf erfahren, dass wir verdeckte Ermittler in die Firma eingeschleust haben." Ich nicke bestätigend.

„Mein Mund ist verschlossen. Ich muss noch etwas für die Schule machen. Ach, übrigens lässt Mr. Watts euch nett grüßen." Dann gehe ich auf mein Zimmer und will mich um ein paar Schulaufgaben kümmern, doch ich kann mich nicht richtig konzentrieren. Was ist, wenn der Detektiv entlarvt wird? Was sollen die Mitarbeiter denken? Womöglich würde der Verantwortliche auch noch die letzten Beweise vernichten und wir haben keine Chance mehr, Dads Unschuld zu beweisen. Ich zermartere mir mit der Frage, wer etwas gegen meine Familie hat, das Hirn. Klar, gibt es genug Neider, aber wer würde so etwas tun? Wieso sollte man die Existenz von jemanden zerstören. Stonewall Systems ist ein Familienunternehmen, gegründet von meinen Grandpa Lucas. Er würde wohl genauso kämpfen wie Dad. Wer möchte schon der Geldwäscherei bezichtigt werden? Wenn ich nur etwas tun könnte. Ich seufze. Leider habe ich selber eine Schlacht zu schlagen.

Kapitel 9

Bevor ich zur ersten Stunde muss, mache ich noch Halt an meinem Schließfach, um die Bücher zu holen.

Vor meinen Schrank stehen Elizabeth und die anderen Cheerleader.

„Darf ich bitte an mein Schließfach?" Ich versuche, bei diesen Worten so nett wie möglich zu klingen, doch keiner schenkt mir Beachtung. „Ihr steht vor meinem Schrank, ich muss da bitte ran", sage ich etwas energischer.

Ich versuche, die Mädchen beiseite zu schieben, doch Elizabeth stellt sich mir in den Weg und schaut mich abwertend an. Warum ist sie bitte so groß? Ich komm mir vor wie ein kleines Kind, das getadelt wird.

„Die Mädchen hören nur auf mich und, wenn ich sage sie sollen stehen bleiben, dann bleiben sie stehen." Ich verdrehe die Augen. „Und was hast du von dieser Super-Aktion?" Den Sarkasmus spucke ich ihr förmlich vor die Füße.

Sie zieht eine Fratze. „Meinen Spaß, was sonst?"

Ich schüttele genervt den Kopf.

„Würdest du deine Mädchen bitten, den Platz zu räumen?", ich beiße die Zähne zusammen und wiederhole mich, aber dieses Mal deutlicher. Elizabeth ignoriert mich und winkt jemanden herbei.

Seufzend atme ich durch. Dann halt ohne Bücher. Ich will gerade dem Mädchen-Mopp aus dem Weg gehen, als Matt mir den Weg abschneidet.

„Wohin des Weges, Miss Stonewall? Uns ist zu Ohren gekommen, dass du uns bei Mr. Watts verpfiffen hast." Er kommt so nah, dass ich einen Schritt zurücktrete. Heute sieht er gar nicht gelangweilt aus, sondern wie ein Jäger auf dem Spielfeld. Ich kneife die Augen zusammen. Wenn er denkt, ich bin seine Beute, dann täuscht er sich aber gewaltig.

„Ich habe niemanden verpfiffen, sondern nur die Fakten erläutert", kontere ich und versuche erneut, vorbei zu gehen. Er hält mich am Arm fest und ich versuche, mich aus seinem Griff zu befreien.

„Lass mich sofort los, oder ..."

„Was oder ...?" Und dann geht alles ganz schnell! Ich sehe nur noch, wie eine Faust direkt in Matts Gesicht landet und er nach hinten kippt. Er spuckt Blut auf den Boden, steht aber sofort auf, um seinen Angreifer zu identifizieren.

Neben mir steht niemand geringeres als Jackson Stewart. „Andauernd muss man dir helfen", murrt er mit einem genervten Ton, während er einen Fausthieb von Matt ohne Probleme abwehrt. Die zwei fangen an, zu rangeln, und ich schaue nur entsetzt zu. Elizabeth brüllt Matt an, dass er sofort damit aufhören soll, doch dieser hängt gerade mit dem Kopf in Jacksons Armbeuge fest und hat Müh und Not, sich zu befreien.

„Ich denke, du kannst jetzt an deinen Schrank", stellt Jackson fest und ich brauche einen Moment, um die Information zu verarbeiten. Ich eile zum Schließfach, hole die Bücher heraus und renne los. Kurz bevor ich um die Ecke biege, drehe ich mich nochmal um und sehe wie Jackson Matt loslässt und davonschlendert.

Von dem Unterricht bekomme ich überhaupt nichts mit, denn meine Gedanken kreisen um die Frage, warum Jackson mir erneut geholfen hat. Nachdem ich auf mein Handy gesehen habe, habe ich noch etwas, um was ich mir Gedanken machen muss: Die Bilder von der Schlägerei, die meinetwegen stattgefunden hat, sind bereits im Internet. Dabei auch Bilder von mir, die wie ein verängstigtes Reh am Rand steht. Wenn diese Schikane jetzt jeden Tag auf mich zukommt, habe ich keine Ahnung, wie ich das restliche Jahr überstehen soll. Da die nächste Stunde ausfällt und ich nicht weiß, wo ich sonst hingehen soll, mache ich mich auf den Weg zur Schülerzeitung. Elly ist bei der Theater AG, Luke und Walter haben beide Unterricht.

Ich habe ein sehr mulmiges Gefühl, lasse mich davon aber nicht beirren und trete ein. Schließlich ist das wohl im Moment der einzige Ort, an den ich gehen kann.

Es ist dunkel und ich schalte das Licht ein.

„Hallo?", rufe ich in den Raum hinein. Keine Antwort. Langsam durchquere ich den Raum und kann mir nun endlich alles einmal genauer ansehen.

Die Computer sind teilweise total verstaubt, nur ein Computer in der hinteren Ecke wirkt, als würde er regelmäßig benutzt. Ich setze mich auf den Platz und berühre die Tastatur vor mir, um dann den Computer einzuschalten.

Der Bildschirm wird hell und ich soll ein Kennwort eingeben. Ich seufze. Ein Kennwort hat mir Mrs. Darcy nicht gegeben.

„Was machst du da?", reißt mich eine Stimme aus den Gedanken. Jackson Stewart steht mit verschränkten Armen in der Tür und ich stehe auf, um ihm gegenüberzutreten.

„Jackson", zische ich ihn an. „Wie ich gestern schon erwähnt habe, bin ich jetzt bei der Readmore-Mount." Er verdreht die Augen und ist mit zwei Schritten neben mir. Das Grün seiner Iris funkelt mich an.

„Such dir einen anderen Kurs."

„Nein, ich bleibe", ich habe nicht vor nachzugeben. Also verschränke ich ebenfalls die Arme und straffe die Schultern. Ich spüre seinen Atem, er riecht nach Pfefferminz. Seine vollen Lippen pressen sich zu einer dünnen Linie zusammen und er verdreht genervt die Augen.

„Dann halt den Ball flach", grummelt er und schiebt sich an mir vorbei.

„Wie liebenswert du bist", zicke ich vor mich hin. Er hebt die Augenbraue und wendet sich dem Computer zu. Ich schnaube aufgebracht und stemme die Hände in die Hüfte.

„Woher weißt du das Passwort?" Er schaut mich über den Bildschirmrand an, sein Gesicht ist wie versteinert.

„Weil es mein Passwort ist", antwortet er schlicht.

„Bist du immer hier?", frage ich, bekomme allerdings keine weitere Antwort.

Ich gehe zu einem der anderen Computer und puste erst mal den Staub weg. Dann schalte ich ihn ein und beobachte Jackson über den Bildschirmrand.

„Danke übrigens für vorhin, auch wenn ich nichts davon halte, sich zu prügeln." Seine Mundwinkel zucken belustigt in die Höhe.

„Willkommen in der Realität." Er macht sich nicht einmal die Mühe, mich anzusehen.

„Du lebst in einer komischen Realität." Er steht auf und stützt sich mit den Fäusten auf meinem Tisch ab.

„Hör mal zu: Nicht jeder ist so wohlbehütet aufgewachsen wie du!" Ich stehe ebenfalls auf und recke ihm das Kinn entgegen. Er rümpft die Nase.

„Ein weniger behütetes Umfeld rechtfertigt aber nicht, sich mit anderen zu prügeln!" Wir starren uns tief in die Augen und ich spüre die Anspannung, die innerhalb kurzer Zeit zwischen uns entstanden ist. Wenn er meint, er kann mit mir so umspringen, hat er sich aber getäuscht!

Jackson regt sich zuerst und schaltet den Computer aus, schnappt sich dann seine Lederjacke und geht zur Tür hinaus. Kurz bevor er diese schließt, sieht er mich noch einmal finster an. „Nur nochmal fürs Protokoll, ich habe dir nicht geholfen. Ich hatte nur Lust, Matt eine zu verpassen."

Und mit einem Ruck geht die Tür zu. Wow, was für ein Arschloch. Aber immerhin kann ich mir einen kleinen Jubelschrei nicht verkneifen. Damit ging die erste Runde eindeutig an mich. Ha, Elly! Was sagst du dazu?

Am Computer öffne ich das Programm für die Webseite. Erstmal lösche ich die ganzen Bilder, die dort auf der Seite zu sehen sind. Ich klicke mich durch sämtliche Beiträge der letzten Jahre.

Als ich endlich fertig bin, schalte ich noch die Funktion wieder ein, dass alle Beiträge vom Administrator genehmigt werden müssen, bevor sie online gehen. Irgendwie werde ich das Jahr schon überstehen und jetzt habe ich endlich einen Raum, in den ich mich zurückziehen kann, selbst wenn ich ihn mit Jackson teilen muss.

Ich frage mich, was wohl in seinem Leben schiefgelaufen ist, dass er so aggressiv ist. Elly meinte, niemand weiß etwas über ihn und dass er ein Einzelgänger ist.

In der Suchmaschine gebe ich Jackson Stewart ein und scrolle mich durch die Beiträge, werde allerdings nicht fündig. Bevor ich fertig bin, kopiere ich noch die nächsten Highlights vom Veranstaltungskomitee.

Im Oktober stehen einige Termine an: Ein Kürbisfest und die Halloweenparty sind zwei Highlights. Für die Halloweenparty fehlen noch Ideen, also lade ich den ersten Beitrag hoch, bei dem die Schüler Wünsche äußern können.

Kapitel 10

Elly, Luke und Walter warten schon vor der Schule.

„Hey Charly, wir wollen noch zum Scona River, die letzten Sonnenstrahlen des Spätsommers genießen. Bist du dabei?“, fragt Luke. Der Wind weht mir eine Haarsträhne ins Gesicht, sie hat sich aus meinem Zopf gelöst. Es ist kälter geworden, aber die Sonne scheint noch kräftig genug.

„Klar, ich schreibe nur noch meinen Eltern kurz eine Nachricht.“ Elly und ich setzen uns auf die Rückbank des Pickups, während die Jungs versuchen, Ellys Fahrrad ins Auto zu verfrachten.

„Geht es dir gut? Ich habe von der Aktion vor deinem Schließfach gehört!“

„Es ist alles in Ordnung.“

„Stimmt das mit Jackson? Hat er dir geholfen?“

„Ja, schon, aber nicht für mich, sondern weil er Matt eine reinhauen wollte.“

„Was?“

„Ja, wir hatten nach der Rangelei noch ein weniger schönes Aufeinandertreffen bei der Schülerzeitung.“ Ich fasse alles kurz zusammen.

„Oh, das ist heftig. Was willst du jetzt machen?‘“

„Ich ziehe das weiter durch.“

„Okay, wenn du Hilfe brauchst: Ich bin da!“, sie reckt ihren rechten Daumen in die Luft und grinst. Ich schmunzele und bedanke mich bei ihr. Während wir auf die Jungs warten, spiele ich mit dem Saum meiner Strickjacke und denke an Jackson. Woher kommt nur dieser Zorn in ihm? Und warum hilft er mir ständig? Ich glaube ihm nicht, dass er nur Matt eine verpassen wollte. Nachdem die Jungs endlich das Fahrrad im Auto verstaut haben, setzt sich Luke ans Steuer und wir fahren los.

Ich schiele zu Elly rüber, die gerade mit dem Handy auf der Seite unserer

Schule unterwegs ist.

„Oh, was ist denn mit unserer Webseite passiert?"

„Wieso? Was ist los?", ich versuche, mir das Grinsen zu verkneifen.

„Hast du ...?" Ich nicke bestätigend und wir quatschen noch eine Weile über das Kürbisfest und die Halloweenparty. Auf Halloween freue ich mich inzwischen wieder. Ich liebe es, mich zu verkleiden. Meine bisherigen Halloweenpartys waren immer nur Hauspartys. So eine Veranstaltung in der High-School ist mal etwas anderes. Nach einem kurzen Zwischenstopp an einer Tankstelle haben wir den Scona River erreicht. Es ist immer wieder schön, hier zu sein. Am Horizont sieht man die Umrisse der Rocky Mountains.

Direkt neben den Fluss grenzt ein kleiner Weg, der sehr beliebt bei Joggern ist. In den Sommermonaten gibt es hier Freiluftkonzerte oder verschiedene Festivals.

In der Nähe vom Fluss platziert Luke eine große Decke auf dem Boden und die anderen legen sich hin.

„Leute, ich gehe noch ein paar Schritte. Bin gleich wieder bei euch", verkünde ich, während sie schon die Augen geschlossen haben und die Sonne genießen. Durch ein kurzes Winken, gibt mir Elly zu verstehen, dass sie mich gehört haben.

Mir liegt die Auseinandersetzung mit Jackson noch schwer im Magen und ich brauche Bewegung, um mich abzulenken.

Ich gehe den Weg am Fluss entlang und gebe mich dem Geräusch des Plätscherns hin. Es beruhigt mich und ich bleibe stehen, schließe die Augen und verweile für einige Augenblicke. Das Sonnenlicht streichelt sanft meine Wangen und die frische Luft belebt meinen Körper mit neuer Kraft.

Dieser kleine Moment gibt mir so viel nach den turbulenten Tagen. Ich gehe noch ein Stück weiter, bis ich mein Ziel erreiche.

Hinter einer kleinen Weggabelung führt der Weg zu Dads Firma. Inmitten der Bäume verstecke ich mich, da ich nicht möchte, dass mich jemand von der Presse entdeckt und ich wieder verfolgt werde. Das weiße Firmengebäude ragt hinter den Bäumen hervor. Davor steht ein großer Springbrunnen und auf den vielen Bänken sitzen vereinzelt noch Mitarbeiter.

Dad war immer ein sehr beliebter Chef, das lag vor allem daran, dass ihm das Wohl der Mitarbeiter sehr am Herzen lag.

Wie sie wohl jetzt von ihm denken? Es macht mich traurig, dass Dad in einem so schlechten Licht dargestellt wird und wir nichts dagegen tun können.

Ein entferntes Gespräch lässt mich aufhorchen und ich bewege mich langsam auf die Stimmen zu. Hinter einem anderen Baum komme ich zum Stehen und versuche, einen Blick auf die Sprecher zu erhaschen. Zwei männliche Personen stehen nicht weit von mir entfernt und unterhalten sich. Den einen kenne ich nur zu gut. Der großgewachsene blonde Mann ist niemand geringeres als Sams Dad, Matthew Clark. Den anderen Mann kenne ich nicht. Ich hole mein Handy hervor und mache ein Foto. Ich weiß nicht einmal genau, wieso, aber die zwei hier alleine im Wald hinter der Firma geben ein seltsames Bild ab.

Bevor ich entdeckt werde, schleiche ich leise wieder zurück und mache mich auf den Weg zu den anderen.

„Du bist ja schon wieder zurück“, sagt Elly.

Ich nicke und würde am liebsten direkt zu Dad fahren, um ihm das Foto zu zeigen. Wieso beschleicht mich so ein mulmiges Gefühl, wenn ich an die Szene im Wald denke.

„Charly?“, spricht sie mich erneut an und reißt mich zurück in die Gegenwart. „Du siehst aus, als hättest du einen Geist gesehen.“ Auch die anderen sehen mich fragend an und ich versuche, mit einem Schulterzucken die seltsame Vorahnung abzuschütteln.

„Nein, nur Matthew Clark“, lache ich. Walter setzt sich aufrecht hin.

„Matthew Clark, von Clark Industries?“, hakt er nach und ich nicke. „Und was hat er im Wald gemacht?“

„Er hat sich mit jemanden unterhalten“, erzähle ich achselzuckend. Elly legt den Kopf schräg.

„Der Typ macht mir Angst“, schaudert Walter und ich ziehe fragend eine Augenbraue in die Höhe.

„Wieso?“, fragt Elly nachdenklich und auch meine Aufmerksamkeit gilt jetzt Walter.

„Man erzählt sich, dass er für den Tod seines Bruders verantwortlich sei.“

Elly und Luke sehen Walter mit aufgerissenen Augen an.

„Das ist doch Quatsch! Mein Vater und Matthew sind schon lange befreundet und genauso lange Partner. Bill Clark ist vor Jahren bei einem Autounfall ums Leben gekommen.“ Klar ist Matthew nicht der beliebteste Mensch von

Scona Hills und ich hatte vor wenigen Minuten auch ein komisches Gefühl ... Aber jemandem einen Mord unterstellen, geht dann doch etwas zu weit.

Ich erinnere mich noch gut an die Geschichte, die mir meine Eltern erzählt haben, als ich ein Foto von ihnen mit den Clark Brüdern gefunden habe.

„Wie gesagt, es sind Gerüchte", gibt Walter zu.

„Über uns gibt es ja auch genügend Gerüchte", erinnere ich ihn und mein Ton klingt etwas zu schroff. Walter zuckt ein wenig zurück und es tut mir sofort leid. Aber mich nervt diese Gerüchteküche einfach. Die Sonne verschwindet langsam und wir machen uns auf den Rückweg.

In der Wohnung zeige ich Dad das Foto von Matthew Clark und dem unbekannten Mann.

„Hast du das Foto gemacht?"

„Ja, wer ist der Mann?"

„Das ist unser Detektiv. Ich habe dir doch erzählt, dass wir ihn in die Firma eingeschleust haben."

„Und weiß Matthew davon?"

„Nein", gibt mein Vater nachdenklich zu.

„Das heißt er wird verdächtigt?" Ein beruhigendes Lächeln legt sich auf Dads Gesicht und er zoomt das Bild auf meinem Handy heran.

„Charly, Matthew kümmert sich gerade sehr gut um unsere Firma und hält sie stabil. Das würde er wohl kaum machen, wenn er die Firma von der Bildfläche verschwinden lassen wollen würde. Ich vertraue ihm." Er hat Recht.

Das ergibt keinen Sinn und doch gefällt mir die Situation im Wald nicht.

„Ich danke dir, dass du aufmerksam bist. Aber überlass das den Profis." Er gibt mir einen Kuss auf die Stirn.

„Okay."

Kapitel 11

Es ist Samstag und ich habe keine Lust meine Zeit in der Wohnung zu verbringen, also schlendere ich durch die Straßen von Downtown. Meine Freunde sind alle dieses Wochenende verplant. Luke und Walter sind zum Wandern in den Rocky Mountains und Elly bei ihrer Grandma zu Besuch.

Sam hat sich bei mir nicht mehr gemeldet und ich habe auch keine Lust, ihm ewig hinterher zu rennen.

Die Sache mit Matthew habe ich nach dem Gespräch abgeschlossen. Es ist mir unangenehm, so über ihn gedacht zu haben, schließlich war er immer nett zu mir und für meine Familie ein guter Freund. Es liegt einfach an dieser ausweglosen Situation, dass mein Gehirn verrücktspielt. Ich werde einfach paranoid.

Ich komme an verschiedenen Geschäften vorbei und betrachte die Schaufenster. Auf der anderen Straßenseite entdecke ich einen kleinen Elektronikladen. Peters Electronics.

Ich gehe hinüber und bleibe davor stehen. An der Eingangstür hängt ein Zettel mit der Aufschrift Aushilfe gesucht.

Das wäre perfekt, um etwas Geld zu verdienen. Ich gehe hinein und die Türglocke läutet. Hinter dem Tresen sitzt ein älterer Mann und repariert gerade einen Computer.

„Hallo", grüße ich ihn. Der Mann schaut auf und lächelt mich an. Sein Gesicht ist schon ganz faltig und unter dem blauen Cap schauen ein paar graue Haarbüschel hervor. Er erinnert mich an meinen Grandpa Lucas, der leider viel zu früh gestorben ist.

„Hallo, wie kann ich dir helfen?"

„Ich habe Ihr Schild gesehen, dass Sie eine Aushilfe suchen und da wollte ich mich gerne vorstellen."

Der ältere Mann grinst mich an und steht auf. Zu dem blauen Cap trägt er eine blaue Latzhose und darunter ein weißes T-Shirt.

„Hast du denn Erfahrung mit Elektronik?"

Ich nicke. „Ich habe mich schon früh für Technik interessiert." Dass mein Dad einen großen Beitrag dazu geleistet hat, erzähle ich ihm nicht.

„Na gut, also ich heiße Peter und du?"" Er reicht mir die Hand und ich greife zu.

„Ich bin Charly", antworte ich lächelnd.

Er wirkt etwas skeptisch und ich überlege, wie ich ihn überzeugen kann, dass ich die richtige für den Job bin.

Die Türglocke läutet erneut und eine junge Frau kommt herein.

„Darf ich?", frage ich Peter. Er wirkt kurz irritiert, nickt dann aber. Die Frau kommt wie gerufen und so gehe ich zu ihr und begrüße sie freundlich.

„Hallo, suchen Sie etwas Bestimmtes?" Sie muss ungefähr im selben Alter wie Mom sein.

„Hallo, ich brauche dringend ein neues Netzteil für meinen Laptop." Sie gibt mir ihr altes Netzteil.

„Einen Moment bitte." Ich drehe mich zu Peter und erkundige mich bei ihm: „Hast du universale Netzteile?"

„Selbstverständlich, schau einmal links an der Wand."

Ich eile in die Richtung und nehme mir eines der Netzteile, dann gehe ich zurück.

„In der Verpackung sind verschiedene Stecker", erkläre ich ihr und schaue mir ihr altes Netzteil an.

„Für Ihren Laptop benötigen Sie diesen Stecker", ich zeige ihr den Passenden.

„Dankeschön", sagt sie und wir gehen gemeinsam zur Kasse, wo Peter das Finanzielle erledigt. Die Frau verabschiedet sich und Peter betrachtet mich nun genauer.

„Kenne ich dich irgendwoher?"

Ich schüttele den Kopf. „Ich glaube nicht. Ich bin neu in der Gegend."

„Okay, ich suche eine Aushilfe für Freitag bis Dienstag. Hauptsächlich geht es darum, Reparaturen anzunehmen und die Artikel, die vorrätig sind, zu verkaufen. Wir nehmen aber auch Bestellungen an. Um die Reparaturen kümmere ich mich selber. Du gehst ja sicherlich noch zu Schule?" Ich nicke.

„Okay, Montag, Dienstag und Freitag kommst du nach der Schule hierher und schließt um 18 Uhr den Laden. Samstag wäre dann von 9 bis 14 Uhr. Ist das okay für dich?"

„Das ist perfekt! Vielen Dank, Peter."

„Moment", sagt er und geht kurz hinter den Tresen, wo er einige Blätter hervorkramt. „Füll das bitte aus und bringe die am Montag mit." Ich schaue mir die Unterlagen an und nicke ihm zu. „Du bekommst 8 Dollar die Stunde." Super, mehr als ich erwartet habe. „Ich freue mich und werde Alice gleich die freudige Nachricht überbringen", verkündet er mir und ich schaue ihn fragend an, woraufhin er herzhaft lacht. „Alice ist meine Frau und sie jammert schon seit Jahren, dass ich doch bitte weniger arbeiten soll, damit wir am Wochenende zu unserem Ferienhaus in den Rocky-Mountains rausfahren können", antwortet er auf meine unausgesprochene Frage.

„Ich freue mich und nochmal vielen Dank", strahle ich.

Wir verabschieden uns und ich gehe wieder hinaus. Die Unterlagen stecke ich in meinen Rucksack, schreibe Elly die freudige Nachricht über den Job als Aushilfe und dass ich sie bald auf einen Burger im Diner einladen kann. Elly schickt mir ein paar lachende Smileys.

Mom lächelt mich freudig an, als ich ihr von dem Job als Aushilfe erzähle, doch Dad knirscht mit den Zähnen. Es gefällt ihm nicht, das spüre ich sofort.

„Bitte, lasst mich etwas machen. Ich möchte mir ein wenig Geld dazu verdienen, damit ich etwas mit meinen Freunden unternehmen kann", bettele ich. Die Zustimmung von Mom ist mir sicher. Sie streichelt sanft über Dads Arm, der sie mit zusammengezogenen Augenbrauen ansieht. Dad ist eine harte Nuss.

„Was ist, wenn sie dort jemand entdeckt? Die Presse steht dann vor dem Laden und belagert sie!"

„Ich könnte ja eine Brille tragen", schlage ich vor und Dads Lippen verziehen sich zu einen Schmunzeln. Jetzt habe ich ihn. „Dad, ich verspreche dir, dass ich aufpasse."

Er atmet laut aus und senkt den Kopf. „Okay, aber so bald irgendetwas passiert, hat sich der Job erledigt!"

Ich jubele los und springe ihm an den Hals.

„Danke Dad!" Ich gebe ihm einen Kuss auf die Wange und wir füllen die Zettel aus.

Kapitel 12

Heute werde ich meinen ersten Arbeitstag bei Peter haben.

Doch vorher habe ich noch einen Termin bei Mrs. Darcy. Sie sitzt wie immer hinter ihrem Schreibtisch und begutachtet mich über ihr Brillengestell hinweg.

„Wie ich sehe, haben Sie auf unserer Webseite schon einiges in Angriff genommen. Ich habe hier noch ein paar Informationsveranstaltungen für die verschiedenen Colleges. Bitte laden Sie diese Informationen auf die Webseite und die Schüler sollen sich bei mir melden, um sich einzutragen“, teilt sie mir mit und übergibt mir ein kleines Heft, wo alles Wichtige schriftlich notiert ist.

Eigentlich hatte ich heute nicht mehr vor zur Readmore-Mount zu gehen.

Das letzte Treffen mit Jackson sitzt mir noch immer in den Knochen.

„Mrs. Darcy?“

„Ja?“

„Gibt es eine Möglichkeit, Zeiten für den Raum einzuteilen?“

„Wieso das, Liebes?“

Ich erzähle ihr von Jackson, der dort ebenfalls seine Zeit verbringt. Die Idee der Zeiten kam mir gestern. So würden wir uns nicht gegenseitig an die Gurgel springen.

„Wissen Sie, Miss Stonewall, Jackson Stewart ist eigentlich ein lieber Junge, wenn man ihn erst einmal richtig kennenlernt.“ Sie lacht und erzählt dann weiter. „Ich habe ihn so oft hier sitzen gehabt und er war stets höflich und verständnisvoll.“ Ich lege den Kopf leicht schief. Meint sie das ernst?

„Sie können mir ruhig glauben. Vielleicht ist ein bisschen Gesellschaft genau das, was er braucht und Sie sind eine starke Persönlichkeit. Ich bin mir sicher, dass Sie beide sich arrangieren werden.“ Ihr Telefon klingelt und damit ist das Gespräch beendet.

Ich mache mich auf den Weg zum Büro der Readmore-Mount.

Jackson sitzt an dem Computer in der hinteren Ecke.

„Hey Jackson", grüße ich, ohne eine Antwort zu erwarten. Ich setze mich an den Computer und beeile mich, alle Informationen auf die Webseite zu laden.

„Warum der Aufwand?" Jackson steht neben mir und betrachtet mich eindringlich.

„Warum nicht?"

„Sie behandeln dich hier bisher wie das Letzte."

„Du bist auch nicht gerade sehr nett."

„Das bin ich zu niemanden."

„Warum?"

„Weil jeder nur an sich denkt."

„Das stimmt nicht."

„Das sagt die Richtige. Wie sah es denn bisher in deiner Welt aus?" Er zeigt mit dem Finger auf mich.

Ich schlucke. „Es sind nicht alle so."

Jackson schüttelt genervt den Kopf.

„Auch du wirst dich irgendwann der Gesellschaft anschließen, um zu überleben."

„Vielleicht bin ich aber genau die eine Person, die alles verändern wird. Weil ich den Mut dazu habe, ganz im Gegensatz zu dir."

Die Worte klingen härter als sie es sollten. Jackson zieht die Augenbrauen zusammen und sein Kiefer bewegt sich. Dann wendet er sich ab und verlässt den Raum. Der Typ macht mich echt wahnsinnig. Mrs. Darcy meinte, Jackson sei im Grunde ein lieber Junge. Bisher glaube ich allerdings, dass sie Gespenster sieht. Im Grunde tut er mir einfach nur leid.

Ich komme gerade noch rechtzeitig bei Peter an, um meinen ersten Arbeitstag anzutreten. Er steht schon mit Jacke in der Tür und wartet auf mich. Als Peter mich entdeckt, winkt er mir freudig zu.

„Hallo Charly", begrüßt er mich.

„Hallo Peter, bin ich zu spät?" Er lacht und winkt ab.

„Komm, ich erkläre dir eben noch alles." Und dann machen wir einen kleinen Rundgang. Peter erklärt mir die Kasse und mit welchem Programm ich die Bestellungen aufnehmen kann.

„Die Reparaturen kannst du in die Werkstatt bringen." Er zeigt auf eine kleine Tür, die sich hinter dem Tresen befindet. „Schreib bitte die Kontaktdaten auf."

Ich sauge alle Informationen auf und versuche, mir alles ganz genau zu merken.

„Kein Problem, das bekomme ich hin."

„Davon gehe ich aus, sonst hätte ich dich nicht eingestellt." Er wirkt hochzufrieden.

„Falls du Hilfe brauchst, meine Handynummer ist eingespeichert und, Charly, in der Werkstatt ist ein kleiner Kühlschrank. Alice hat mir ein Stück Kuchen für dich mitgegeben. Sie ist überglücklich, dass ich eine Aushilfe habe und freut sich dich bald mal kennenzulernen."

„Dankeschön." Bevor Peter geht, dreht er sich noch ein letztes Mal um.

„Die Papiere kannst du mir hinlegen, ich hefte sie morgen weg und kümmere mich um alles." Dann winkt er mir noch einmal zu, bevor er den Laden verlässt und ich ganz alleine hinter dem Tresen stehe. Ich lege ihm die Zettel hin und hoffe, dass Peter nicht weiß, wen er da eingestellt hat. Durch die Ermittlungen gegen Dad könnte es sein, dass er seine Meinung ändert.

Die nächsten drei Stunden vergehen nur sehr langsam. Ich habe das Stück Kuchen gegessen und mich um die Kunden gekümmert. Ein paar Reparaturen stehen hinten in der Werkstatt und bis auf ein paar Akkus habe ich nichts verkauft. Es ist kurz vor 18 Uhr und langsam fängt es an zu dämmern. Zum Glück ist der Laden nur ein paar Blöcke von unserer Wohnung entfernt, somit bin ich zu Hause, bevor es dunkel wird.

Bevor ich den Laden verlasse, schaue ich noch einmal, ob ich auch alles ausgemacht habe, so wie Peter es gesagt hat. Dann gehe ich hinaus, schließe die Tür ab und atme die kühle Luft ein.

„Charly?", brummt eine tiefe Stimme hinter mir und ich schrecke zusammen. Jackson steht nur ein paar Meter von mir entfernt.

„Musst du mich so erschrecken?" Er trägt wie immer eine Lederjacke, eine dunkle Jeans und seine schwarzen Boots dazu. Er weicht meinem Blick aus.

„Sorry, war nicht meine Absicht."

„Was machst du hier?“, frage ich.

„Nichts, ich war gerade auf dem Weg nach Hause und da stehst du auf einmal vor mir. Du arbeitest bei Peter?“

Ich nicke zur Bestätigung. „Du kennst ihn?“

„Ich kenne so gut wie alle hier in der Gegend“, antwortet er emotionslos.

„Wegen vorhin ...“, setzt er an und kratzt sich am Hinterkopf. „Ich wollte mich entschuldigen. Es war nicht richtig, so mit dir zu reden.“

„Oh, woher der Sinneswandel?“ Da rollt er doch tatsächlich mit den Augen.

„Ein einfaches Okay, hätte auch gereicht.“

„Okay“, gebe ich nach, verschränke aber die Arme vor der Brust. Ganz so einfach mache ich es ihm nicht. Obwohl er mir schon fast etwas leidtut, so verloren wie gerade dasteht.

„Soll ich dich nach Hause bringen?“, unterbricht er das peinliche Schweigen.

„Das musst du nicht“, stoße ich etwas verblüfft aus.

„Es ist schon fast dunkel und nachdem was dir letztens passiert ist ...“ Ich presse die Arme an meinen Oberkörper, um diese Erinnerung schnell zu verdrängen.

„In Ordnung“, nicke ich und wir gehen schweigend nebeneinander her. Es ist eine seltsame Situation neben ihm herzulaufen, wo wir es bisher kaum 5 Minuten in einem Raum ausgehalten haben.

„Ich war am Samstag erst bei Peter, weil unsere Kaffeemaschine defekt ist und Mom braucht bei ihren drei Jobs dringend Kaffee“, erzählt er mir beiläufig.

„Deine Mom hat drei Jobs?“

„Ja“, sagt er zähneknirschend. „Und wie kamst du zu Peter?“

„Ich möchte meinen Eltern momentan nicht noch zusätzlich auf der Tasche liegen und da kam der Job als Aushilfe genau richtig.“

„Peter und Alice sind absolut in Ordnung“, meint er trocken.

Wir gehen eine Weile schweigend weiter.

Kurz vorm Eingang bleibe ich stehen.

„Jackson?“, ich schaue zu ihm hoch.

„Ja?“ Er runzelt die Stirn.

„Danke, dass du mir den Tag geholfen hast. Ich hatte wahnsinnige Angst.“

„Schon gut, man muss hier in der Gegend nachts aufpassen.“ Mir fällt das Messer ein. Ob er es jetzt auch wieder bei sich trägt? Und würde er zustechen, wenn es drauf ankommt. Mir wird mulmig bei dem Gedanken.

„Charly?"

„Mh?"

„Hast du dein Handy dabei?" Verwundert krame ich es aus der Jackentasche und er nimmt es mir aus der Hand. Er tippt darauf herum und gibt es zurück.

„Wenn du in Schwierigkeiten bist, ruf mich bitte an."

Dann dreht er sich um und geht. Ich starre ihm noch eine Weile hinterher, bis er hinter einer Ecke verschwindet. Auf meinem Handy steht der Name Jackson und eine Telefonnummer. Verwirrt über die 180-Grad-Wende von ihm, stecke ich das Handy zurück und gehe hinauf.

Während ich im Bett liege, denke ich an Jackson und wie normal er sich verhalten hat. Mich würde der Grund für den Sinneswandel wirklich interessieren, aber ich gebe mich erst mal ohne zufrieden. Könnte Mrs. Darcy doch Recht haben? Das werde ich wohl die nächsten Tage herausfinden. Ich bin so müde, dass ich meine Augen kaum noch aufhalten kann. Das letzte, an was ich denke, sind tiefgrüne Augen.

Kapitel 13

„Jackson Stewart macht sich Sorgen", wiederholt Elly anerkennend, nachdem ich ihr die Geschichte von gestern erzählt habe.

Ich habe gehofft, Jackson heute in der Schule zu sehen, um mich nochmal bei ihm zu bedanken, dass er mich zur Wohnung gebracht hat.

„Meinst du, dass etwas passiert ist?", frage ich, was Elly durch ein Kopfschütteln verneint.

„Jackson bleibt öfter mal der Schule fern, es ist also nichts Ungewöhnliches."

„Mh ..." Die Aussage beruhigt mich nicht wirklich.

„Du machst dir auch Sorgen um ihn. Interessant!" Sie stupst mich in die Seite und wackelt neckisch mit den Augenbrauen.

„Es ist nicht so wie du denkst, Elly", versuche ich, mich zu rechtfertigen.

„Ja klar", sagt sie gedehnt und zwinkert mir zu. Wir verabschieden uns vor der Schule und ich mache mich auf den Weg zum Schulbus.

Mittlerweile habe ich mich an den Geruch und die Lautstärke gewöhnt. Neben mich hat sich ein Mädchen gesetzt, sie ist ein paar Jahre jünger als ich und liest ein Buch. Ich schaue aus dem Fenster und beobachte die vorbeigehenden Menschen. In meiner Hand habe ich mein Handy und überlege, ob ich Jackson eine Nachricht schreiben soll. Mein Daumen bewegt sich immer wieder über das Display zu Jacksons Nummer.

Ohne eine Nachricht zu schreiben, stecke ich das Handy zurück in die Tasche und warte, bis der Bus endlich an meiner Haltestelle zum Stehen kommt.

Der Wind weht mir die Haare vors Gesicht und ich binde sie zu einem Knoten zusammen. Ein wenig angespannt komme ich bei dem kleinen Laden an und bete, dass Peter mich nicht mit Dad in Verbindung bringt. Es können ja auch noch andere Stonewall heißen. Vielleicht hat er aber auch nicht genau hingeschaut und die Unterlagen einfach weggeheftet. Als ich den kleinen Laden betrete, entdecke ich Jackson und Peter zusammen. Sie unterhalten sich und lachen gemeinsam. Ich beobachte die Situation noch eine Weile, ehe ich mich zu den beiden geselle. Jackson hat die Kaffeemaschine unter seinem Arm.

„Hallo Charly", begrüßt mich Peter freundlich und ich frage mich, ob es ein gutes Zeichen ist. Jackson dagegen nickt mir nur zu. Ich versuche, mir die Enttäuschung nicht anmerken zu lassen, irgendwie habe ich bei einem Wiedersehen mit einer anderen Begrüßung gerechnet.

„Hi Peter", sage ich und betrachte Jackson. Er wirkt ganz normal auf mich, Elly hat also Recht gehabt.

„Wo warst du heute?", spreche ich ihn an.

„Ich hatte zu tun", weicht er aus. Jackson wendet sich Peter zu, um sich zu verabschieden und geht. Ich schaue ihm noch hinterher, bis ich ihn nicht mehr sehen kann.

„Ihr kennt euch?", reißt mich Peter aus den Gedanken.

„Ja, aus der Schule."

„Schön, Jackson ist ein guter Junge." Er sagt das auch? So langsam zweifele ich an meiner Auffassungsgabe.

„Ich habe mich um die Reparaturen gekümmert. Würdest du bitte die Leute anrufen, dass sie ihre Geräte wieder abholen können?"

„Na klar", antworte ich.

Peter schnappt sich seine Jacke und winkt mir zum Abschied zu. Ich setze mich direkt an die Arbeit und kümmere mich um die Kunden, die hereinkommen.

Doch ich bin nicht richtig bei der Sache, meine Gedanken sind bei Jackson. Ich habe gedacht, nach gestern Abend können wir normal miteinander umgehen, aber anscheinend habe nur ich das so gesehen.

Als der letzte Kunde den Laden verlassen hat, schließe ich die Tür ab und räume noch etwas auf. Ein Blick aus dem Schaufenster sagt mir, dass ich mich beeilen muss, da die Sonne schon bald verschwunden sein wird. Ich schnappe mir meine Jeansjacke und ziehe sie über den dicken weißen Hoodie.

Vor dem Laden weht mir ein kalter Wind um die Nase und mich fröstelt es. Ich schließe den Laden zu, werfe noch einen kurzen Blick durchs Schaufenster und zucke zusammen. Auf der anderen Straßenseite stehen zwei schwarz gekleidete Männer.

Ich zwinge mich, sie nicht weiter zu beachten. Das ist sicher nur ein Zufall und mache mich auf den Heimweg.

Doch ich komme nicht weit, Jackson steht mit dem Rücken an der Steinmauer und schaut in Richtung der Männer.

„Jackson?", stoße ich erleichtert aus.

„Die zwei dort", er nickt zu den Gestalten, „sie beobachten dich schon eine ganze Weile."

„Wirklich?" Gerade möchte ich mich zu den Männern umdrehen, als seine Hand zärtlich mein Gesicht umfasst.

„Nicht, schau mich an." Mein Herz macht einen Satz und donnert gegen meinen Brustkorb. Mir stockt der Atem. Aber nicht, weil ich angeblich beobachtet werde, sondern weil ich Jackson so nah bin und mein Körper verdächtig darauf reagiert.

„Ich rufe am besten Dad an", murmele ich. Noch immer stehen wir ganz dicht beieinander.

„Oder ...", sagt er und grinst dabei schelmisch. „Wir lassen die zwei dumm aus der Wäsche schauen."

„Wie?", frage ich verdutzt und er lächelt mich spitzbübisch an, so dass sich zwei kleine Grübchen bilden.

„Komm mit." Er greift meine Hand. „Die sind wir gleich los." Und dann rennt er los und zieht mich hinterher.

Wir kommen vor einem schwarzen Motorrad zum Stehen und er wirft mir den Helm zu. „Setz den auf!"

„Nein", nuschele ich und schüttele den Kopf.

„Los!", ruft Jackson. Mit einem Satz sitzt er auf der Maschine und das Knattern des Motors erklingt.

Mit einer eher wenig eleganten Bewegung setze ich mich zügig hinter ihn und schlinge meine Arme um Jacksons Taille. Mit einem kräftigen Ruck fährt das Gefährt los.

„Halt dich gut fest!"

Ich schmiege mich noch enger an Jackson. Er fährt zügig durch die Gassen und ich spüre den Wind, der meine Haare flattern lässt. Anfangs versuche ich noch, mir den Weg zu merken, aber nach mehreren Kreuzungen habe ich den

Überblick verloren und muss mich auf Jackson verlassen. Es ist seltsam, ich fühle mich sicher bei ihm, auch wenn er bisher nicht wirklich nett zu mir war. Dennoch ist er immer da, wenn ich in Schwierigkeiten stecke.

Ob die Männer uns gefolgt sind?

Das Motorrad wird langsamer und kommt zum Stehen.

Noch immer sind meine Arme um seine Taille geschlungen.

Nur widerwillig lasse ich los und steige mit wackeligen Beinen ab. Jackson beugt sich zu mir und hilft mir mit dem Helm. Ich frage mich, was die Männer von mir wollten. Ich überlege, Dad davon zu erzählen, aber dann wird er mich nicht mehr bei Peter arbeiten lassen.

Jackson räuspert sich. „Es tut mir leid wegen vorhin."

„Deshalb bist du zurückgekommen?"

„Ja, doch dann habe ich die Männer gesehen und lieber vor dem Laden auf dich gewartet."

Das Gefühl, dass mich jemand heimlich beobachtet, jagt mir einen Schauer über den Rücken.

„Danke", antworte ich knapp und schaue mich um. Wir befinden uns auf einem alten Fabrikgelände. Jackson steht neben mir und beobachtet mich.

„Wo sind wir?"

„Komm mit, dann siehst du es." Wir gehen ein Stück über das Gelände und durchqueren einen kleinen Waldabschnitt, als das Eishockeystadion der Scona Rangers zum Vorschein kommt.

„Okay, also den Weg kannte ich bisher nicht", gebe ich schmunzelnd zu.

„Es ist ja auch nicht der Offizielle." Jackson lächelt und mir stockt der Atem.

„Hat Jackson Stewart etwa eben gelacht?", necke ich ihn und er verdreht die Augen.

„Du hast Grübchen, wenn du lachst", stelle ich fest und muss grinsen. Er verschränkt die Hände hinter dem Rücken.

„Du raubst mir den letzten Nerv. Komm, ich bringe dich nach Hause", verkündet er. Die Rückfahrt ist nicht so kurvenreich und ich kann sie mehr genießen.

Kurz vor unserem Hauseingang bleibt er stehen und wir steigen ab.

Ich räuspere mich. „Vielleicht können wir zukünftig ein bisschen normaler miteinander umgehen …?"

„Wir werden sehen."

Er winkt mir noch zum Abschied, bevor er mit dem Motorrad wieder losbraust.

Kapitel 14

Ich schaue aus dem Fenster und betrachte die harmonischen Farben des Herbstes. Der Oktober neigt sich so langsam seinem Ende zu. Bis auf ein paar „das-ist-Charly“-Blicke, lassen mich die anderen endlich in Ruhe. Vielleicht haben sie mich auch langsam akzeptiert oder aber gemerkt, dass es langweilig geworden ist, sich andauernd mit mir zu befassen.

Elly, Walter, Luke und ich sind ständig zusammen und es hat sich eine wunderbare Freundschaft entwickelt. Sie lenken mich von all den Schwierigkeiten in meinem Leben ab. Auch bei Peter läuft es super und er ist sehr zufrieden mit meiner Arbeit. Jackson hat es sich zu seiner persönlichen Aufgabe gemacht, mich jeden Abend nach Hause zu bringen. Und – Elly neckt mich zwar täglich damit – auch ich finde es süß von ihm. Er lungert meistens schon eine halbe Stunde vor Feierabend im Laden herum. Ab und zu hilft er mir sogar und räumt mit auf, aber das bleibt eher die Ausnahme. Wir verstehen uns erstaunlich gut, es gibt zwar immer wieder Momente, in denen er distanziert wirkt, aber ich versuche, diese Situationen zu überspielen und ihnen keine Beachtung zu schenken, was tatsächlich hilft. Mom hat sich mittlerweile auch einen Job gesucht. Sie arbeitet jetzt in der kleinen Boutique einer Freundin. Auch wenn das Problem mit Dad und der Firma noch offen ist, geht es uns ein bisschen besser und wir können sogar wieder mehr lachen. So langsam nimmt mein Leben also wieder einen ruhigeren Verlauf.

Das Kürbisfest findet morgen statt und meine Freunde und ich wollen gemeinsam hingehen. Für die Kinder wird es einen Preis für den am kreativsten bemalten und geschnitzten Kürbis geben. Ansonsten wird die Schulband spielen und es wird ein Barbecue veranstaltet. Ich habe mich mit dem Festkomitee zusammengesetzt und sie haben mir ihre Pläne genau erläutert, damit ich diese auf der Webseite veröffentlichen konnte. Leider wäre ein Druck der Zeitung für den Monat Oktober zu kurzfristig gewesen. Den restlichen Monat habe ich damit verbracht, Themen für den November zu sammeln und über diese zu schreiben.

Die Klicks der Seite sind in den letzten Wochen enorm gestiegen und ich habe schon viel Lob von den Lehrern erhalten. Anfangs haben einige Leute immer wieder versucht, irgendwelche Beiträge zu veröffentlichen, die unter der Gürtellinie waren, aber auch das hat nachgelassen. Die Zeit in der Schule hat sich doch noch zum Positiven entwickelt, auch wenn ich das anfänglich niemals für möglich gehalten hätte.

Die erste gedruckte Fassung der Schülerzeitung für den Monat November wird nach der Halloweenparty verteilt und ich bin total nervös deswegen. Es ist die erste Ausgabe seit langer Zeit und ich wurde sogar zur Chefredakteurin erklärt, was mich total stolz macht. Ich habe einen Aushang am schwarzen Brett hinterlassen, weil ich noch Verstärkung suche. Ich bin schon gespannt, wer sich so melden wird.

Meine Freunde und ich haben es uns in einer Sitznische gemütlich gemacht. Den Raum der Readmore-Mount habe ich in den letzten Wochen ein bisschen umstrukturiert und aufgeräumt. Die Polstermöbel in der Ecke sind zwar schon älter, aber sie erfüllen noch ihren Zweck. Ein paar braune Cupcakes stehen auf dem kleinen Holztisch. Luke hat zur Feier des Tages gebacken und wie immer sehen die Ergebnisse köstlich aus.

Ein quietschendes Geräusch lässt uns aufschauen und wir entdecken Jackson im Türrahmen. Er verzieht keine Miene, aber ich kenne den Blick, den er in die Runde wirft, nur zu gut. Normalerweise findet er mich hier nur alleine vor und nun muss er den Raum mit noch drei weiteren Leuten teilen. Das gefällt ihm mit Sicherheit überhaupt nicht. Ich kann förmlich spüren, wie sein Puls sich beschleunigt.

„Was ist hier los?", fragt er, als er langsam die Tür hinter sich schließt. Noch immer sind seine Gesichtszüge ernst. Walter ist der Erste, der das Wort ergreift.

„Wir feiern Charlys erste Ausgabe der Schulzeitung. Möchtest du dich uns anschließen?" Er wirkt angespannt und auch die Gesichter von Elly und Luke sind zögerlich. Jackson zieht die Augenbrauen zusammen und runzelt die

Stirn.

Sein Blick wandert von ihnen zu mir und ich lächele ihm entschuldigend zu. Seine Gesichtszüge entspannen sich nur langsam, aber er setzt sich ohne ein weiteres Wort zu mir auf das kleine Sofa. Ich will gerade zufrieden von einem leckeren Schokoladen Cupcake abbeißen, als er ihn mir aus der Hand schnappt und ihn selber verputzt.

„Hey!“, brüskiere ich mich und stupse ihn an.

„Mhhh, der ist echt gut“, verkündet er zufrieden und greift zum nächsten.

Die anderen stehen wohl noch etwas unter Schock und beobachten Jackson und mich ganz genau. Ich habe ihnen feierlich verkündet, dass niemand die Wette gewonnen hat und sie wollten es mir einfach nicht glauben. Ich denke, spätestens jetzt konnte ich sie überzeugen und ich schenke Ihnen ein Gewinnerlächeln.

Luke räuspert sich. „Ähm ... übrigens findet nach dem Kürbisfest noch eine Party bei einem Kumpel statt. Seid ihr dabei?“

„Auf jeden Fall“, stimme Elly sofort zu. Walter, der sich gerade einen ganzen Cupcake in den Mund geschoben hat, nickt mit vollem Mund eifrig.

„Ich weiß noch nicht“, setze ich zögernd an und zucke mit den Schultern. Das muss ich auf jeden Fall vorher mit Mom und Dad besprechen.

„Gib mir Bescheid, wenn du mehr weißt. Ich muss dann auch los“, zwinkert mir Luke zu.

Auch die anderen stehen auf und verabschieden sich, sodass nur Jackson und ich zurückbleiben. Wir sitzen immer noch so eng beieinander, dass sich unsere Hände fast berühren. Und ganz unweigerlich denke ich darüber nach, wie sich meine Hand wohl in seiner anfühlt? Diese Gedanken habe ich in letzter Zeit häufiger gehabt, doch ich schiebe sie immer schnell beiseite.

„Wie laufen die Ermittlungen?“, fragt Jackson unvermittelt.

Eigentlich sollte ich niemandem von dem Detektiv erzählen, aber mir ist das irgendwie bei einem unserer Gespräche herausgerutscht und Jackson hat geschworen, es niemanden zu erzählen.

„Es gibt wohl Fortschritte. Einige Mitarbeiter haben sich auffällig verhalten und werden gerade beschattet. Drück die Daumen, dass es sich hoffentlich bald geklärt hat.“ Ich schnappe mir noch einen Cupcake und beiße hinein. Er grinst, wobei sich kleinen Grübchen bilden.

„Du hast da etwas“, er zeigt mit dem Finger auf meinen Mund. Ohne groß darüber nachzudenken, lecke ich mit der Zunge über den oberen Rand meiner Lippen und Jacksons Blick verändert sich schlagartig.

Ich spanne mich an. Mir wird plötzlich ganz warm und ich habe das Gefühl, dass kleine Funken zwischen uns tanzen. Oder bilde ich mir das nur ein? Sollte ich näher heranrücken, um es herauszufinden? Ein altbekanntes Flattern macht sich in meiner Magengegend breit und macht mich noch nervöser.

„Nicht da …“ Seine Stimme klingt jetzt rau und seine Hand legt sich heiß auf meine Wange, während der Daumen sanft die Sahne von meiner Nase streicht. Bei der Berührung zieht sich in mir alles zusammen und wir sehen einander tief in die Augen. Mein Herz schlägt so laut, dass ich Angst habe, er könnte es hören. Seine Hand löst sich langsam und ich ergreife sie, um ihn zurückzuhalten. Noch immer schauen wir uns tief in die Augen, während ich seine Hand halte und unsere Finger sich ganz natürlich ineinander verschlingen. Die Sehnsucht nach mehr packt mich. Ich will wissen, wie es ist, ihn zu küssen, will wissen, wie seine Hand sich an anderen Stellen als meinem Gesicht anfühlen würde. Und auch Jackson neigt sich langsam zu mir. Ich zittere ihm förmlich entgegen und schließe langsam die Augen, obwohl es ein Verbrechen ist, den Blick von seinen flammenden, tiefgrünen Augen abzuwenden …

Als die Tür aufknallt, ziehe ich scharf die Luft ein und wir springen förmlich auseinander.

In der Tür steht Elly mit weit aufgerissenen Augen.

„Oh … ich …“, sie beißt sich auf die Lippen, neigt den Kopf und geht zu dem Platz, wo sie eben noch saß. „… Hab mein Handy vergessen.“ Ich spüre deutlich wie meine Wangen glühen. Auch Ellys Gesicht scheint feuerrot, als sie schweigend, mit schnellen Schritten und ohne uns einen weiteren Blick zuzuwerfen durch die Tür verschwindet.

Kurz herrscht eine tödliche Stille im Raum und ich überlege fieberhaft, was ich sagen könnte. Doch es ist Jackson, der sich räuspert. „Gehst du zu der Party?“, bringt er heraus.

Party? Welche Party? Mein Kopf dreht sich förmlich. Ach ja! Die Party bei dem Freund von Luke!

Ich stehe auf und versuche, die Spannung, die in der Luft liegt, zu verdrängen. Wir haben uns beinah geküsst, schießt es mir durch den Kopf.

„Ich denke schon, dass ich hingehen werde", antworte ich und entsorge die leeren Cupcake-Verpackungen im Müll.

„Kommst du auch?", füge ich an und versuche, so unbeeindruckt wie möglich zu klingen. Eigentlich kenne ich die Antwort, aber momentan kreist mein Kopf neben den anderen Planeten im Weltall herum. Jackson schmunzelt und schüttelt dann wie erwartet den Kopf. „Nein, das ist nichts für mich." Er steht ebenfalls auf und kommt zu mir geschlendert. Wir bleiben voreinander stehen und ich schaue zu ihm hinauf. Seine Mundwinkel zucken belustigt nach oben, ehe er sich zu mir beugt und meine Stirn küsst.

„Pass auf dich auf", haucht er mir zu und geht zur Tür hinaus. Ich bleibe zurück, mit einem leeren Kopf und einem heftigen Kribbeln im Bauch. Er hatte mir einen Kuss gegeben! Ja, auf die Stirn, aber es waren seine Lippen auf meinem Gesicht!

Ich weiß gar nicht, wie lange ich dastehe und Löcher in die Luft starre. Ein leises Klopfen befreit mich letztendlich aus der Starre. Die Tür geht langsam auf und Ellys Kopf schaut um die Ecke.

„Es tut mir voll leid. Aber ehrlich gesagt, habe ich mit allem gerechnet, aber nicht damit." Sie schaut mich schuldbewusst an und zuckt mit den Schultern, während sie auf mich zu kommt. „Willst du darüber reden?"

„Ich weiß selber nicht genau, was da eben passiert ist", wispere ich fast. Es gab viele Momente in letzter Zeit, in denen ich die Augen nicht von Jackson lassen konnte. Und auch bei ihm habe ich es gespürt, wie er mich heimlich beobachtet hat. Doch nie sind wir uns so nah gekommen wie heute.

„Charlotte Stonewall und Jackson Stewart ... Wer hätte das gedacht." Sie zwinkert mir zu und meine Mundwinkel zucken leicht nach oben.

„Du behältst das bitte erst mal für dich", warne ich sie mit erhobenem Zeigefinger. Elly wirft schützend die Arme in die Höhe.

„Meine Lippen sind versiegelt."

Ich winke Elly hinterher, als sie mit dem Fahrrad losradelt. Danach mache ich mich auf zum Schulbus und suche mir einen freien Platz. Ich krame mein Handy aus der Tasche und schreibe Sam eine Nachricht. Auch wenn es sich mittlerweile alles andere als richtig anfühlt. Ehrlich gesagt, frage ich mich, wieso ich ihm überhaupt noch schreibe und doch tue ich es immer wieder.

Alte Gewohnheit? Verzweifeltes Sehnen nach meinem alten Leben?

„Hey, ich dachte, ich melde mich mal wieder. Alles gut soweit? Charly"

Unsere Nachrichten sind knapp und meistens liegen Tage zwischen den Antworten. Ich bin ziemlich enttäuscht von meinem besten Freund und nehme mir fest vor, ihm zukünftig keine Aufmerksamkeit mehr zu schenken. Während der gesamten Busfahrt kommt keine Antwort und ich stecke das Handy in die Tasche, als der Bus an meiner Haltestelle anhält.

Mein Weg führt mich am Kiosk vorbei und ich werfe einen Blick auf die Zeitschriften. Zufrieden darüber, dass die Presse uns langsam in Ruhe lässt, mache ich mich auf den Weg in unsere Wohnung. Unsere Sicherheitsmänner stehen immer noch vor unserer Eingangstür, obwohl ich mittlerweile der Meinung bin, dass es nicht mehr nötig ist.

Auf dem Tisch liegt ein Zettel, dass Dad nochmal los musste und das Essen stehe in der Küche. Also gehe ich zum Kühlschrank, hole den Kochtopf heraus und erwärme die Suppe auf dem Herd.

In meinem Zimmer schmeiße ich mich aufs Bett und lese in einem Buch, dass mir Elly geliehen hat. Doch ich kann mich nicht auf die Geschichte konzentrieren. Noch immer spüre ich in jeder Faser die Nähe zu Jackson.

Selbst sein Geruch ist deutlich in meiner Erinnerung, er hängt regelrecht in meiner Nase und meinen Kleidern. Bin ich dabei, mich in ihn zu verlieben?

Oje, ich ziehe die Decke bis zur Nase und kann nicht glauben, dass das gerade wirklich passiert.

Kapitel 15

Der Samstagvormittag verläuft total entspannt. Wir sitzen zusammen am Frühstückstisch und ich schlürfe gerade die letzte Milch aus meiner Cornflakes-Schüssel leer. Mom und Dad sind heute bei einer Freundin zum Dinner eingeladen und werden dort auch übernachten.

„Hast du deine Sachen schon gepackt?", fragt Mom.

„Ja, alles eingepackt."

„Du rufst uns bitte sofort an, falls etwas Ungewöhnliches passiert", beharrt Dad.

Ich nicke und drücke den beiden einen Kuss auf die Wange.

„Macht euch keine Sorgen. Hab euch lieb."

Als ich ihnen heute Morgen von der Party erzählt habe, waren sie zuerst sehr skeptisch, aber ich habe ihnen versichert, dass ich mit Elly zusammen bin und sie sich keine Gedanken machen müssen. Als sie mir ihr Okay gaben, habe ich Luke und Elly direkt eine Nachricht geschrieben.

In meinem Zimmer schnappe ich mir den Rucksack mit meinen Klamotten für heute Abend. Von meinem ersten Geld bei Peter war ich mit Elly ein bisschen Shoppen und habe mir ein süßes Oberteil gekauft. Heute ist die perfekte Gelegenheit, es zu tragen. Ich werfe noch einen Blick auf mein Handy, habe allerdings keine neue Nachricht. Kurz überlege ich, ob ich Jackson schreiben soll. Da ich aber keine Zeit mehr habe und den Laden in wenigen Minuten öffnen muss, mache ich mich schnell auf den Weg.

Heute ist erstaunlich viel los und ich komme gar nicht dazu, mal Luft zu holen. Sobald ein Kunde den Laden verlässt, stehen schon zwei neue vor mir. Aber ich liebe es, dieses routinierte Arbeiten macht mir Spaß und ich freue mich, wenn die Kunden lächelnd den Laden verlassen. Als auch der letzte gegangen ist, schließe ich die Tür von innen ab. Ich muss mich etwas beeilen und zügig Ordnung schaffen. Also flitze ich an den Regalen entlang, stelle alles wieder an seinen Platz zurück und fege einmal ordentlich durch. Nun ist alles für Montag und die neue Arbeitswoche fertig. Ich hole zum wahrscheinlich tausendsten Mal mein Handy raus und schaue wie nebenbei drauf. Nüchtern stelle ich fest, dass Jackson sich noch immer nicht gemeldet hat. Mit einem lauten Seufzer schiebe ich das Handy zurück in die Tasche, schnappe meine Jacke und gehe raus auf die Straße. Eine dunkle Wolkenwand hat sich am Himmel gebildet und ich hoffe, dass es nicht anfängt zu regnen.

Das Kürbisfest findet nämlich im Freien statt.

Vor der Schule warte ich auf die anderen. Das Kürbisfest unserer Schule ist gut besucht und ich entdecke viele jüngere Schüler, die ihre großen Kürbisse vor sich hertragen oder auf kleinen Wagen hinter sich herziehen.

Alle sehen ganz unterschiedlich aus. Mal total gruselig, manche einfach lustig und aus einigen sind richtige Figuren geschnitzt.

„Charly!“, höre ich Ellys Stimme und drehe mich um.

Elly, Walter und Luke kommen zu mir und wir begrüßen uns.

Zusammen gehen wir auf das Schulgelände und drängeln uns an einigen Leuten vorbei, die vor den ganzen Kürbissen stehen. Sie sind in einer Reihe aufgebaut und mit Nummern versehen, dahinter stehen ganz aufgeregt einige Kinder. Ich versuche, mich zu erinnern: Gab es bei an der Academic jemals einen Kürbiswettbewerb? Doch in meinen Erinnerungen kann ich nichts finden. Schade eigentlich.

„Wollen wir erst mal etwas essen?“, reißt mich Walter aus der Vergangenheit.

„Bin dabei! Ich habe einen riesigen Hunger“, stimmt Luke zu. Die zwei gehen vor, während Elly und ich mit etwas Abstand hinterher gehen.

„Alles okay?“, fragt sie mich.

„Alles bestens“, antworte ich und lächele sie an. Elly legt den Kopf leicht schräg und zieht skeptisch eine Augenbraue in die Höhe. Ich brauche ihr nichts vormachen, mittlerweile kennen wir uns zu gut.

Eigentlich habe ich gehofft, dass Jackson mir noch eine Nachricht schreibt oder dass er heute im Laden vorbeischaut, aber das ist nicht passiert. Genauso wie Sam, der meine Nachrichten auch komplett ignoriert.

Die Jungs kommen mit Hot Dogs zu uns und reichen sie uns.

„Danke“, sagen Elly und ich gleichzeitig.

Die Schulband spielt auf der kleinen Holzbühne gecoverte Songs und wir setzen uns auf eine der vielen Holzbänke, die davorstehen und lauschen der Musik. Walter und Luke haben ihre Hot Dogs schnell verdrückt und holen sich nochmal welche.

„Freust du dich schon auf die Party?“, bricht Elly das Schweigen.

„Schon, immerhin war ich bisher noch nie auf einer richtigen High-School-Party. Sind die eigentlich so, wie in den Filmen?“ Ellys Mundwinkel zucken belustigt nach oben und sie muss sich ein Glucksen verkneifen. Es scheint echt witzig zu sein. Man könnte meinen, ich wäre von einem anderen Planeten, aber es ist tatsächlich so.

„Besser“, verkündet sie und wackelt neckisch mit den Augenbrauen. „Wie waren denn die Partys bei euch?“, fragt sie weiter.

„Eher langweilig. Es ging viel um Geschäfte und Geldinvestitionen. Selbst die Feierlichkeiten an der Academic sind eher spießig. So richtig gefeiert haben wir nur in den Winterferien, wenn wir in den Hütten waren. Dann mit ganz viel Champagner.“

„Klingt spannend“, grinst Elly und ich muss mir das Lachen verkneifen. Mir kommen unsere Partys auf einmal furchtbar oberflächlich vor. Es ist ziemlich interessant, wie unterschiedlich unsere Leben sind. Ich habe mir über sowas nie Gedanken gemacht, denn mein Ziel war es immer, es meinen Eltern recht zu machen und so habe ich immer das getan, was sie von mir verlangt haben.
Luke und Walter setzen sich wieder zu uns und wir lauschen den Worten der Jury, die den diesjährigen Gewinner des Kürbiswettbewerbes verkündet.
Immer wieder werfe ich einen Blick auf mein Handy, in der Hoffnung, Jackson könnte mir schreiben. Aber leider bleibt es still und wir lauschen dem letzten Song der Schulband, bevor wir uns auf den Weg machen.

Die Jungs machen es sich im Wohnzimmer vor dem Fernseher gemütlich und gammeln dort herum, bis wir aufbrechen. Elly und ich gehen währenddessen auf ihr Zimmer, um uns umzuziehen. Ihr Zimmer ist genauso kunterbunt wie sie und ich liebe es. In einer Ecke steht ein kleines Bücherregal und daneben eine Gitarre, die mit Bildern beklebt ist. Ein kleiner Schreibtisch, der mehr als unordentlich ist, steht unter dem Fenster. Elly steht vor dem großen Kleiderschrank und wühlt in ihren Klamotten herum, während ich mich aufs Bett setze und aufseufze.

„Ich vermisse mein altes Zimmer“, gestehe ich ihr. Auch wenn ich mich irgendwie an dieses neue Leben gewöhnt habe, spüre ich einen leichten Schmerz in der Brust. Am liebsten hätte ich gerne eine Mischung aus beiden Welten, aber das ist, glaube ich, nicht möglich. Elly setzt sich zu mir.

„Ich freue mich schon, wenn ich dich mal besuchen kommen kann“, tröstet sie mich und lächelt mich aufmunternd an.

Ich verziehe die Lippen zu einem Schmollmund.

„Hey, hier wird kein Trübsal geblasen, wir brezeln uns jetzt richtig auf und lassen die Jungs sabbern.“ Meine Mundwinkel zucken leicht. „Na geht doch!“ Elly wühlt weiter in ihrem Kleiderschrank herum, während ich die Klamotten aus meinem Rucksack hole, für die ich mich heute Morgen entschieden habe.

Ich ziehe die enge dunkle Jeans an und das bauchfreie schwarze Oberteil. Als ich es in der Garderobe anprobiert habe, habe ich mich direkt verliebt. Am Dekolleté ist eine ganz feine Spitze eingearbeitet. Darüber ziehe ich die Lederjacke, die ich von Mom bekommen habe.

Elly zieht sich ein dunkelblaues, enganliegendes Kleid an.

Der V-Ausschnitt betont perfekt ihre üppige Oberweite. Dazu zieht sie – was auch sonst – ihre schwarzen Boots an. Ich schlüpfe in meine weißen Turnschuhe. Elly dreht sich ein paar Locken ein und ich glätte meine Haare. Zum Schluss frischen wir unser Make-Up noch auf. Als wir endlich fertig sind, gehen wir zu den Jungs, die sich beide ein Bier aufgemacht haben und sich fast an den Getränken verschlucken, als sie uns sehen. Wir kichern wie zwei Teenager vor uns hin und machen ein paar Fotos zusammen. Elly holt aus dem Kühlschrank zwei Flaschen und mixt uns zwei Whiskey Cola.

„Cheers, auf einen schönen Abend“, ruft sie und wir stoßen gemeinsam an. Ich nippe an dem Getränk und verziehe angewidert den Mund.

„Wie viel Whiskey ist denn da drin?“ Sie zuckt nur mit den Schultern.

„Genug, damit es lustig wird.“ Nachdem wir alle unsere Getränke geleert haben, machen wir uns auf den Weg zu Lukes Kumpel. Er hat vorhin kurz den Namen genannt, aber ich habe ihn schon wieder vergessen.

Kapitel 16

Als wir bei der Party ankommen, dröhnt uns schon der Bass laut entgegen. Im Garten sind einige Leute versammelt und trinken aus roten Bechern. Ich tippe Elly an und zeige auf die Becher, sie streckt mir frech die Zunge heraus.

Wir verstehen uns ohne viele Worte. Als wir die Veranda des Hauses betreten, kann ich schon sehen, wie voll es im Flur ist. Die Musik wird immer lauter und ich wippe ganz automatisch im Takt mit. Wir müssen uns durch die Massen im Flur drängeln. Der Bass bebt unter meinen Füßen und während Elly sich langsam zum Beat räkelt, schaue ich mich weiter um. Im hinteren Bereich des Hauses befindet sich die Küche, wo ein großes Bier-Pong-Feld aufgebaut ist. Luke und Walter begrüßen mehre Leute mit einem Handschlag und High five. Dann gehen sie zu einem Typen und zeigen in unsere Richtung. Sie kommen in lockerer Formation zu uns rüber.

„Hey Leute, das ist Liam", stellt uns Luke seinen Kumpel vor. Liam überreicht uns jeweils einen Becher, den wir dankend annehmen.

„Ich freue mich, dass ihr hier seid", sagt er und lächelt jedem zu. Er sieht mit seinem blonden, welligen Haar aus wie ein typischer Surferboy. Er ist gebräunt und sein Zahnpastalächeln lässt vermutlich einige Mädels hier laut aufseufzen. Doch mich nicht, ich denke an ein anderes Lächeln und das verdächtige Kribbeln macht sich wieder in mir breit. Ich trinke einen Schluck in der Hoffnung, diese Gefühle hinunter zu spülen.

Liam kommt auf mich zu und umfasst meine Taille, während er mir ins Ohr flüstert: „Und du bist also Charlotte Stonewall."

„Wer hat dir das verraten?", murmele ich sarkastisch und trinke noch einen Schluck. Die Whiskey Cola zeigt schon ihre Wirkung und ich werfe Elly einen verzweifelten Blick zu. Sie reagiert sofort und kommt eilig zu mir, um meine

Hand zu greifen.

„Komm, lass uns tanzen", lädt sie mich übertrieben drängend ein und ich schenke Liam ein entschuldigendes Lächeln, bevor ich mit Elly verschwinde.

Wir gesellen uns zu den anderen Tanzenden und lassen uns ebenfalls von der Musik mitreißen.

„Danke für die Rettung", rufe ich etwas lauter, um die Musik zu übertönen.

„Immer wieder gern!" Elly grinst mich an und dreht sich einmal um ihre eigene Achse.

„Es ist übrigens genauso wie in den Filmen", sage ich noch, aber Elly schließt die Augen und tanzt ausgelassen zur Musik. Ich muss schmunzeln und daran denken, wie langweilig doch mein erstes Leben gewesen war. Dieses zweite hier ist so viel besser!

Walter und Luke reichen uns neue Getränke. Mir ist so warm, dass ich das Bier in einem Zug leere. Die Leute schreien und tanzen wild umher und ich reiße die Hände in die Luft und juble mit. Elly lacht laut los und trinkt ihren Becher ebenfalls leer.

„Wer braucht schon Champagner ...", rufe ich ihr zu.

„Wenn man Bier hat", beendet sie den Satz. Wir kichern erneut und umarmen uns. Genau in diesen Moment wird mir bewusst: Das hier ist genau das Leben, was ich will. Solche Momente sind für die Ewigkeit und nicht irgendwelche langweiligen High Society Partys. Das hier ist echt und ich liebe es! Ich fühle mich frei, höre endlich mit dem Stolpern auf und fange an zu leben.

Irgendwann spüre ich zwei Hände, die meine Taille umschlingen und wie sich jemand von hinten nähert. Als ich mich umdrehe, sehe ich in Liams blaue Augen. Er fixiert mich und bewegt sich mit kreisender Hüfte auf mich zu. Das kann doch nicht sein Ernst sein! Ich muss lachen und schiebe ihn von mir weg. Er leckt sich mit der Zunge über die Lippen und ich bekomme langsam das Gefühl, dass er nicht aufgeben wird.

„Eine Runde Shots!", höre ich eine weibliche Stimme hinter mir und bin dankbar für die Ablenkung. Sie liefert mir einen Grund, mich von Liam zu entfernen und meine Aufmerksamkeit von seinen Annäherungsversuchen abzuwenden.

„Shots, Shots, Shots", schreien die Leute um mich herum. Auf einem Tablett stehen bestimmt 50 kleine Gläser, die alle mit einer klaren Flüssigkeit befüllt sind. Wir greifen alle zu und leeren unser Gläschen. Uh ... Tequila! Ich schüttele mich und gehe zu Elly.

„Ich muss mal auf die Toilette", schreie ich gegen die Musik an. Sie nickt und folgt mir. Vor der Toilette herrscht Hochbetrieb und die Schlange ist so lang, dass meinen könnte, die Party wäre in dem kleinen Raum. Elly und ich zucken die Schultern und stellen uns mit an.

Ich ziehe mein Handy aus der Hosentasche und scrolle zu den Nachrichten mit Jackson – nichts.

„Männer", schnaufe ich und schüttele den Kopf. Ich will gerade den Nachrichtenverlauf beenden, als ich blöderweise mit dem Finger auf den Bildschirm komme.

„Oh, nein", entfährt es mir.

„Was ist?", fragt Elly.

„Ich bin versehentlich auf anrufen gekommen. Aber das war so kurz ... es hat bestimmt nicht geklingelt, oder?" Das hoffe ich zumindest. Ich beiße einmal die Zähne zusammen, sende ein Stoßgebet Richtung Himmel und schiebe das Handy zurück in die Tasche.

„Woher kennt Luke eigentlich Liam?", erkundige ich mich.

„Liam geht auf die North Side, sie kennen sich durch Lukes Cousine."

„Anfangs hatte ich gehofft, auf die North Side zu kommen, aber mittlerweile bin ich froh, auf die Westmount zu gehen. Sonst hätte ich euch nie kennengelernt", gestehe ich.

Elly drückt mich ganz fest an sich.

„Ich bin auch froh, dich kennengelernt zu haben." Wir liegen uns beide in den Armen und halten einander fest. Und Elly drückt mir ein Küsschen auf die Wange. Ja, das nennt sich Freundschaft! Der Kuss war nämlich ehrlich, herzlich und einfach schön!

Bevor wir das Badezimmer wieder verlassen, ziehe ich meine Lippen mit dem roten Lippenstift nach.

Wir gehen kichernd wieder zurück in die Küche, um uns erneut etwas zu trinken zu holen. Dort stehen die Jungs und spielen mit anderen zusammen Bier Pong. Walter und Luke verlieren und müssen immer wieder einen kräftigen Schluck nehmen.

„Oje, den beiden wird es morgen nicht gut gehen", ich schlage die Hand vor die Augen, seufze und schaue zu Elly. Die nickt nur zustimmend. Liam kommt mit einer neuen Runde Shots auf uns zu geschlendert.

„Auf das Leben", sagt er und wir stoßen an. Nach dem Shot spüre ich deutlich, wie ich immer leichter auf den Füßen werde. Irgendwie gefällt mir dieses Hochgefühl.

Wir gehen alle wieder auf die Tanzfläche und bewegen uns zur Musik. Keine Ahnung, ob meine Bewegungen noch nach tanzen aussehen, doch das scheint niemanden zu interessieren. Alle tanzen ausgelassen und springen wild umher, während ich versuche, halbwegs gerade zu bleiben und bei den Bewegungen nicht umzufallen.

Elly und Luke tanzen engumschlungen einige Meter von mir entfernt. Sie wären wirklich ein süßes Paar, stelle ich fest. Da ich sie nicht stören möchte und dringend frische Luft brauche, schleiche ich mich hinaus.

Auf dem Weg muss ich immer mal anhalten, um wieder halbwegs klarzukommen. Okay, das war definitiv zu viel. Das Hochgefühl wird langsam eher zur Gefühllosigkeit in den Beinen.

Vor der Tür empfängt mich die kühle Luft und mir wird schwindelig. Ich stütze mich an einer Wand ab und versuche, klar bei Verstand zu bleiben. Ein Stück von mir entfernt sehe ich eine Sitzmöglichkeit und lasse mich drauffallen. Ich lege den Kopf in den Nacken und schaue in den sternenklaren Himmel über mir. Aus einem Stern werden zwei Sterne und ich kneife die Augen zusammen. Okay, das war der letzte Alkohol für heute.

Dann packen mich zwei starke Hände, reißen meinen Kopf nach vorne und die Sterne verwandeln sich in wunderschöne, grüne Augen, die mich wild anfunkeln. Mit einem Ruck fährt mein Kopf ein Stück zurück und mir wird mit klar, wer dort vor mir hockt.

„Jackson? Was machst du denn hier?"

„Du hast mich angerufen. Ich habe versucht, dich zu erreichen, aber du bist nicht ans Handy gegangen."

„Oh ... das war ein Versehen", nuschele ich beschämt und presse die Lippen aufeinander. Hat er sich Sorgen gemacht? Bei dem Gedanken muss ich grinsen, doch sein Blick sieht nicht begeistert aus.

„Wie viel hast du getrunken?", will er wissen. Ich versuche, mit meinen Fingern die Getränke zu zählen. „1,2,3 ...", ich lasse Daumen und Zeigefinger wieder sinken, sodass der Mittelfinger bleibt und Jackson genau ins Gesicht zeigt. Ich grinse ihn frech an.

„Dafür sollte ich dich eigentlich hierlassen", schimpft er und zieht mich zu sich hoch. Er betrachtet mich genauer und verweilt eine Weile an meinem nackten Bauch.

„Gefällt dir, was du siehst?", frage ich keck.

„Es wäre mir lieber, wenn ich diesen Anblick für mich alleine hätte", er beugt sich zu mir runter und haucht mir die Worte ins Ohr. Ich schaudere und eine Gänsehaut breitet sich über meinen gesamten Körper aus. Meine Beine werden weich und mein Innerstes heizt sich auf. Ich lege die Hände an seine Brust und stütze den Kopf bei ihm ab. Er riecht so gut. Nach einem herben Aftershave und Pfefferminz. Ich reibe meine Nase an seinem Schlüsselbein und atme einmal tief ein.

„Jackson?", wispere ich.

„Mh?", seine Stimme ist ein tiefes Brummen, dass seine Brust vibrieren lässt. Ich vibriere auch ... Aber nur ganz kurz. Mein Körper wird auf einmal dumpf, alles dreht sich und meine Lider werden schwer.

„Ich bin müde", bringe ich noch hervor, dann wird alles dunkel.

Kapitel 17

Ein dröhnender Schmerz sitzt fest verankert in meinem Kopf.

Nur langsam öffne ich die Augen und versuche, meine Gedanken zu sortieren. Was ist passiert und wo zum Teufel bin ich? Wir waren auf der Party, haben eindeutig zu viel getrunken, was mir das dumpfe Stechen hinter meiner Stirn bestätigt. Ich halte mir den Kopf, während ich weiternachdenke.

Mir ging es nicht gut und ich brauchte frische Luft. Ich kann mich nur noch an Jackson erinnern, alles danach fühlt sich leer an. Ich versuche, mich langsam aufzusetzen, ziehe die Bettdecke beiseite und schaue an mir herunter. Ich trage ein weißes T-Shirt und eine kurze dunkelblaue Short, definitiv nicht meine Klamotten. Vor einem kleinen Schreibtisch steht ein Stuhl, über dem eine Lederjacke hängt - das muss Jacksons Zimmer sein. Ich schaue mich weiter um, doch bis auf eine kleine braune Kommode, ein Bücherregal und ein Bett, auf dem ich sitze, gibt es hier nichts weiter. Es hängen keine Bilder an den Wänden und auch sonst wirkt das Zimmer eher spärlich eingerichtet.

Meine nackten Füße berühren den hölzernen Fußboden und ich tapse zum Bücherregal. Dort sehe ich mir einige Exemplare genauer an. Die meisten sind bekannte Bücher aus der Literatur. Ich muss lächeln, als ich den Buchrücken eines mir durchaus bekannten Kinderbuches berühre. Anne auf Green Gables gehört zu meinen liebsten Geschichten aus der Kindheit. Mein Grandpa hat mir immer daraus vorgelesen.

Jackson und er würden sich super verstehen. Apropos Jackson, ich sollte ihn suchen, irgendwo muss er ja sein. Also gehe ich zur Tür, öffne diese leise und trete hinaus auf einen kleinen Flur, der kaum beleuchtet ist. Ein entferntes Geräusch erregt meine Aufmerksamkeit und ich gehe in die Richtung. Dort finde ich Jackson, der an einem runden Tisch sitzt und eine Schüssel Cornflakes isst. Er bemerkt mich und sein Blick verweilt eine Weile bei meinen nackten Beinen. Dann gleiten seine Augen langsam an meinem Körper hinauf und ich starre ihn finster an. Einer seiner Mundwinkel zuckt belustigt in die Höhe, als sich unsere Augen treffen.

„Na, gut geschlafen?“, fragt er und nimmt noch einen Löffel. Tief und fest würde ich am liebsten antworten. So fest, dass ich nicht mal weiß, wie ich hierhergekommen bin.

„Was ist passiert?“, entgegne ich stattdessen.

Er schmunzelt erneut und ich fange an, auf den Füßen vor und zurück zu wippen. Schön, dass wenigstens einer die Situation amüsant findet.

„Nachdem du mich angerufen hast, bin ich direkt los. Ich dachte, es wäre etwas passiert. Dass du mir allerdings total betrunken in den Armen zusammensackst, damit habe ich definitiv nicht gerechnet.“

Ich war zusammengeklappt? Oh Gott, wie peinlich. Am liebsten würde ich mich wie eine Schildkröte in meinen Panzer verziehen und nie wieder herauskommen. „Dann habe ich dich auf die Rückbank ins Auto gelegt. Kurz danach kam Elly heraus, um nach dir zu sehen. Ich habe ihr gesagt, dass ich dich mitnehme und wir sind hierhergefahren. Meine Mom hat dir beim Ausziehen geholfen und dich in mein Bett gelegt.“

Er zuckt mit den Schultern und isst seine Cornflakes weiter. Das Schamgefühl nimmt zu und ich spüre die Hitze auf meinen Wangen. Jacksons Mom hat mich in diesem Zustand gesehen und ich kann nicht anders, als nur noch die Hände vors Gesicht zu schlagen und mit dem Kopf zu schütteln. Es ist ein Schwur an mich selber, nie wieder so viel zu trinken. Jackson steht auf und öffnet eine Schranktür, um ein Glas herauszuholen. Er füllt es mit Wasser und reicht es mir. „Hier, du musst etwas trinken.“ Erst zögere ich, ich will ihm nicht ins Gesicht sehen müssen. Nie wieder. Aber ich habe Durst. Dankbar nehme ich ihm also das Glas ab und leere es in einem Zug. Ich kann deutlich spüren, wie mein Körper sehnsüchtig das Wasser aufnimmt. Jackson füllt das leere Glas erneut mit Wasser und ich trinke es wieder in einem Zug aus. Er lacht und ich reiche ihm das leere Glas.

„Besser?“, fragt er.

„Danke“, gebe ich etwas kleinlaut zurück. Er grinst nur und ich boxe ihm leicht in die Seite. Wir stehen dicht beieinander, ich schaue nun doch in sein

Gesicht und mein Blick verweilt eine Weile bei seinen Lippen. Die Versuchung ist groß und doch ziehe ich mich zurück. Ich bin noch immer nicht klar bei Verstand und außerdem habe ich das Gefühl, ich rieche nach billigem Fusel.

Jackson muss meine Verwirrung spüren, denn er zieht eine Augenbraue in die Höhe und mustert mich. Schnell wende ich mich ab und schaue mir die Wohnung genauer an. Sie ist klein, allerdings immer noch größer als unsere. Wir stehen in einer kleinen Küchennische, die an ein großes Wohnzimmer grenzt. Die Einrichtung ist rustikal, allerdings mit sehr viel Liebe zum Detail dekoriert. Viele Pflanzen zieren die Schränke und hauchen dem Raum Leben ein.

„Wo ist deine Mom?“, ich schaue mich etwas suchend um. Ich sollte mich vielleicht bedanken, wenn sie sich schon solche Mühe mit mir gegeben hat.

„Du hast sie nur ganz knapp verpasst.“ Auch wenn ich sie gerne persönlich kennenlernen würde, bin ich dann doch froh, dass sie nicht hier ist. Ja, ich sollte mich bedanken, aber vielleicht in einem etwas vorzeigbarerem Zustand.

„Meine Mom hat dir ein paar Sachen rausgesucht. Die Dusche gehört ganz dir.“

Innerlich jubele ich laut los: Ein Hoch auf Jackson Mom.

„Obwohl ich diesen Anblick auch nicht verkehrt finde“, neckt er mich und lässt seinen Blick herausfordernd über meine nackten Beine wandern. Hitze schießt mir erneut in die Wangen.

„Das ist sehr nett von ihr“, sage ich und versuche, mir die Nervosität, die er in mir auslöst, nicht anmerken zu lassen.

Er zeigt mir das Badezimmer und gibt mir ein paar Kleider. Eine Dusche ist jetzt gerade genau das Richtige. Genau danach hat sich mein Körper gesehnt.

Ich trete in das Badezimmer und drehe mich um. Jackson steht noch immer auf der Türschwelle. Fragend schaue ich ihn an. Er wirkt nachdenklich und doch strahlt er eine unglaubliche Ruhe aus. Vielleicht sollte ich die Gelegenheit beim Schopfe packen und darüber reden, was da zwischen uns ist. Ich räuspere mich, zögere aber noch kurz. Jackson legt die Hände in den Nacken und lächelt mich an.

„Bis gleich“, verkündet er, dreht sich um und geht zurück ins Wohnzimmer. Ich schließe die Tür. Dann ziehe ich die Klamotten aus und gehe in die Dusche.

Das Wasser belebt sofort meinen Körper und ich fühle mich gleich viel besser. Es ist ein komisches Gefühl, hier nackt unter der Dusche zu stehen, während Jackson nebenan sitzt. Diese Vertrautheit zwischen uns ist noch so zart und neu. Zu gerne würde ich wissen, was er denkt und ob es ihm genauso geht wie mir. Ich schließe meine Augen und konzentriere mich auf das Prasseln des Wassers.

Nach der Dusche schlüpfe ich in die Stoffhose von Jacksons Mom, die mir ganz wunderbar passt und ziehe das schwarze Sweatshirt über den Kopf. Ich muss schmunzeln, als ich die verpackte Zahnbürste auf dem Waschbeckenrand liegen sehe.

Als ich endlich fertig bin, gehe ich wieder zu Jackson, der es sich derweil auf der großen braunen Couch gemütlich gemacht hat. „Danke", sage ich und setze mich zu ihm. Er winkt nur ab und zappt weiter durch das Fernsehprogramm.

„Scheint ja eine super Party gewesen zu sein", lässt er nebenbei spöttisch fallen und zwinkert mir zu.

„Das war es auch", kontere ich und schenke ihm ein zufriedenes Lächeln.

„Mit Sicherheit", er lacht laut und ich verschränke die Arme vor der Brust.

Er hatte mir deutlich gemacht, dass er von Partys nichts hält und klar: Das Ende war alles andere als schön. Aber bis zu dem Moment war es echt lustig und ganz anders, als alle bisherigen Partys, auf denen ich war. Die Stimmung war so ansteckend. Ich hatte das Gefühl, einfach frei zu sein und keine gezwungenen Konversationen führen zu müssen. In der High Society muss sich jeder beweisen, die Leute übertreiben teilweise mit ihrem Status und es geht halt hauptsächlich darum, Kontakte zu knüpfen. Klar, die Partys sind auch nicht ohne. Schon alleine die Silvester-Gala ist immer ein absolutes Highlight im Jahr. Aber irgendwie war es vollkommen anders. Das Gefühl von Freiheit hat sich nie so eingestellt.

„Woran denkst du?", zieht mich Jackson aus den Gedanken.

„Ach schon gut", antworte ich schnell und ich stehe auf, um mir die Bilder auf der Kommode genauer anzusehen. Die Fotografien zeigen Jackson als Baby oder als kleinen Jungen. Er sieht süß aus mit den kleinen dicken Faustbäckchen. Ich greife nach dem Bild von ihm und seiner Mom. Er sieht ihr sehr ähnlich. Auf dem Bild hat sie lange schwarze Haare und dieselben grünen Augen wie er.

„Wo ist dein Dad?", spreche ich meine Gedanken laut aus. Keine Ahnung, wann er aufgestanden ist, aber er nimmt mir das Bild aus der Hand und stellt es zurück.

„Habe ihn nie kennengelernt“, antwortet er knapp.

„Das tut mir leid.“ Ich kann mir nicht vorstellen, wie es ist, ohne einen Vater aufzuwachsen. Mein Dad war immer da. Ich war sein Lebensinhalt –neben der Firma.

„Das braucht es nicht. Was man nicht kennt, kann man nicht vermissen oder?“ Dabei kratzt er sich am Hinterkopf und grinst mich an. Aber ich spüre deutlich, dass er mir etwas vormacht und es ihm nicht egal ist.

„Hat deine Mom dir nichts über ihn erzählt?“ Er schüttelt den Kopf. „Nein, nicht ein Wort. Wahrscheinlich ist er abgehauen. Nichts Ungewöhnliches, oder?“ Da ich nicht weiß, was ich darauf antworten soll, betrachte ich noch eine Weile die Fotos. Der Drang, mehr über Jackson zu erfahren, steigt in mir auf.

„Hast du Lust auf ein Frühstück im Diner?“, wechselt er das Thema und ich schaue zu der Uhr, die über ihm hängt.

„Frühstück um halb 12?“ Ich grinse ihn an und er schenkt mir ein freches Lächeln, wobei sich seine Grübchen zeigen. „Die perfekte Zeit“, er gibt mir einen Kuss auf die Wange und zieht mich mit sich. Wann sind diese Berührungen so selbstverständlich geworden? Aber egal, ich liebe sie, also lasse ich mich mitreißen.

Als wir das Wohnhaus verlassen, zucke ich zusammen und klammere mich an ihn. Jackson hält mich fest und nimmt meine Hand.

„Du wohnst in den Twin Brooks?“ Meine Stimme klingt schrill und ich würde am liebsten wieder zurück ins Haus gehen. Die Panik reißt das Kommando an sich und sämtliches logisches Denken verabschiedet sich. Ich wollte nie wieder einen Fuß in dieses Viertel setzen. Ich merke wie mein Atem schwerer geht, ich versteife mich und gleichzeitig zittern meine Muskeln. Sanft streichelt Jackson mit den Daumen über meinen Handrücken und zieht mich näher an sich.

„Keine Sorge, ich lasse nicht zu, dass dir etwas passiert.“ Bis dieser Satz bei mir ankommt, brauche ich eine Weile. „Ich habe dich damals beschützt und ich werde es wieder tun.“ Mein Atem beruhigt sich, Jacksons Duft in meiner Nase lässt meinen Herzrhythmus langsam wieder normal werden. Die Panik klingt langsam ab und ich kann wieder normal reagieren. Zögernd nicke ich, kralle mich aber weiterhin bei ihm fest. Gemeinsam gehen wir zur Haltestelle, um mit dem nächsten Bus zum Diner zu fahren.

Kapitel 18

Ich schaue aus dem Fenster und betrachte die Herbstblätter, die in bunten Farben von den Bäumen fallen. Der Wind weht sie immer wieder in die Luft und es sieht aus, als wenn die Blätter tanzen, ein typisches Herbstbild. Jackson bestellt bei der Bedienung ein paar Pancakes und zwei Kaffee.

„Eigentlich könnte ich jetzt einen richtig fettigen Cheeseburger vertragen und eine kalte Cola", provoziere ich und strecke ihm die Zunge raus.

„Das klingt sehr gut, ein Glück haben wir bald Mittag", er zwinkert mir zu. „Was hast du eigentlich nach der Schule vor?", fragt er und ich presse die Lippen aufeinander. Meine Laufbahn war eigentlich schon geplant, aber jetzt weiß ich nicht, wie es weitergehen wird. Was wird aus meiner Familie werden, wenn Dad ins Gefängnis muss? Fragen, über die ich mir eigentlich keine Gedanken machen möchte und dennoch sind sie fest in meinem Kopf verankert und kommen immer wieder an die Oberfläche.

„Ich wollte Wirtschaft studieren und danach bei Dad in der Firma arbeiten", antworte ich und verziehe den Mund. Jackson zögert kurz, sieht mich dann aufmunternd an und seine Hand will gerade nach meiner greifen, als die Bedienung ein Tablett auf unserem Tisch stellt und uns eine große Portion Pancakes mit zwei dampfenden Tassen Kaffee serviert.

„Und was hast du vor?", weiche ich dem unangenehmen Thema aus, während er einen Schluck vom Kaffee trinkt und die Tasse wieder abstellt. Jackson faltet die Hände vor sich auf dem Tisch und ein freudiges Lächeln erscheint auf seinem Gesicht.

„Mein Traum ist es, Schriftsteller zu werden."

Ich schaue ihn verwundert an. Es überrascht mich etwas, diesen Wunsch von ihm zu hören, aber wie von selbst, setzt sich ein Bild in meinem Kopf:

Jackson, der tiefversunken an einem alten rustikalen Schreibtisch sitzt, um ihn jede Menge Bücherregale, in denen alles ordentlich sortiert ist. Nur auf seinen Schreibtisch herrscht ein wildes Chaos, mit jeder Menge Notizen und einer Tasse voller Kaffee, der allerdings schon kalt geworden ist.

„Überrascht?", zieht mich Jackson auf und ich kann mir ein Schmunzeln nicht verkneifen.

„Ein wenig. Du liest gern?", frage ich weiter und greife zum Ahornsirup, den ich mir über meine Pancakes gieße. Ich liebe diese Kombination und vermisse unsere Haushälterin Ruby, die mir immer leckere Pancakes zum Frühstück gemacht hat. Er nickt, während ich anfange, zu frühstücken und den Blick nicht von ihm lassen kann. Seine Gesichtszüge sind fein und doch wirkt er immer etwas in sich gekehrt. Gerade im Umgang mit anderen ist es mir schon oft aufgefallen. Ich frage mich, ob Jackson noch andere Freunde hat oder ob er immer schon für sich alleine war.

Jackson schüttelt traurig den Kopf. „Allerdings ist es sinnlos, über diesen Traum nachzudenken. Meine Mom verdient nicht genügend Geld für ein ambitioniertes College und meine Noten reichen nicht für ein Stipendium. Ganz davon abgesehen, dass ich Mom nicht alleine lassen kann."

„Was ist mit deiner Mom?"

„Es ist schwierig", er seufzt leise und stochert mit der Gabel in seinen Pancakes herum.

„So wie die Sache mit deinen Dad?" Er kneift die Augen zusammen. „Du hast das Thema vorhin so schnell beendet", rede ich weiter und trinke einen Schluck vom Kaffee. Er wirkt angespannt, dennoch kann ich mir die nächste Frage nicht verkneifen. „Würdest du gerne wissen, wo dein Dad ist?", frage ich vorsichtig. Seine Hände wölben sich zu Fäusten und die Knöchel ragen leicht hervor.

„Entschuldigung, du musst nicht antworten", wiegele ich ab, um die Wogen etwas zu glätten.

„Nur um ihm mitzuteilen, dass er ein verdammtes Arschloch ist."

„Okay ..."

„Charly, es tut mir leid. Es ist ein schwieriges Thema und ich habe bisher noch mit niemanden darüber gesprochen. Mom bekommt, sobald ich das Thema nur etwas anspreche, gleich Panik und redet wirres Zeug. So viele Freunde habe ich nicht, da bin ich eben etwas ungeübt in diesem Fall." Er greift meine Hand und streichelt sanft mit dem Daumen über meinen Handrücken. Seine Atmung beruhigt sich langsam und meine versteiften Muskeln lassen locker.

„Wenn ich ehrlich bin, würde ich ihn gerne fragen, warum er uns verlassen hat", redet er weiter und atmet hörbar aus.

„Schon okay, lass uns über etwas anderes sprechen", will ich das Thema und die Spannung beenden.

Wir reden nicht mehr über das Thema und nachdem ich meine Pancakes gegessen habe, fühle ich mich schon viel besser.

Jackson erzählt mir, dass er in der Schule im Büro der Readmore-Mount seinen schriftstellerischen Träumen nachgeht, da er sich selber kein Notebook leisten kann.

„Zumindest bis zu dem Zeitpunkt, in dem du in den Raum gestolpert bist, war es die reinste Ruhe-Oase", verkündet er mir.

„Es hatte bisher nur keiner den Mut, sich mit dir anzulegen", gebe ich schelmisch zurück und er fasst sich nachdenklich ans Kinn. „Da hast du allerdings Recht."

Er bezahlt bei der Bedienung und wir verlassen das Diner.

„Vermisst du dein altes Leben?", fragt er, als wir im Bus sitzen. Ich überlege kurz.

„Ich glaube, noch vor ein paar Wochen hätte ich mit Ja geantwortet. Mittlerweile gefällt es mir richtig gut. Ich habe Menschen kennengelernt, die mich so nehmen, wie ich bin, ohne großen Reichtum und das bedeutet mir wirklich viel." Meinen nächsten Gedanken spreche ich nicht aus. Denn natürlich gibt es eine Sache, die mich noch immer belastet und das ist das Verfahren, das gegen meinen Dad läuft. Wir versuchen, so wenig wie möglich darüber zu reden und doch sitzt es bei uns allen immer in der ersten Reihe unserer Gedanken. Die ständige Angst, dass die Polizei auf einmal vor unserer Tür steht und meinen Dad einsperrt, ist immer da. Die Staatsanwaltschaft hat bisher noch keine stichfesten Beweise, deshalb ist Dad noch auf freiem Fuß und kann selber Ermittlungen in die Wege leiten, um seine Unschuld zu beweisen.

„Charly?", Jacksons tiefe Stimme holt mich wie schon so oft heute aus dem Gedankenkarussell und ich lächele ihm zu.

Er lächelt mich wissend und traurig an, legt den Arm um mich und ich kuschele mich an ihn. Wenn er wüsste, wie viel er dazu beiträgt, dass ich das hier alles überstehe.

An meiner Haltestelle steigen wir aus und still stehen wir uns gegenüber.

„Okay, da wären wir“, breche ich die komische Spannung, die in unserem Schweigen liegt. Jackson überragt mich um einiges und ich muss den Kopf in den Nacken legen.

„Ja ...“, antwortet er zögerlich.

„Ich muss mich mal wieder bedanken. Wie kann ich das alles nur je wieder gut machen?“

„Ich wüsste da was“, wispert er und grinst schelmisch.

„Was denn?“ Meine Stimme klingt auf einmal richtig rau. Jackson kommt mir näher, seine Lippen berühren zärtlich meine Wange und verweilen dort für einen Moment. Mein Herz klopft wie wild, mein Körper steht unter Strom und mein Bauch schlägt Purzelbäume. Mein Inneres wird ganz warm und ich will schon den Kopf drehen, um meine Lippen den seinen endlich näher zu bringen ... da löst er seine Lippen wieder und ich stoße hart meinen angehaltenen Atem aus. „Wir sehen uns morgen“, gurrt Jackson regelrecht und lächelt mir nochmal zu, bevor er geht.

Meine Eltern sitzen in der Küche und wir unterhalten uns über die Party. Dass ich bei Jackson geschlafen habe, verschweige ich, um ihnen nicht alles erklären zu müssen. Vor allem müssen sie nichts von meinen Alkohol-Absturz erfahren. Also erzähle ich von dem Spaß mit meinen Freunden, einem gemütlichen Frühstück und lasse alles Pikante weg.

In meinem Zimmer rufe ich dann Elly an.

„Charly! Wie geht es dir?“

„Mir geht es gut.“

„Ich wäre mit dir zu mir gefahren, aber Jackson hat darauf bestanden dich mitzunehmen“, erklärt sie sofort. Sie ist echt besorgt, dass ich ihr böse sein könnte.

„Das weiß ich doch“, beruhige ich sie und erzähle ihr von unserem Vormittag.

„Das ist ...“, kurz wird es still. „Okay, ich bin sprachlos und das schafft eigentlich niemand.“ Wir müssen beide lachen und Elly erzählt mir noch ein paar lustige Storys von der Party. Ich habe es noch gut getroffen, meint Elly. Walter und Luke hängen wohl schon den ganzen Tag über der Toilettenschüssel. Sie selbst ist nur einfach müde.

„Ich werde mich jetzt auch wieder hinlegen. Wir sehen uns morgen“, verabschiedet sie sich und ich tue es ihr gleich.

Kapitel 19

Die Straßen sind leer, ich scheine die einzige zu sein, die sich heute draußen aufhält. Ich genieße die frische Luft, die mir den Kopf etwas freipustet. Ich bin auf dem Weg zu Peter. Als ich mich dem kleinen Elektro Geschäft nähere, bin ich froh über die Abwechslung. Die Schule hat sich heute gefühlt ewig in die Länge gezogen. Ich konnte mich kaum konzentrieren, was zum Großteil daran lag, dass Jackson wieder einmal nicht anwesend war. Selbst nach mehreren Nachrichten habe ich keine Antwort erhalten. Nachdem wir uns doch so nahe waren, ist er wieder so weit weg. Er ist für mich einfach ein Rätsel, das ich unbedingt lösen will, obwohl ich eine absolute Niete in sowas bin.

Ganz im Gegensatz zu draußen ist im Laden die Hölle los. Eine Schlange hat sich gebildet und einige schauen schon total genervt. Ich eile zu Peter, um ihm mit den Kunden zu helfen.

„Oh Charly, ein Glück, dass du da bist."

„Wo kann ich helfen?" Er zeigt auf ein Paar. Ich gehe direkt hin und kümmere mich um ihr Anliegen. Es dauert eine Weile, bis auch der letzte Kunde den Laden verlassen hat.

„Ich habe noch einen Arzttermin, würdest du bitte noch die restlichen Reparaturaufträge sortieren und zur Abholung fertig machen?"

„Klar, ich kümmere mich um alles", schmunzele ich und winke ihm lieb zu.

Peter schnappt sich seine Jacke und eilt los. Ich habe noch eine Stunde, also erledige ich den Rest und räume auf. Jackson ist eigentlich um diese Zeit schon da und wartet auf mich, aber heute ist von ihm nichts zu sehen und so langsam mache ich mir Sorgen. Ich hole mein Handy hervor und möchte ihm gerade eine Nachricht schreiben, als die Türglocke läutet und mir der Atem stockt.

„Jackson? Was ist passiert?" Sein Auge ist blau und zugeschwollen.

„Nichts, ich bin gestürzt“, nuschelt er.

Ich berühre vorsichtig die Schwellung und er zuckt zusammen.

„Warst du damit beim Arzt?“

„Nein, die Kosten können wir uns nicht leisten.“ Ich gehe zum Kühlschrank und suche etwas, dass kühlt. Im Gefrierfach finde ich ein paar Eiswürfel, die ich in ein Küchentuch wickele und Jackson ans Auge halte.

„Hier, du musst das kühlen.“ Er nimmt mir das Tuch ab und hält sich die Eiswürfel weiter ans Auge, während das andere mich beobachtet. Meine Hand bleibt kurz an seiner Wange, ehe ich sie zurückziehe.

„Wo bist du denn gestürzt?“

Er seufzt und weicht meinem Blick aus. Die Türglocke läutet und ein älterer Herr kommt herein. „Warte einen Moment und kühlen nicht vergessen!“

„Charly?“, spricht Jackson mich an, als der Kunde den Laden wieder verlassen hat und ich die Tür zugeschlossen habe. Er zögert etwas und scheint vorsichtig.

„Es tut mir leid, dass ich mich nicht gemeldet habe.“

Ich zögere einen Moment, aber dann neige ich mich vor und lege meinen Lippen sanft auf seine Wange. Jackson lächelt.

„Du siehst echt beschissen aus“, gestehe ich.

„Und du kannst trotzdem nicht die Augen von mir lassen.“ Er grinst mich frech an und ich schüttele belustig den Kopf.

„Das glaubst auch nur du.“ Ich will mich wegdrehen, aber mit einem Satz steht er vor mir und sieht auf mich herab. Er beugt sich ein wenig vor, unsere Nasenspitzen sind nur wenige Zentimeter voneinander entfernt. Seine vollen Lippen direkt vor meinen. Mein Puls beschleunigt sich und ich öffne den Mund, um etwas zu sagen, doch mir fehlen die Worte. Wir beugen uns weiter aufeinander zu. Unsere Fingerspitzen berühren sich und mein Herz und mein Atem stocken, um dann weiterzurasen. Alles in mir sehnt sich nach einer Berührung, nach der Auflösung dieser Spannung, doch es ist Jackson, der diesen Moment zerstört.

„Ich bin mir nicht sicher, ob wir das Richtige tun.“ Ich reiße die Augen auf und zucke zurück. All die Spannung weicht und ich muss mich zusammenreißen, um meinen Schock nicht hinauszubrüllen. Ich reiße mich zusammen, atme durch und versuche, meine Emotionen in den Griff zu bekommen. Dann gehe ich hinter die Theke und schließe die Kasse ab.

„Bin gleich mit allem fertig, dann können wir los", bringe ich heraus und versuche, dabei so normal wie möglich zu klingen. Mein Gesicht brennt noch von der emotionalen Ohrfeige und ich weiß nicht, wieso, aber mein Brustkorb zieht sich zusammen und tut echt weh. Ich spüre Jacksons Blick auf mir, während ich meine Jacke überstreife, doch er sagt kein Wort.

Als ich den Laden zuschließe und mich umdrehe, steht er vor mir und sein Gesichtsausdruck verrät, wie sehr er über mein Verhalten grübelt. Ich denke auch nach. Über unseren Köpfen erstreckt sich ein Meer aus Sternen und in unseren Augen liegen zwei verschiedene Welten. Ich verstehe, dass er unsicher ist, doch ich möchte das hier einfach nicht aufgeben. Ich gehe einen Schritt auf ihn zu und auch wenn ich Angst habe, dass er mich zurückweist, lege ich den Kopf auf seine Brust und schließe die Augen.

„Jackson", flüstere ich.

Seine Hand umfasst mein Kinn und hebt meinen Kopf an. Als ich die Augen öffne, sieht er nicht mehr so unsicher aus, sondern entschlossen. In welche Richtung hat er sich entschieden?

Die Sekunden verstreichen, bis er endlich langsam den Kopf neigt und seine Lippen zärtlich auf meine legt. Er ist so vorsichtig, als könnte alles zerbrechen, wenn er zu schnell ist. Ein kurzer Kuss nur, doch wir lächeln uns beide an.

„Du stellst alles auf den Kopf, weißt du das?", seufzt er.

Als ich wieder in unserer Wohnung bin, ist Dad mit jemandem im Gespräch und ich erkenne ihn sofort. Es ist der Detektiv vom Foto, ich begrüße ihn höflich und bereite mir einen Tee zu. Und während ich die beiden beobachte, denke ich noch an den Kuss mit Jackson. Ist es der warme Tee, der meinen Körper einnimmt oder die Gedanken daran? Hoffnung verteilt sich in mir. Wie kann ich ihm nur die Sorgen nehmen, die er offensichtlich hat? Und während ich Dad und den Detektiv betrachte, kommt mir eine Idee. Vielleicht kann ich Jackson zumindest eine Sorge nehmen. Er will wissen, wer sein Dad ist, also werde ich ihn dabei unterstützen.

Das Quietschen von über den Boden geschobenen Stuhlbeinen durchdringt den kleinen Raum, die beiden Männer schütteln sich die Hände, bevor der Detektiv unsere Wohnung verlässt und die Tür ins Schloss fällt.

Dad kommt lächelnd auf mich zu und möchte gerade etwas sagen, als ich ihm ins Wort falle.

„Ich geh nochmal kurz runter zum Kiosk." Ohne ihn zu Wort kommen zu lassen, reiße ich die Tür auf, um keine Zeit zu verschwenden. Ich schaue im Treppenhaus hinunter und höre, wie die Eingangstür zufällt. Oh Mann, wie schnell ist der bitte? Schnell renne ich die Treppe hinunter und überspringe die letzten beiden Stufen. Auf dem Bürgersteig schaue ich hektisch um. Wo ist er hin? Ich laufe den kleinen Weg an der Hauptstraße ein Stück hoch und kann aufatmen. Hinter dem Kiosk will er gerade in einen schwarzen SUV einsteigen.

„Halt!", rufe ich, woraufhin sich der Mann umdreht. Mit schnellen Schritten, renne ich über die Straße und komme schnaufend vor ihm zum Stehen.

Jetzt, wo ich ihn genauer betrachten kann, wirkt er noch sehr jung. Ich würde ihn um die 30 schätzen. Er trägt einen Dreitagebart und blondes, kurzes Haar, welches sein markantes Gesicht betont.

„Ich brauche Ihre Hilfe", setze ich an.

„Wobei kann ich dir denn helfen?" Ich erzähle ihm die Geschichte von Jacksons Dad, woraufhin er sich etwas notiert.

„Allerdings kann ich wahrscheinlich Ihre Arbeit nur in Raten begleichen."

Ich lächele ihm entschuldigend zu und hoffe, dass es reicht, um ihn zu überzeugen. Ich mag kein Geld haben, aber freundlich wirken, müsste ich noch.

„Okay, Charly, ich versuche mein Glück. Allerdings brauche ich noch ein paar Infos von Jackson. Schick sie mir am besten per Email." Er übergibt mir seine Visitenkarte auf der auch sein Name steht. Rick Landon, Privatdetektiv.

„Vielen Dank, Mr. Landon", sage ich und strecke ihm die Hand entgegen, die er herzlich schüttelt. Er steigt ins Auto und ich schaue dem schwarzen SUV hinterher, bis es in eine Seitenstraße abbiegt. Ich weiß nicht, ob mein Plan aufgeht, aber einen Versuch ist es wert.

Als ich wieder oben bin, steht Dad in der Küche und schnippelt Gemüse.

„Was hast du gekauft?", fragt er.

Mist, der Kiosk. Den habe ich völlig vergessen. Ich weiche seinem fragenden Blick aus, gehe zu ihm rüber und lehne mich mit dem Rücken an.

„Nichts", antworte ich knapp. Er schaut mich kurz irritiert an, schüttelt dann den Kopf und schnippelt das Gemüse weiter.

Ich gehe auf mein Zimmer und überlege, welche Informationen über Jackson nützlich sein könnten. Mit Stift und Papier mache ich es mir auf dem Bett bequem und erstelle ein paar Stichpunkte. Jackson werde ich von der Sache vorerst nichts erzählen. Zum einen bin ich mir unsicher, wie er darauf reagieren wird, zum anderen möchte ihm auch keine falschen Hoffnungen machen.

Kapitel 20

In der Schule wird schon viel über die Halloweenparty erzählt. Elly und ich sind eigentlich gerade auf dem Weg zum Unterricht von Mr. Arnold, haben allerdings total die Zeit vergessen, als wir über unsere Kostüme gesprochen haben. Elly möchte sich als Hexe verkleiden und ich dachte an einen Vampir. So ein Kostüm ist schnell selber gemacht und vor allem kostet es kaum Geld. Ich möchte jeden Cent, den ich sparen kann, beiseitelegen, damit ich Mr. Landon auch wirklich bezahlen kann.

Der Unterricht vergeht schnell. Bevor ich mit Elly zum Kostüm shoppen fahre, suche ich noch Jackson und finde ihn am Computer.

Jetzt, wo ich weiß, was er dort macht, würde ich gerne einmal die Geschichten lesen, die er schreibt. Ich schließe die Tür und Jackson reißt den Kopf hoch. Doch als er mich entdeckt, lächelt er mir zu und seine Grüppchen zeigen sich.

„Hey", sage ich. Er steht auf und kommt mit lockeren Schritten auf mich zu. Mein Herz schlägt Purzelbäume, sobald er in der Nähe ist.

„Hey", gibt er mit rauer Stimme zurück und küsst mich liebevoll auf die Wange. Ich spüre Hitze aufsteigen und verliere mich wieder einmal in dem Grün seiner Iris. Ich will mehr, will seine Lippen nicht nur auf der Wange. Jacksons Mundwinkel zucken leicht nach oben und ich räuspere mich. Zügig setze ich mich an den Computer.

„Alles okay?", fragt er und setzt sich zu mir.

„Ja klar, ich muss nur kurz schauen, wo dieser Kostümshop in der Mall ist. Elly und ich wollen da nachher vorbei", erzähle ich ihm. Eigentlich habe ich überlegt, Jackson zu fragen, ob er mit mir auf die Party geht, aber wahrscheinlich würde er sowieso ablehnen.

„Als was möchtest du dich verkleiden?", hakt er neugierig nach.

„Wahrscheinlich als Vampir." Er grinst und ich gebe ihm einen kleinen Klaps.

„Ich habe übrigens die Klamotten von deiner Mom dabei. Richte ihr bitte liebe Grüße aus und dass ich ihr dankbar bin. Wie heißt sie eigentlich?"

Sherlock Holmes würde mir für diesen genialen Plan, den ich mir gestern ausgedacht habe, um Informationen aus Jackson rauszubekommen, sicher auf die Schulter klopfen.

„Das richte ich ihr aus. Sie heißt Liza." Ich gebe Jackson einen kleinen Beutel mit der Kleidung.

„Frisch gewaschen." Er nimmt mir den Beutel ab und verstaut ihn in seinem Rucksack.

„Sag mal, wann hast du eigentlich Geburtstag?", setze ich das Verhör fort und Jackson zieht eine Augenbraue in die Höhe.

„Du bist heute aber neugierig", sagt er und ich sehe es vor mir, wie Sherlock Holmes sich kopfschüttelnd verabschiedet.

„Ja, ich dachte, das sind so Sachen, die man wissen sollte, wenn man ...", stottere ich und unterbreche mich selbst. „Ähm ... befreundet ist", bringe ich gerade so heraus.

Er lehnt sich lässig nach hinten und verschränkt die Arme hinter dem Kopf.

„Befreundet?" Seine Augen funkeln mich belustigt an.

„Ja, das sind wir doch, oder?" Ich reibe meine feuchten Hände an der Jeans.

Habe ich etwas falsch verstanden? Bin ich nicht mit ihm befreundet? Bin ich ein Zeitvertreib? Uninteressant? Panik steigt in meiner Kehle hoch.

Mit einem Ruck beugt er sich zu mir und kommt mir ganz nah. Sein warmer Atem streift meine Haut und mein Körper reagiert wie immer verdächtig stark auf ihn.

„Befreundet? Nachdem ich diesen süßen Schmollmund geküsst habe?", flüstert er. Unsere Nasenspitzen berühren sich kurz, als er sich mit einem schelmischen Grinsen zurückzieht. Schon wieder? Wie soll ich an Freundschaft glauben? Wie an mehr, wenn er immer so plötzlich auf Abstand geht?

Jackson steht auf und kurz bevor er den Raum verlässt, dreht er sich nochmal zu mir um: „01. Januar." Er zwinkert mir zu und schließt die Tür hinter sich.

Ich seufze. Wieder einmal lässt er mich sprachlos zurück.

Kapitel 21

„Er ist ein Neujahrskind“, erzähle ich Elly, während wir durch das Zentrum von Scona Hills laufen. Wir sind auf den Weg in die Shopping-Mall. Vorher besuchen wir noch Mom in der Boutique von ihrer Freundin. Ich kenne das Geschäft, es befindet sich mit all den anderen Luxus-Boutiquen auf der Riverview-Plaza. Ein mulmiges Gefühl begleitet mich bei dem Gedanken, einem Stück von meinem alten Leben zu begegnen.

Elly und ich müssen aussehen wie zwei Außerirdische, die auf dem falschen Planeten gelandet sind. Vor ein paar Wochen hätte mich das noch sehr mitgenommen, aber mittlerweile ist mir das vollkommen egal. Ich trage eine schwarze Röhrenjeans und einen weißen Hoodie. Meine dunkelblonden Haare habe ich zu einem Pferdeschwanz gebunden, der bei jedem Schritt hin und her wippt. Elly ist sehr auffällig gekleidet, sie trägt heute ein grünes Kleid mit einer schwarzen Strumpfhose kombiniert, was eigentlich nicht auffällig ist, aber ihre schwarzen Boots und die Lederjacke mit den Nieten verleihen dem Outfit etwas Rebellisches. Dazu trägt sie eine schwarze Sonnenbrille.

„Was läuft denn da jetzt zwischen euch?“, fragt sie und schaut sich in den Schaufenstern um. Ich erzähle ihr von dem intimen Moment und seinen Andeutungen.

„Er macht mich verrückt“, offenbare ich ihr und drehe mich einmal im Kreis, worauf Elly los kichert.

„Du bist total verknallt“, stellt sie fest.

Ich beiße die Zähne zusammen. Dann seufze ich: „Sieht wohl ganz danach aus.“

„Das ist doch etwas Schönes.“

„Und wenn er nicht so empfindet?“

„Dann wäre er ziemlich dumm." Ich muss lächeln. Elly nimmt mich in den Arm und drückt mich ganz fest an sich. Eine Freundin wie sie hatte ich noch nie. Mit ihr kann ich über alles reden und es ist so unkompliziert.

„Da vorn ist der Laden, in dem Mom arbeitet." Ich zeige auf eine weiße Holzbank, die vor dem Schaufenster aufgebaut ist. Wir gehen zum Schaufenster und Elly legt ihre Hand sehr theatralisch auf die Brust.

„Da kann ich unmöglich hinein gehen, schau dir mal die Preise an." Ich gebe ihr mit der Schulter einen Stupser.

„Hab dich nicht so." Ich lache und ziehe sie mit in die kleine Boutique.

Dieser Laden ist ein absoluter Hingucker! Der helle Boden wirft einen schimmernden Glanz und die Möbel sind in einem dezenten Weiß gehalten. Die Kleidungsstücke sind fein säuberlich sortiert und es wirkt nicht überladen oder eng.

Ich winke meiner Mom zu, die gerade einen jungen Mann bedient. Als er sich zu uns umdreht, gefriert mein Lächeln und greife ich Ellys Hand. Dabei bin ich wohl etwas zu energisch.

„Aua, was ist los?", höre ich sie neben mir. Doch ich kann nicht anders, als ihn anzustarren.

„Das ist Sam", flüstere ich. Elly starrt den Jungen an, der mit geschmeidigen Schritten auf uns zu kommt. Er trägt einen schlichten blauen Anzug mit einem weißen Hemd und einer dazu passenden blauen Krawatte. Sein schwarzes Haar ist etwas länger als ich es in Erinnerung habe und sein welliges Haar kommt zum Vorschein. Die Haut ist leicht gebräunt und braune Augen mustern mich abschätzig von oben bis unten.

„Charly, meine Liebe, wie geht es dir? Wir haben ja lange nichts voneinander gehört." Elly beachtet er gar nicht.

„Mir geht es super." Ich reiße mich zusammen und schenke ihm ein zuckersüßes Lächeln. Eine seiner Augenbrauen hebt sich leicht und sein Mund kräuselt sich etwas, als er mich begutachtet.

„Ja, das sehe ich." Er rümpft die Nase, so wie er es früher bei anderen gemacht hat, mit denen er nichts zu tun haben wollte. Meine Hände ballen sich zu Fäusten. Dieses arrogante Arschloch! Ich presse die Zähne zusammen und lasse die Wut in mir.

„Du bist hier, um deine Mom zu besuchen?", gähnt er und spielt nebenbei mit seinem Handy.

„Wir sind auf dem Weg in die Mall und wollen nur kurz Hallo sagen."

„In die Mall?" Wieder dieser herablassende Blick. Oh, wie mich das ankotzt.

„Ähm ...ja", motze ich und verdrehe die Augen.

„Okay, dann viel Spaß. Wir hören uns, Charly." Ohne mich oder Elly eines weiteren Blickes zu würdigen, verlässt er die Boutique.

„Was um Himmelswillen war das bitte?", nörgelt Elly wütend neben mir, während ich noch immer fassungslos dastehe. Mir fehlen die Worte, Sam behandelt mich nun genauso wie meine ehemalige Clique. Ich dachte, er wäre anders. Aber eigentlich hätte ich es mir denken können: Seine Nachrichten haben es mir deutlich bewiesen. Doch anscheinend wollte ich es nicht wahrhaben. Allerdings ist es jetzt offensichtlich.

„Hallo ihr zwei", begrüßt Mom uns. Vor Elly bleibt sie kurz stehen und lächelt sie liebevoll an.

„Du musst Elly sein, richtig?" Mom sieht wunderschön aus, sie trägt ein weißes Etuikleid und ihre blonden Haare trägt sie zu einem Dutt auf dem Kopf.

„Die einzig Wahre", antwortet Elly und grinst Mom an.

„Wir sind auf dem Weg in die Mall, um nach Halloween-Kostümen zu schauen", erzähle ich ihr, während wir immer noch im Eingangsbereich stehen.

„Ach, wie schön", antwortet sie.

„Mom? Was wollte Sam hier?"

„Er war in der Nähe und wollte mal Hallo sagen. Er hat gefragt, wie es uns geht." Sie zuckt mit den Schultern, während sie ein paar Kleidungsstücke sorgfältig sortiert. Unglaublich, er hat keine Zeit für mich, aber auf ein zwangloses Gespräch mit Mom kann er sich einlassen? Jetzt ist das letzte Stück aus meinem alten Leben verschwunden und um ehrlich zu sein, fühlt es sich deutlich besser an, als ich dachte.

Die Glocke läutet und zwei ältere Damen betreten das Geschäft. Mom begrüßt sie und winkt uns zum Abschied zu.

Die Tüten mit den Halloween-Artikeln stelle ich neben mein Bett und lasse mich dann darauf fallen. Auf meinem Handy blinkt eine Nachricht von Jackson auf.

Falls du noch einen Edward für die Halloweenparty suchst,
sag mir Bescheid. J.

Ich muss lachen und kann nicht glauben, dass Jackson mich auf die Halloweenparty begleiten möchte.

Ich mag mehr die altmodischen Vampire. C.

Dann lieber einen Graf Dracula?

Schon besser.

Ist das ein Ja? Du machst es wie immer spannend.

Ja, ich würde sehr gerne mit dir zur Halloweenparty gehen.

Perfekt :)

An meiner Tür klopft es und Mom schaut herein.

„Ich wollte nach dir sehen. Du sahst vorhin etwas neben der Spur aus. Obwohl ... Wenn ich dich jetzt so ansehe, muss ich mir das wohl eingebildet haben." Sie setzt sich zu mir aufs Bett und greift meine Hand.

„Ich habe ein Date für die Halloweenparty", erzähle ich und japse. Tatsächlich habe ich schon darüber nachgedacht, Jackson zu fragen, aber ich habe mich nicht getraut. Und jetzt hat er mich gefragt!

„Oh, wie schön. Wer ist es denn?"

„Jackson Stewart", antworte ich. Sie streichelt mir über die Wange.

„Ich freue mich für dich. Weißt du, dein Dad hat sich wirklich große Sorgen um dich gemacht. Die ganze Situation ist schwierig, aber ich wusste, welche Stärke in dir steckt und ich bin so stolz auf dich." Sie gibt mir einen Kuss auf die Stirn.

„Danke, Mom." Ich drücke ihre Hand, ehe sie aufsteht und zur Tür geht.

„Wir essen gleich, dein Dad hat gekocht", weiht sie mich augenzwinkernd ein.

„Komme gleich."

Ich hole die Visitenkarte von Mr. Landon hervor und schicke ihm schnell eine E-Mail mit allen Informationen, die ich gesammelt habe.

In der Küche höre ich meine Eltern herzlichen miteinander lachen und ein Gefühl von Frieden beherrscht unsere Seelen. Zum allerersten Mal.

„Charly, dein Dad wird noch zu einem Sternekoch", scherzt Mom, als ich den Raum betrete. Dad kommt freudig zu mir.

„Madame, darf ich bitten." Er verneigt sich und zeigt auf den freien Stuhl. Der Tisch ist dekorativ gedeckt und ein silberner Kerzenleuchter ziert die Mitte.

„Äh ... Danke, Dad." Mom setzt sich ebenfalls und er serviert uns ein köstliches Menü. Wir erzählen und lachen miteinander. Es ist schön und ich lasse mich voll und ganz auf diesen glücklichen Moment ein.

„Das war echt lecker", gebe ich anerkennend zu. Danach gibt es noch einen selbstgebackenen Cheesecake und meine Geschmacksnerven tanzen vor Freude. Ich mache den Abwasch und meine Eltern trinken noch ein Glas Rotwein, während ich mich in mein Zimmer zurückziehe und an Sam denken muss. Sein Auftritt mir gegenüber hat mich zutiefst gekränkt und ich bin kurz davor, ihm eine wütende Nachricht zu schicken. Doch im Display blinkt eine andere Nachricht auf, die meine Laune wieder hebt. Jackson schickt mir einen Vampir als Emoji und ich schicke ihm einen Bluttropfen zurück. Ich habe mich so schon auf die Party zu Halloween gefreut, doch jetzt bin ich zusätzlich noch total nervös. Ich versuche eine Weile, mir Jackson als Vampir vorzustellen, scheitere allerdings jedes Mal, weil ich ihn mir nicht ohne seine Lederjacke vorstellen kann.

Kapitel 22

Mein dunkelblondes Haar habe ich heute zu Locken aufgedreht und das Gesicht ist weiß geschminkt. Durch die Smokey-Eyes kommen meine blauen Augen noch mehr zu Geltung und ein langer Lidstrich ziert mein Augenlid. Mom hat mir bei den Fake-Wimpern geholfen und mein Augenaufschlag ist nun der Wahnsinn. Unter dem langen schwarzen Umhang trage ich ein kurzes rotes Kleid und eine schwarze halbdurchsichtige Strumpfhose. Da ich zu dem Kostüm nicht die weißen Sneakers anziehen wollte, hat Mom mir ein paar schwarze High Heels geliehen.

„Perfekt", verkündet sie, während ich mich im Spiegel betrachte. Die Türklingel läutet und ich zupfe nervös an meinem Kleid, als ich zur Tür gehe. Mir stockt der Atem. Jackson lächelt mich an. Er hat sein Veilchen überschminkt und ich beobachte, wie sein Blick von meinen Beinen, über das enganliegende Kleid, vorbei an meinem Ausschnitt, bis zu meinen Augen wandert. Erst steht sein Mund kurz offen, dann räuspert er sich.

„Du siehst gut aus", bringt er heraus. Ich lächele ihn an.

„Danke, du aber auch." Er trägt eine dunkle Hose, dazu ein schwarzes Hemd, wobei die oberen beiden Knöpfe offen sind und man so ein bisschen etwas von seiner nackten Brust erahnen kann. Dazu trägt er einen langen schwarzen Frack und schwarze Stiefel. Keiner von uns kann den Blick abwenden. Wir stehen wie gelähmt da und starren uns in die Augen.. Wie in Zeitlupe macht er einen Schritt auf mich zu und mein Herz beschleunigt sich. Seine Lippen berühren zärtlich meine Wange und ich wünschte es wäre mein Mund.

„Oh! Hallo, du musst Jackson sein", höre ich Mom hinter mir und schrecke auf. Jackson grinst mich an, wendet sich dann aber meiner Mutter zu, um sie zu begrüßen.

„Hallo Mrs. Stonewall, ich bin Jackson Stewart", sagt er und streckt ihr die Hand entgegen, welche sie sofort ergreift.

„Schön, dich kennenzulernen." Jackson dreht sich zu mir.

„Wollen wir?", galant hält er mir den Arm hin. Ich lächele und hake mich ein.

„Viel Spaß euch beiden", ruft Mom uns winkend hinterher. Wir verabschieden uns und verlassen unsere Wohnung.

Vor der Tür wartet ein kleines rotes Auto auf uns.

„Heute kein Motorrad?", frage ich, während Jackson mir die Beifahrertür öffnet. Er fängt an, laut zu lachen.

„Das wäre dann doch etwas zu kalt. Du hattest übrigens schon mal Bekanntschaft mit der Rückbank", zieht er mich auf und zwinkert mir zu.

„Kein Wort darüber." Gott, ist mir das peinlich! Jackson presst die Lippen fest aufeinander, um ein erneutes Lachen zu unterdrücken.

„Wehe!", drohe ich mit erhobenem Zeigefinger.

„Du bist süß, wenn du dich aufregst", neckt er mich weiter und stupst meine Nase leicht an.

„Jackson!", rufe ich energischer.

„Schon gut." Gespielt verschreckt hebt er die Arme und ich lasse mich auf den Beifahrersitz fallen. Er setzt sich ans Steuer und startet den Motor.

„Dann wollen wir mal."

Als wir an unserer Schule ankommen, tummeln sich schon allerhand gruselige Wesen. Geister, Werwölfe und Vampire mustern uns.

„Ist das deine erste High-School-Party?", frage ich Jackson und weiche den Blicken aus. Seine Hand schließt sich um meine und wir gehen in Richtung Eingang.

„Ja, ich halte mich eigentlich von so etwas fern." Ich stupse ihn seitlich an.

„Dann weiß ich ja, warum uns alle anstarren." Jackson bleibt stehen und bremst mich mit aus. Er legt die Hand an meine Wange und ich weiß nicht, ob sich die Gänsehaut wegen der Kälte auf meinem Körper verteilt oder wegen der Berührung und der Intensität, mit der er mich ansieht.

„Ich bin mir sicher, dass es an dir liegt." Seine Stimme ist rau und kehlig. Seine Lippen sind nur wenige Zentimeter von meinen entfernt und ich spüre seinen Atem auf ihnen. Wie es wohl ist, diese Lippen jetzt zu schmecken?

Vor aller Augen? Mein Magen zieht sich zusammen und die Luft um uns herum knistert.

„Deine Freunde beobachten uns", flüstert er mit rauer Stimme und ich erwache aus den Träumereien. Ich verfolge Jacksons Blick und entdecke Elly, Walter und Luke am Eingang. Sie grinsen frech, winken uns zu und ich unterdrücke einen lauten Seufzer.

„Dann lassen wir sie mal nicht weiter warten."

Walter sieht aus wie ein Zombie und Luke hat sich als Skelette verkleidet. Ellys Kostüm kannte ich ja schon, aber sie jetzt so fertig gestylt zu sehen: Wow! Das kurze schwarze Kleid ist mit lila Verzierungen versehen, was wiederum perfekt zu ihrem Haar passt, welches – genau wie meins – gelockt ist. Auf dem Kopf trägt sie einen typischen Hexenhut. Zum Kleid hat sie Overknee-Stiefel an und einen Besen in der Hand.

„Ihr seht super aus", sage ich in die Runde.

„Und du siehst heiß aus, Charly!", ruft Luke mir zu, worauf ich ihn angrinse und die Zunge herausstrecke. Jackson zieht mich zu sich und legt den Arm um mich.

„Wir sollten reingehen", kichert Elly wissend und geht vor. Als wir den Flur entlanglaufen, hören wir schon die Musik.

Im großen Saal komme ich aus dem Staunen gar nicht mehr heraus. Ich spüre den Bass unter meinen Füßen und muss ganz automatisch mit wippen. Überall sind Spinnweben verteilt, in denen dicke Spinnen hängen. Auf der Tanzfläche ist schon einiges los und sämtliche Gestalten tanzen wild umher.

„Wollen wir uns erst mal was zu trinken holen?", rufe ich etwas lauter, damit die Musik meine Stimme nicht verschlingt. Elly nickt und wir folgen ihr zu einem Ende des Raums. Auf einen schmalen Tisch stehen Gefäße mit unterschiedlichen Inhalten. In einer Glasschale ist eine grüne Flüssigkeit, in der Augäpfel schwimmen, und in der nächsten ist eine rote Flüssigkeit, die wohl Blut darstellen soll. Jackson flüstert mir ins Ohr: „Durstig, mein kleiner Vampir?" Ich boxe in leicht in die Seite und er lacht los. Dann holt er zwei Becher und gießt uns etwas ein. Die Getränke sind natürlich ohne Alkohol. Schul-Party bedeutet schließlich jugendfrei.

„Erdbeerbowle", stelle ich zufrieden fest. Elly reicht mir einen Flachmann, den sie aus ihrer Tasche hervorgekramt hat. Ich lehne dankend ab.

„Ich habe noch genug vom letzten Mal." Sie grinst mich an und gießt sich etwas in die grüne Flüssigkeit. Nach und nach füllt sich die Halle.

„Lasst uns tanzen gehen", skandiert Elly und wieder folgen wir ihr, dieses Mal auf die Tanzfläche. Während die anderen schon tanzen und bei den Liedern mitsingen, schaue ich zu Jackson. Er steht ein bisschen abseits und nippt an seinem Getränk. Ich gehe zu ihm.

„Du tanzt nicht?" Sein Blick wandert zu Luke und Walter, die mit Elly wild umherspringen. Jacksons Mundwinkel zucken belustigt nach oben.

„Ich möchte den beiden nicht die Show stehlen", er grinst verschmitzt.

„Du kannst es besser? Beweise es!", fordere ich ihn auf. Er mustert mich kurz, stellt sein Getränk ab und umfasst mit einer Hand meine Taille. Bei der Berührung kribbelt es in meinem Bauch und ich versinke in seinen Augen, die mich herausfordernd anfunkeln. Dann geht alles ganz schnell, er wirbelt mich über die Tanzfläche und grinst mir schelmisch zu. Mein Bauch macht Purzelbäume, dieses Mal aber wegen der Drehungen.

„Das war´s schon?", gebe ich frech zurück und verschränke künstlich gelangweilt die Arme. Dann packt er mich erneut und wir bewegen uns in fließenden Bewegungen inmitten der anderen. Unsere Körper schmiegen sich eng aneinander. Mir stockt der Atem, alles kribbelt, alles ist leicht. Während ich noch auf Wolke Sieben schwebe, beugt er sich leicht vor.

„Atmen nicht vergessen", flüstert er mir ins Ohr.

Ich komme gar nicht dazu, zu kontern, da wirbelt er mich wieder übers Parkett. Ich gebe mich voll und ganz dem Tanz hin. Selbst die Blicke meiner Mitschüler interessieren mich nicht. Für den Moment gibt es nur Jackson und mich.

„Wo hast du so tanzen gelernt?", frage ich.

„Das wüsstest du wohl gern." Wir tanzen eng umschlungen weiter. Die Musik wird langsamer und ich lehne mich mit dem Kopf an Jacksons Brust. Mir ist schwindelig und ich habe das Gefühl, ich träume. Meine Beine werden immer weicher und ich befürchte, dass sie mir wegklappen könnten, wenn wir so weitermachen.

„Ich brauche etwas frische Luft", sage ich und wir gehen hinaus.

Der Nachthimmel ist klar und die kühle Luft legt sich beruhigend auf meine erhitzten Wangen. Jackson steht neben mir und hat den Arm um mich gelegt.

„So sind also High-School-Partys“, breche ich das Schweigen.

„Sieht so aus.“

„Bereust du es?“ Ich bin unsicher, ob er sich wohl fühlt und das alles genauso genießt wie ich. Er dreht sich zu mir und umfasst sanft mein Gesicht.

Dann senkt er den Kopf, ich schließe die Augen und warte. Es dauert gefühlt eine halbe Ewigkeit, doch schlussendlich spüre ich wie sich weiche Lippen zärtlich auf meine legen. Der Kuss ist ganz anders als der letzte im Laden. Es steckt so viel Hoffnung in diesem Kuss und der Drang nach mehr. Es ist unglaublich, aus dem kleinen Funken ist eine Flamme entstanden und ich hoffe so sehr, dass sie nie ihr Licht verliert. Nur widerwillig lösen sich unsere Münder voneinander. Ich öffne langsam die Augen und Jackson lächelt mich an. Ich erwidere es strahlend. Wir müssen nichts sagen, denn unsere Blicke sprechen Bände.

Kapitel 23

Die nächsten Wochen vergehen sehr schnell und ich verbringe die meiste Zeit mit den Bewerbungen fürs College. Nebenbei schreibe ich Artikel für die nächste Schülerzeitung, aber mittlerweile habe ich tatkräftige Unterstützung von einer anderen Schülerin. Dennoch ist es schon Freitag und wir müssen uns beeilen.

„Lucy, hast du die Bilder schon fertig?", frage ich sie.

„Ja, alles erledigt. Ich schick sie dir per Mail."

Lucy ist ein paar Jahrgänge unter mir und kümmert sich um alles, was Fotografie und Design betrifft. Sie ist sehr aufgeschlossen und nicht auf den Mund gefallen. Ihre rote Löwenmähne passt daher perfekt zu ihr. Wir haben uns auf Anhieb gut verstanden. Ich öffne die Mail und speichere die Bilder.

Die Tür öffnet sich schwungvoll und Jackson kommt hereingeschlendert. Die Hände in den Hosentaschen steht er neben mir.

„Wie war der Unterricht?", frage ich ihn, als er mich mit einem – viel, viel zu kurzen – Kuss begrüßt.

„Alles bestens", antwortet er und setzt sich zu mir. Ich habe ihm gesagt, dass ich ihn bei den College-Bewerbungen unterstützen werde, aber nur, wenn er wieder regelmäßig am Unterricht teilnimmt. Ich weiß nicht, ob er eingewilligt hat, damit ich ihn nicht weiter mit dem Thema nerve oder ob er es wirklich will. Seine Noten sind nicht schlecht, es sind die Fehlzeiten, die ihm zum Verhängnis werden könnten. Er darf ab jetzt auf keinen Fall dem Unterricht fernbleiben, sonst muss er das Jahr wiederholen.

„Fertig!", jubele ich und erstelle eine Vorschau der neuen Ausgabe. „Kannst du nochmal drüberschauen?", frage ich Jackson.

„Kann ich, aber ich bin mir sicher, dass alles perfekt ist." Ich rücke ein bisschen zur Seite und er liest sich alles aufmerksam durch. Meine Hand streift seinen Oberschenkel und er zuckt leicht zusammen.

„Hmm ... so kann ich mich nicht konzentrieren", brummt er und ich muss lachen. Ich liebe diese kleinen Momente, in denen ich ihn auch mal verrückt machen kann.

„Ich habe dich vermisst", flüstere ich ihm ins Ohr und lasse meinen Atem dabei absichtlich über seine Wange streichen. Bevor ich mich umsehen kann, sitze ich mit einem Ruck auf seinen Schoss. Seine Hände legen sich auf meine Taille.

Lucy räuspert sich: „Ich bin dann mal weg." Die Tür fliegt zu.

„Ich habe gar nicht mitbekommen, dass sie aufgestanden ist", kichere ich.

„Da siehst du mal, wie belästigend du bist", neckt er mich.

„Ich glaube eher sie hat Angst vor dir", erwidere ich. Jackson zieht mich noch näher an seine Brust, sodass ich über seinen Schoß gleite. Seine vollen Lippen pressen sich auf meinen Mund und ich stöhne auf. Oh, wie ich das liebe! Dieses Rauschen in meinen Ohren, das Kribbeln und Aufheizen in meinem Körper.

„Hast du auch Angst?", murmelt er und knabbert zärtlich an meiner Unterlippe. Seine warme Hand gleitet unter mein Shirt und ich zucke kurz vor Lust zusammen. Ich lege die Hand in seinen Nacken und ziehe ihn näher an mich heran. Mit der anderen raufe ich sein volles, dunkles Haar und reiße ihn an mich, als wollte ich ihn verschlingen. Ich habe nur Angst, dich zu verlieren, Jackson Stewart. Das sind die Worte in meinen Kopf, aber sie schaffen es nicht aus meinem Mund. Okay, der hat auch gerade etwas Besseres zu tun.

Meine Wangen glühen und Hitze schießt mir den Rücken hoch bis in den Kopf. Ich drücke meinen Oberschenkel noch näher an ihn heran. Ich spüre jede Kontur seines Körpers und kann ein Stöhnen nicht unterdrücken. Er bedeckt meinen Hals mit Küssen und ich klammere mich an ihm fest. „Jackson", wispere ich und er hält inne. Seine Augen sind glasig und voller Sehnsucht.

„Entschuldige", sagt er und räuspert sich. Er streichelt über meine Erhitzen Wangen und gibt mir einen leichten Kuss.

„Das war schön", flüstere ich und küsse ihn zärtlich.

Jackson und ich sind seit der Halloweenparty ein Paar. Natürlich kam der ein oder andere Spruch, vor allem Elizabeth wirft mir giftige Blicke zu. Sie kann es einfach nicht lassen. Aber ich pfeife auf sie und ihre Meinung.

„Ich habe noch eine Überraschung für dich“, versuche ich, ihn ein wenig zu trösten, weil er sich mit mir gedulden muss. Jackson sieht mich neugierig an.

„Ich liebe jede Überraschung, solange sie mit dir zu tun hat.“ Er küsst mich erneut.

„Okay, dann komm nachher zu mir. Mein Dad hat Karten für das heutige Spiel der Scona Rangers und wir gehen gemeinsam hin.“

Das Stadion der Scona Rangers ist voll, jeder Platz ist besetzt und die Zuschauer feuern mit all ihrer Lautstärke die Mannschaft auf dem Eis an. Jackson und Dad sind Feuer und Flamme während des Spiels. Ich muss schmunzeln, als ich die beiden heimlich beobachte, es ist eine interessante Mischung aus Euphorie und Verzweiflung. Das Kennenlernen von Dad und Jackson verlief ohne große Probleme. Mom kannte er ja schon von vor der Halloweenparty. Und ich glaube, es ist gut, dass Jackson sieht, dass nicht jeder mit unserer Herkunft ein Monster ist. Denn er hat mir gestanden, dass er mehr als nur ein paar Vorurteile gegen uns hatte.

„Ich hole mir noch eine Cola, wollt ihr auch noch etwas?“, rufe ich meinen beiden Männern zu.

„Soll ich dich begleiten?“ Jackson hält mich an der Hand zurück. Ich winke ab und gebe ihm einen Kuss auf die Wange. „Das schaffe ich schon ganz alleine.“

Die Bedienung reicht mir die Cola und ich bezahle. Als ich hinter mir ein hysterisches Lachen vernehme, drehe ich mich um und finde mich Auge in Auge mit meiner alten Clique wieder. Auch Sam ist bei ihnen und seinen Körper demonstrativ von mir abgewandt. Clarissa, eine meiner ehemaligen Freundinnen, zeigt mit ausgestrecktem Finger auf mich und tuschelt mit den anderen. Ich ziehe die Augenbrauen zusammen, während wir uns gegenüberstehen. Was soll das bloß werden?

„Das ist also aus dir geworden“, zischt Clarissa mich schließlich an. Sie trägt ein dunkelblaues Kostüm von Chanel und ihr braunes, gewelltes Haar legt sich geschwungen um ihr hübsches Gesicht.

„Lass gut sein, Clarissa“, protestiert Sam genervt und die Köpfe der anderen drehen sich in seine Richtung, wobei die Skepsis ihnen deutlich ins Gesicht geschrieben steht. Auch ich runzele die Stirn und schaue ihn fragend an. Hat er sich gerade für mich eingesetzt? Doch Sam ignoriert mich und entfernt sich, ohne sich weiter um die Situation zu kümmern.

„Kommt, wir gehen", kommandiert Clarissa und geht, ohne mich eines weiteren Blickes zu würdigen. Als sie alle verschwunden sind, fühle ich mich nicht mehr so glücklich wie noch wenige Minuten zuvor. Innerlich zieht sich alles zusammen und mir fällt es schwer, die Tränen zurückzuhalten. Als ich Anfang des Schuljahres auf die Westmount High-School kam, konnte ich mit den bösen Blicken mir gegenüber umgehen, weil ich die Menschen nicht kannte, aber Sam und die anderen kenne ich schon ewig. Wieso behandeln sie mich so? Ich habe ihnen nichts getan.

„Charly?", höre ich Jackson hinter mir. Ich drehe mich um und lehne mich ohne ein Wort an seine Brust. Er streichelt mir sanft über den Rücken.

„Was ist passiert?" Ich schniefe und erzähle ihm von dem Vorfall. Seine Hände ballen sich zu Fäusten und seine Augenbrauen ziehen sich zusammen.

„Jackson, es ist okay", seufze ich und nehme seine Hand, um ihn zu beruhigen. Jackson ist wütend für mich und das gibt ein wenig Wärme, die die Kälte der Begegnung mit meiner Vergangenheit vertreibt.

„Und genau deswegen hasse ich diese Gesellschaft."

Er hat Recht und trotzdem schmerzen diese Worte. Schließlich hätte er vor ein paar Monaten so auch über mich gesprochen.

„Es ist ungerecht, sie so zu verurteilen", erwidere ich und nehme sie ungewollt in Schutz, obwohl sie mich so schlecht behandelt haben. „Du verstehst das nicht. Sie kennen es nicht anders. Ich kannte es bis vor Kurzem auch nicht anders!"

„Du bist anders", murmelt er.

„Ich versuche nur, nicht in jedem das Schlechte zu sehen. Das habe ich bei dir auch nicht! Ich verlange nicht, dass du sie liebst. Aber mein altes Leben gehört leider genauso zu mir wie dieses jetzt hier. Und was ist, wenn die Ermittlungen ergeben, dass Dad unschuldig ist und wir zurück in unser altes Leben können? Willst du mich dann verlassen und genauso hassen wie sie?"

Die Erkenntnis trifft seine Augen und er tritt einen Schritt zurück.

„Jackson? Hast du dir darüber nie Gedanken gemacht?"

„Nein, ich ...", er bricht den Satz ab. „Ich brauch ein bisschen Zeit für mich."

Er gibt mir einen Kuss auf die Wange und dreht sich um.

„Jackson“, rufe ich ihm noch hinterher, doch er zeigt keinerlei Reaktion und verschwindet aus meinen Sichtfeld. Enttäuscht über seine Reaktion gehe ich wieder zu meinem Dad und setze mich zu ihm.

„Wo ist Jackson?“, fragt er.

„Er musste dringend los.“ Es sind nur noch ein paar Minuten, bis das Spiel vorbei ist. Allerdings verfolge ich es nicht mehr.

Kapitel 24

Die Busfahrt ist ruhig. Bis auf ein paar andere Fahrgäste ist niemand hier, der auf mich beunruhigend wirken kann. Ich schaue aus dem Fenster und betrachte die teilweise verfallenen Häuser und Gassen. Auf den Steintreppen sitzen dunkle Gestalten und ich muss unweigerlich an den widerlichen Mann denken, vor dem mich Jackson gerettet hat. Hoffentlich bleibt mir diesmal so ein Aufeinandertreffen erspart.

Da sich Jackson die letzten Tage nicht gemeldet hat und auch nicht in der Schule war, mache ich mir Sorgen. Hat er mich verlassen? Worüber denkt er nach? Wir müssen unbedingt darüber reden, was vorgefallen ist.

Der Bus hält an und ich steige schnell aus. Die Wohnung von Jackson ist nur zwei Häuser entfernt, aber ich beeile mich trotzdem.

Mein Handy halte ich fest an meine Brust gepresst, um im Notfall jemanden zu erreichen. Das Haus, in dem Jackson wohnt, sieht im Gegensatz zu allen anderen nicht zerfallen aus. Ich gehe zur Tür und klingele bei Stewart.

„Ja? Hallo?“, erklingt eine weibliche Stimme.

„Ähm, ich bin es Charly. Ist Jackson da?“ Es raschelt am anderen Ende.

„Hallo?“, rufe ich erneut.

„Jackson ist nicht hier“, erklingt die Stimme erneut.

„Mrs. Stewart?“ Wieder diese Stille am anderen Ende und ich komme mir albern vor. Vielleicht hätte ich doch zu Hause bleiben sollen.

„Bist du alleine?“

„Ja, wieso?“

Das Türsummen ertönt und ich öffne die Tür. Vor der Wohnungstür bleibe ich stehen und warte. Als diese sich öffnet, erkenne ich Jacksons Mom sofort.

„Entschuldigung, ich war etwas perplex, dass jemand nach Jackson fragt.

Komm rein", bittet sie mich und hält mir die Tür auf. Ich gehe in die Wohnung und Mrs. Stewart zeigt auf einen der Küchenstühle, damit ich mich setze.

„Möchtest du auch?", sie zeigt auf die Kaffeekanne in ihrer Hand.

„Gern."

Mrs. Stewart holt eine weitere Tasse aus dem Schrank und befüllt diese ebenfalls mit dampfender Flüssigkeit. Sie setzt sich mir gegenüber und schiebt mir meine Tasse herüber, während sie ihre mit beiden Händen umschließt.

„Schön, dich mal persönlich kennenzulernen", zwinkert sie und mir schießt die Hitze ins Gesicht, als mir bewusst wird, dass sie unser einziges Aufeinandertreffen meint. Und bei dem war ich nicht ansprechbar! Meine Wangen sind sicher feuerrot und ich senke den Kopf. Sie war bei vollem Bewusstsein, ich allerdings war eine kleine Alkoholleiche.

„Alles gut, Charly. So was passiert, es braucht dir nicht peinlich sein, dass du zu viel getrunken hast. Ich kann dir davon ein Lied singen." Sie lächelt mich liebevoll an und ich nicke nur.

„Wissen Sie, wo ich Jackson finde?"

„Er wird vermutlich im Boxclub sein. Dort verbringt er die meiste Zeit. Hat er dir davon nichts erzählt?"

Ich schüttele den Kopf und frage mich, was er mir noch alles verschwiegen hat. „Er gibt dort Kurse für Kinder", erzählt sie mir stolz.

„Das ist nett von ihm", erwidere ich knapp, weil ich die Informationen noch nicht richtig verdaut habe. Es ist nicht so, dass ich etwas gegen Boxen oder ähnliche Sportarten habe, es kann jeder machen, was er möchte. Doch gehört dieser Sport nicht zu denen, die ich mir gerne ansehe. In mir zieht es sich zusammen, wenn ich sehe, wie sich Menschen ohne wirklichen Grund schlagen. Es passt auch einfach nicht zu Jackson. Ich liebe es, dass er schreibt und dass er einmal Schriftsteller werden möchte. Das macht ihn sensibel, kreativ. Darin sollte er seine Energie stecken.

„Wo kommen du und deine Familie her Charly?", reißt mich Mrs. Stewart aus meinen Gedanken.

„Ich ... äh ... wir wohnen in Downtown. An vier Tagen die Woche helfe ich bei Peters Elektronics aus. Ansonsten gibt es nicht viel über mich zu erzählen." Ein Kloß bildet sich in meinem Hals, weil ich mich auf einmal unbehaglich fühle. Jackson hat mir oft genug darüber erzählt, dass seine Mom, was die High

Society angeht, ausflippt. Ich sollte mich auf den Weg machen. Vielleicht werde ich bei Gelegenheit mal in dem Boxclub vorbeischauen, aber vorher treffe ich mich noch mit den anderen im Diner. Ich bedanke mich bei Mrs. Stewart und verabschiede mich.

Vor der Tür begrüßt mich der kalte Dezemberwind und es fröstelt mich. Ich ziehe meine Mütze tiefer ins Gesicht und den Reißverschluss der Jacke bis ans Kinn hoch. Es wird nicht mehr lange dauern, bis die ersten Schneeflocken Scona Hills in eine Winterlandschaft verwandeln. Der Dezember ist ein magischer Monat, die Vorweihnachtszeit beginnt und überall findet man bunte Lichter. Etwas wehmütig stelle ich fest, dass es dieses Jahr das erste Weihnachten wird, was wir nicht zu Hause verbringen werden. Unser traditionelles Weihnachtsessen fällt damit wohl auch aus.

Im Diner winkt mir Luke freudig zu und ich gehe grinsend zu meinen Freunden, um mich zu setzen.

„Hey Charly, was geht?“, begrüßt mich Walter.

„Alles bestens“, sage ich und versuche, mir meine Sorgen nicht anmerken zu lassen. Ich setze mich neben Elly und umarme sie zur Begrüßung. Bei der Kellnerin bestelle ich mir einen Cappuccino.

„Wo ist Jackson?“, fragt Luke. Ich presse die Lippen aufeinander. Wie konnte ich auch davon ausgehen, dass die Frage nicht kommen würde ... Also erzähle ich ihnen von unserer kleinen Auseinandersetzung und von dem Boxclub.

„Oha, das Fight-Inn“, sagt Luke angespannt.

„Was Oha?“, frage ich daraufhin.

„Nun ... ich habe von dem Schuppen gehört. Dort laufen viele illegale Geschäfte.“ Meine Augen werden groß.

„Wie bitte?“, sage ich mit etwas lauterer Stimme, sodass das Paar am Nachbartisch sich zu uns umdreht. Ich schenke ihnen ein entschuldigendes Lächeln und versuche durchzuatmen. Die Kellnerin bringt mir meinen Cappuccino.

„Was genau, kann ich dir nicht sagen, aber ich könnte bei Liam anrufen. Der hat da einige Kontakte.“ Ich umfasse die warme Tasse.

„Ruf ihn an“, ich beiße beim Sprechen die Zähne fest zusammen, woraufhin Luke nickt und aufsteht, um draußen zu telefonieren.

„Glaubst du das?“, fragt Elly und sieht mich ernst an.

„Ich weiß es nicht“, antworte ich ehrlich. Dass Jackson in illegale Geschäfte verstrickt ist, kann ich mir nicht vorstellen. Trotzdem habe ich ein seltsames Gefühl bei der Sache. Luke setzt sich wieder zu uns.

„Ich habe mit Liam gesprochen. Wir treffen uns heute Abend mit ihm in den Twin Brooks.“

„Nein“, protestiere ich. Alle drei sehen mich verdutzt an. „Es ist viel zu gefährlich“, sage ich und nehme einen Schluck von dem Cappuccino.

„Das hast du nicht zu entscheiden“, seufzt Elly, auch Luke und Walter stimmen ihr zu. Nachdenklich fasse ich mir an die Stirn. Ich hoffe, dass die Sache nicht nach hinten los geht.

„Außerdem ist es schon ein Unterschied, ob man alleine in die Twin Brooks geht oder in einer Gruppe“, gibt Luke zu bedenken und greift nach meiner Hand. „Wir sind deine Freunde und stehen dir bei. Egal, was kommt. Verstanden?“ Ich nicke, auch wenn ich nicht möchte, dass sich meine Freunde in Gefahr bringen, bin ich doch gerührt. So etwas hätte meine alte Clique nie für mich gemacht.

„Hat Liam noch etwas erzählt?“, wage ich kaum zu fragen.

„Nicht viel, nur dass er am Telefon nicht viel darüber sprechen kann. Wir sollen es uns vor Ort ansehen.“

Während die anderen noch darüber rätseln, mache ich mir ernsthafte Sorgen um Jackson. Er reagiert auf keine meiner Nachrichten oder Anrufe. Er hat sich so sehr zurückgezogen, dass ich einfach nicht weiß, was mich erwartet. Elly greift meine Hand.

„Hey! Alles wird gut, wir finden heraus, was los ist.“, tröstet sie mich. Sie kuschelt sich ein wenig an mich und schenkt mir etwas von ihrer Wärme. Wir bezahlen und verabreden uns für später bei mir.

Mom und Dad haben sich vor einer halben Stunde von mir verabschiedet. Sie haben eine kleine Pizzeria nicht weit von hier entdeckt und werden dort etwas essen. Ich habe ihnen gesagt, dass ich bei Elly übernachte. Ich sitze am Fenster, schaue in den Nachthimmel hinaus und denke an Jackson.

Ein Blick auf die Uhr verrät mir, dass meine Freunde gleich da sein müssen. Ich trage zusätzlich zu meinem schwarzen Hoodie dunkle Hosen und eine ebenso dunkle Jacke. Meine langen Haare habe ich zu einem Zopf geflochten, der mir über die Schulter hängt. Ich ziehe mir die Kapuze über den Kopf und überprüfe noch einmal mein Handy – immer noch keine Neuigkeiten von Jackson.

Es klingelt an der Tür, ich schlüpfe in meine Turnschuhe und gehe nach unten. Auf in den Kampf.

Kapitel 25

Die Fahrt in die Twin Brooks verläuft ziemlich ruhig, alle schweigen, was vermutlich an der Aufregung liegt. Wir treffen uns mit Liam in der Nähe des Fight-Inn. Natürlich habe ich mir Gedanken darüber gemacht, was Liam über das Fight-Inn weiß und woher. Ob er Jackson kennt? Sie haben sich auf der Party nicht gesehen, also könnte es tatsächlich sein. Obwohl ich mir Liam nicht wirklich beim Boxen vorstellen kann. Er bleibt für mich der typische Surferboy.

„Wir müssen jetzt aussteigen", reißt mich Luke zurück in die Gegenwart.

Ich blicke aus dem Fenster und bin mir sicher, wir haben noch ein gutes Stück vor uns. Doch da alle aufstehen, schließe ich mich ihnen an. Wenn Liam uns hier treffen möchte, dann wird er wohl seine Gründe haben.

Als ich den Bürgersteig betrete, weht mir eine kalte Briese entgegen und es läuft mir kalt den Rücken herunter. Liam kommt auf uns zu und begrüßt einen nach den anderen – auch mich.

„So sieht man sich wieder Charly." Er reibt sich das Kinn und legt den Kopf leicht schräg. Sein leicht lüsternes Lächeln gibt mir zwar zu denken, aber ich habe keine Wahl und lasse es an mir abprallen.

„Hi", begrüße ich ihn. „Was weißt du über das Fight-Inn?", frage ich ihn direkt und er weicht einen Schritt zurück.

„Seht es euch einfach an. Ich kenne den Türsteher für heute Abend."

Während wir ihm folgen, spüre ich, wie Elly neben mir anfängt zu zittern. Es ist Luke, der ihre Hand nimmt und sanfte Blicke mit ihr austauscht. Die Situation wirkt sehr vertraut und ich frage mich, ob zwischen den beiden mehr ist als nur Freundschaft. Wir biegen in eine schäbige Seitengasse ab, überall sind Müllberge und es stinkt bestialisch.

Erinnerungen kommen hoch, für die ich derzeit keinen Platz habe. Mir wird übel und meine Augen suchen nach irgendetwas, was mich im Hier und Jetzt hält. In einer Ecke funkeln uns zwei leuchtend grüne Augen entgegen und eine schwarze Katze springt uns entgegen. Sie tapst an uns vorbei und miaut laut. Armes Tier! Ob sie hier irgendwo ein Zuhause hat?

„Sind wir bald da?“, fragt Walter. Er wirkt so gar nicht angespannt und geht lässig neben mir her.

„Gleich“, antwortet Liam. Wir biegen links in eine andere Gasse und ich entdecke in der Ferne eine Menschenansammlung, die in einer Reihe steht. Das Gebäude sieht aus wie eine alte Fabrik.

„Jetzt heißt es: warten“, brummt Liam und wir stellen uns mit an. Es dauert ein paar Minuten, bis wir uns langsam dem Eingang nähern. Nervös spiele ich an meinen Zopf herum und beobachte die Gegend. Niemals hätte ich damit gerechnet, mich nachts hier herumzutreiben. Mein Leben hat sich um 180 Grad gewendet. Ich frage mich, was uns dort drin erwartet? Ich lege meine flache Hand auf die Wand und spüre deutlich leichte Vibrationen.

„Du brauchst keine Angst haben“, flüstert Liam mir zu.

„Habe ich nicht“, reagiere ich knapp und bin selber erstaunt darüber. Und doch ist es genau so. Ich verspüre keinerlei Furcht, zumindest nicht, was diesen Ausflug hier betrifft. Die einzige Angst ist, Jackson könnte etwas zustoßen oder mein Dad müsste ins Gefängnis. Um mich selber mache ich mir mittlerweile kaum noch Gedanken.

Endlich sind wir dran und Liam begrüßt den Türsteher mit einem Handschlag. Sie unterhalten sich kurz und der Mann winkt uns einfach durch. Ich ziehe die Kapuze herunter, damit der Türsteher mir ins Gesicht sehen kann. Er schaut uns alle ernst an, während wir an ihm vorbeigehen.

Das Erste, was uns empfängt, ist lautstarke, elektronische Musik. Der Bass, den ich draußen schon leicht gespürt habe, bebt hier deutlich unter meinen Füßen. Ich schaue mich weiter um und entdecke eine Tanzfläche, sowie mehrere Käfige, wo sich halbnackte Frauen räkeln.

Wir sind zu jung, um uns in so einem Club aufzuhalten, ist das Erste, woran ich denken muss. Ich will mir den Ärger gar nicht ausmalen, den wir bekommen könnten.

„Wie konntest du uns in diesen Club schleusen?“, schreie ich Liam ins Ohr.

„Der Club ist für uns tabu. Wir gehen direkt in die nächste Halle, denn dort spielt sich das eigentliche Geschehen ab", antwortet er mir und zeigt auf einen weiteren Durchgang.

„Schade", höre ich Walter neben mir, der eine der Frauen in den Käfigen beobachtet. Liam stellt sich neben ihn und glotzt ebenfalls dorthin.

„Wie Recht du hast", sabbert er regelrecht.

Wir durchqueren den Club und kommen vor einer weiteren Tür zum Stehen. Auch dort steht ein Mann und gewährt uns, nachdem Liam mit ihm gesprochen hat, Einlass. Ein mulmiges Gefühl macht sich in mir breit. Was erwartet uns auf der anderen Seite dieser Tür? Ich folge Liam und bleibe geschockt auf der Türschwelle stehen. Es ist Walter, der mich weiter in den Raum schiebt. Ich kann nicht sagen, wie viele Menschen hier sind, aber es sind einige und alle jubeln lautstark den zwei jungen Männern zu, die sich in einen Käfig prügeln. Auf dem Boden sind Blutflecken und angeekelt drehe ich mich zur Seite. Ich kralle mich an Walters Schulter fest, auch er zuckt zusammen, als er das viele Blut sieht und die Schläge hört. Elly hält sich angewidert die Hand vor den Mund und muss würgen. Es ist Liam, der sich an Luke wendet.

„Bring sie lieber hier raus", weist er ihn an.

„Es geht schon", protestiert sie und verzieht den Mund zu einer schmalen Linie.

„Was ist das hier?", frage ich entsetzt.

„Das sind Käfigkämpfe. Die Leute wetten untereinander, wer gewinnt", erklärt Liam. Der eine Mann im Käfig bekommt gerade einen Fausthieb nach dem anderen ins Gesicht und ich kann gar nicht mehr hinschauen.

„Das ist barbarisch! Wieso ist das erlaubt?"

„Das ist es nicht! Es ist illegal und wir müssen aufpassen. Das sind alles ganz üble Leute hier. Ein falscher Blick und wir sind dran", sagt Liam.

Ich brauche mehrere Minuten, um das hier irgendwie zu verdauen. Bitte lass Jackson nicht hier sein.

„Siehst du Jackson irgendwo?", fragt Elly.

„Nein."

Eine Glocke läutet lautstark und der Gewinner wird verkündet. Der eine Mann liegt blutend am Boden, von seinem Gesicht ist nicht mehr viel zu erkennen. Der Sieger verlässt den Käfig, während der Verlierer hinausgetragen wird. Erneut zieht sich in mir alles zusammen und mir wird übel.

Der Moderator verkündet den nächsten Kampf und zwei Männer treten ein. Als ich den einen der zwei Männern erkenne, kann ich mich nicht mehr halten und will gerade nach vorn stürzen, als mich Walter zurückhält.

„Du kannst da nicht runter! Liam hat gesagt, es ist gefährlich."

„Es ist mir egal, wer diese Leute hier sind", funkele ich ihn wütend an. Wo bin ich hier gelandet? Und was macht Jackson da unten? Wieso ist er hier? Ich muss ihn davon abhalten, dass er sich da unten verprügeln lässt.

Es ist Liam, der mich durch sein plötzliches Auftauchen davon abhält.

„Das ist also dein Freund", stellt er fest.

„Ja. Kennst du ihn?"

„Nein, ich war erst einmal hier, aber ich habe von ihm gehört und er soll eine Weile ferngeblieben sein und heute zum ersten Mal seit Langem wieder mitmischen. Deshalb ist es hier auch so voll. Die Leute setzen immer auf ihn, weil er bisher ungeschlagen ist." Ich starre fassungslos zu Jackson hinunter, der sich zum Kampf bereit macht. Die Leute setzen Geld auf ihn? Elly berührt mich an der Schulter und sie gibt mir zu verstehen, dass sie alle für mich da sind. Ich versuche, mich zu beruhigen und doch findet eine Träne den Weg aus meinen Augen.

Die Glocke ertönt erneut, Jackson und sein Gegenüber machen sich bereit. Sie sind ungefähr gleich groß, aber der andere Typ hat um einiges mehr Muskeln als Jackson. Bisher hat noch niemand getroffen und sie tänzeln im Kreis. Jackson versucht einen Schlag, doch der andere weicht ohne Probleme aus und kontert mit einem Schlag in die Magengrube. Jackson krümmt sich kurz, richtet sich dann aber wieder auf und setzt zum Gegenangriff an. Er trifft den Gegner mitten im Gesicht und der Typ spuckt Blut. Sein Gesicht verzieht sich zu einer Fratze und er greift wieder an. Jackson ist schnell und weicht aus. Mit tänzelnden Bewegungen lock er ihn zu sich.

„Dein Jackson schlägt sich gut", säuselt mir Liam zu und ich schiebe ihn beiseite, um das Geschehen nicht aus den Augen zu verlieren. Ich schlängele mich an den anderen Menschen vorbei, um weiter nach vorn zu kommen und ignoriere, wie Elly meinen Namen ruft. Jackson versetzt dem Typen einen Hieb nach dem anderen. Doch sein Gegenüber grinst ihn nur amüsiert an und lockt ihn weiter. Als Jackson angreifen will, weicht der andere aus und schlägt die Faust mitten in Jacksons Gesicht.

„Nein", kreische ich und fasse mir an die Brust. Viele Blicke heften sich an mich, doch ich habe nur Augen für den Kampf, den mein Freund austrägt. Dieser schaut auf und sieht mir entsetzt in die Augen und seine Lippen formen lautlos meinen Namen.

„Jackson", flüstere ich unter Tränen, als aus einer seiner Wunden Blut fließt.

Ich schreie erneut auf, als der andere Mann Jackson noch eine verpasst und er nach hinten fällt. Er stellt sich über ihn und spuckt neben ihn auf den Boden. Jackson liegt da und regt sich nicht. Angst durchschießt meinen Körper, ich bin schuld daran! Ich habe ihn abgelenkt. Die Buh-Rufe von den Rängen werden lauter. Es ist Liam. der hinter mir auftaucht.

„Wir müssen hier weg. Jetzt!"

Ich schüttele seine Hand ab. Niemals werde ich Jackson hier liegen lassen.

„Sie ist schuld!", höre ich jemanden lautstark rufen.

Ich sehe in die Gesichter der Zuschauer.

„Werfen wir sie in den Ring und setzen auf den Gegner, dann bekommen wir unser Geld wieder", schlägt jemand vor und ich blicke entsetzt um mich. Ich drehe mich im Kreis und sehe in wütende Gesichter. Das können die doch unmöglich ernst meinen. Liam steht noch immer neben mir.

„Nicht gut, Charly", brummt er.

Doch dann wenden sich die Blicke ab und richten sich wieder auf den Käfig. Jackson steht wieder auf den Beinen und greift den anderen mit einem direkten Fausthieb an. Der Typ taumelt nach hinten und gerade als er den Kopf wieder hebt, fängt er sich den nächsten Schlag. Er knallt gegen die Gitterstäbe und sackt zusammen. Jackson stellt sich ihm gegenüber und wartet auf eine Reaktion von seinem Gegner. Dieser bewegt sich allerdings nicht mehr.

Es kommen zwei Männer hereingeeilt und tragen ihn mit einer Liege hinaus. Jackson wird zum Sieger gekürt, doch er interessiert sich nicht dafür. Sein Gesicht ist geschwollen und doch weiß ich, dass er mich direkt ansieht und ich erkenne Scham, aber auch Wut.

Als er den Ring verlässt, kommt er mit schnellen Schritten auf mich zu. Den Jubel der Zuschauer ignoriert er und bleibt vor mir stehen.

„Charly, was machst du hier?", er klingt sauer.

„Du bist wütend, Jackson? Auf mich?", gebe ich schnippisch zurück.

Er rauft sich durch die schweißnassen Haare und packt mich am Arm, um mich wegzubringen.

„Bist du alleine hier?“

„Nein, mit den anderen.“ Ich zeige auf sie, alle sehen uns mit ernster Miene an und mit wenigen Schritten sind wir bei meinen Freunden.

„Geht nach Hause!“, brummt er ihnen zu.

Es ist Elly, die hervortritt und Jackson gegenübertritt.

„Und was ist mit Charly?“ Sie funkelt ihn böse an.

„Sie kommt mit zu mir.“ Elly will gerade etwas erwidern, als ich dazwischen gehe.

„Alles gut, Elly, mach dir keine Sorgen. Geht nach Hause und Danke für alles. Ihr seid die besten Freunde, die man sich wünschen kann.“

Kapitel 26

Auf dem Weg zu Jackson herrschte eine gedrückte Stimmung, wir haben kaum ein Wort miteinander gesprochen. Jetzt sitzen wir bei Jackson in der Küche und trinken eine heiße Schokolade, die er mir eben gemacht hat. Sein Haar ist noch feucht von der Dusche und kleine Wasserflecken sind auf dem hellblauen Shirt zu sehen.

„Wie konntest du dich so in Gefahr bringen?", will Jackson wissen und ich kann nicht glauben, dass er sauer auf mich ist.

„Ich? Wie kannst du dich so in Gefahr bringen? Wie kannst du bei Käfigkämpfen mitmachen?", zische ich ihn an.

„Charly, dir hätte sonst was passieren können! Ich bin in diesen Kreisen aufgewachsen, aber du ...", er verstummt. Seine Hände ballen sich zu Fäusten, wobei man Spuren von dem Kampf sieht. Aufgesprungene Knöchel, Abschürfungen und Risse in der Haut.

„Du solltest das kühlen", erwidere ich und gehe nicht weiter auf seine Aussage ein. Sein Mund verzieht sich zu einer Grimasse.

„Das ist alles, was du zu sagen hast?" Er schüttelt den Kopf und ich stehe auf, um etwas zum Kühlen aus dem Eisfach zu holen.

„Dein blaues Auge damals hattest du auch von so einen Kampf, oder?" Als ich ihm einen Kühlakku gebe, nickt er und senkt den Kopf.

„Ich bin nicht stolz darauf, also sieh mich nicht so an."

„Kannst du dir eigentlich vorstellen, was ich mir für Sorgen gemacht habe? Du bist einfach verschwunden und hast dich nicht mehr gemeldet. Wir hatten keine Gelegenheit, über die Sache im Stadion zu sprechen. Ich suche dich verzweifelt, nur damit wir reden können und dann finde ich dich in einen blutigen Kampf. Also sag mir nicht, wie ich dich ansehen soll!", blaffe ich ihn an.

„Es tut mir leid", seufzt er.
„Wieso Käfigkämpfe?"
„Es gab eine Zeit, da hatten wir extreme Geldsorgen und Mom wusste nicht, wie sie die nächste Miete zahlen sollte. Also gab ich einigen Kindern Boxunterricht. Aber das Geld hätte dafür niemals gereicht und dann bekam ich die Chance, genügend Geld mit Käfigkämpfen zu verdienen."
„Jackson, es ist illegal, was du da machst."
„Das ist mir durchaus bewusst!", funkelt er mich wütend an. „Du hast keine Ahnung, wie es ist, wenn man nichts zu essen hat!"
Ich schrecke bei diesen Worten zusammen und doch ist mir bewusst, dass er Recht hat. Wir haben erst seit ein paar Monaten Geldsorgen. Dennoch bin ich sauer! Wir haben nie etwas Illegales getan! Und Jackson sollte das auch nicht tun!
Jackson verzieht den Mund zu einer schmalen Linie und ergreift meine Hand.
„Es tut mir leid, das war falsch. Ich kann dir nicht die Schuld für unsere Sorgen geben."
„Nein, du hast Recht. Ich habe keine Ahnung, wie es ist. Und auch davon, dass man womöglich aus Verzweiflung Dinge tut, die nicht richtig sind, habe ich keinen Schimmer. Weiß deine Mom davon?"
„Nein", er senkt den Kopf. Während Jackson meine Hand hält, schaue ich mir die Wunden genau an. Es schmerzt, wenn ich ihn so sehen muss und meine Augen füllen sich mit Tränen.
„Du musst damit aufhören", schluchze ich. Ich kann es nicht ertragen, ihn so verwundet zu sehen! Jackson zieht mich auf seinen Schoss und ich drücke mich an ihn.
„Ich verspreche dir, dass du mich nie wieder so sehen musst. Das heute war mein letzter Kampf." Ich nicke stumm und beruhige mich wieder.
Während wir in Schweigen versunken dasitzen, legt sich seine Hand auf meine Taille und gleitet in einer fließenden Bewegung unter meinen Pullover.
Ehe ich mich versehe, küsst er mich am Hals und ich schließe die Augen. Wie gut sich diese Nähe jetzt anfühlt! Das altbekannte Vibrieren setzt in meinem Körper ein. Aber ich darf mich dem nicht hingeben. Nicht so.
„Wir müssen noch über die Sache im Stadion reden", flüstere ich. Unsere

Körper pressen sich voller Sehnsucht aneinander und die Hitze lodert weiter in mir auf.

„Worüber?“, fragt er und packt mich fester, um mich im nächsten Atemzug in sein Zimmer zu tragen. Dort legt er mich sanft aufs Bett. Ich winde mich. Ich sehne mich nach seinen Berührungen. Am liebsten würde ich ihn küssen, aber wir müssen darüber reden.

„Darüber, was passiert, wenn mein Dad für unschuldig erklärt wird und ich in mein altes Leben zurückkann“, stoße ich hervor, bevor Jackson sein T-Shirt auszieht und der durchtrainierte Oberkörper mich von dem eigentlichen Thema ablenkt. Er grinst mich schelmisch an und ich lecke mir über die Lippen. Okay, er hat es geschafft. Ich bin abgelenkt. Er hält mir die Hand hin, die ich ergreife und zieht mich zu sich hoch. Ich streife mir den Pullover über den Kopf und Jacksons Blick wandert an mir herab.

„Ich weiß nicht, wovon du redest“, erwidert er und grinst mich lüstern an.

„Jackson! Du weißt ganz genau, wovon ich rede“, warne ich ihn, als seine Finger meine Taille umfassen und er mich langsam wieder aufs Bett drückt. Seine Augen glänzen verdächtig, während er meinen Körper betrachtet. Aber bei ihm macht es mir nichts aus.

„Vergiss das im Stadion bitte. Ich bin ein Idiot.“

Gerade als er mit der Hand meinen BH lösen will, halte ich ihn zurück. Es kostet mich so viel Kraft, meiner inneren Begierde nicht nachzugeben, aber ich schaffe es. Jackson hebt fragend eine Augenbraue.

„Mach das nie wieder, okay?“

„Versprochen“, bestätigt er und ich schaue ihm tief in die Augen. Dann greife ich in sein Haar und ziehe ihn an mich.

Jackson stöhnt auf, als er den BH von meinen Brüsten abstreift und sie mit seinen großen Händen sanft massiert. Ich presse die Hüfte an ihn und gleite mit den Fingern über seinen muskulösen Rücken. Seine Haut ist heiß und ich winde mich in der Hitze, die jetzt nicht nur von innen, sondern auch von außen kommt. Ich will ihm näher sein, noch mehr spüren. Es zieht schmerzhaft in meiner Brust und meinem Unterleib.

„Du bist so schön“, haucht er mir zu und küsst mich tief. Ich knabbere an seiner Unterlippe, während er meine Jeans öffnet. Jackson richtet sich auf und zieht mir langsam die Hose herunter, ohne mich dabei aus den Augen zu lassen. Sein Blick wandert über meine nackten Beine, als würde ein Heiligtum entdecken. Etwas hektisch zieht er auch seine Hose aus und kommt wieder zur mir. Seine Hände gleiten an meinem Körper entlang, meine Arme hinauf und nehmen meine Hände mit. Unsere Finger sind über meinem Kopf ineinander verschränkt und während er mich küsst, klopft mein Herz wie wild in meiner Brust.

Ich spüre Jackson überall und will immer noch mehr. Ich winde mich unter ihm und spüre seinen Brustkorb an meinen gepresst. Unsere Herzen schlagen schnell und hart, als wollten sie immer nur schreien: Mehr.

Kapitel 27

Ein zarter Lichtstrahl durchquert das Zimmer, während ich in Jacksons Armen liege. Meine Finger berühren sanft sein markantes Gesicht. Seine Augen sind geschlossen und der dichte, dunkle Wimpernkranz ruht auf seiner Haut. Meine Lippen legen sich auf seine und Jackson zieht mich auf sich, woraufhin ich leise aufschreie.

„Besser kann ein Tag nicht beginnen, oder?", kichere ich und beuge mich zu ihm runter.

„Oh, doch", antwortet er und dreht mich auf den Rücken, um mit den Fingerspitzen an meinen Oberschenkeln entlangzugleiten. Zärtlich küsst er meinen Hals und ich schließe die Augen. Die Hitze regt sich wieder. Doch das Knurren meines Magens, lässt uns innehalten. Ich kann mir ein Lachen nicht verkneifen, als Jackson sich aufrichtet und die Augen verdreht.

„Okay, lass uns erstmal etwas frühstücken", grinst er mich an.

Jackson legt eine Decke auf die Holzbank und ich setze mich hin, während ich die eisige Luft einatme. Nach dem Frühstück haben wir einen kurzen Zwischenstopp bei mir eingelegt, damit ich mich umziehen konnte. Das nächtliche Ninja Outfit habe ich gegen einen Wollpullover, Jeans und einen langen Mantel getauscht. Ich nippe an meinem Kaffee, den Jackson mir besorgt hat.

„Das ist ziemlich romantisch", merke ich an und blicke einmal um uns herum, was Jackson nur mit einen selbstfälligen Grinsen bejaht. Der ruhige Scona River erweckt diese friedliche Landschaft zum Leben. Die kahlen Bäume am Wegesrand sind mit einer leichten Tauschicht belegt und die Wintersonne lädt zu einem kuscheligen Spaziergang ein. Jackson setzt sich neben mich und legt eine Decke über uns. Ich beobachte sein Profil aus dem Augenwinkel. Er wirkt zufrieden und genauso unbeschwert wie ich. Was nach dem Geschehen von gestern eindeutig an diesem Ort liegen muss. Eigentlich möchte ich auch nicht mehr darüber nachdenken und das alles einfach nur vergessen. Sein Gesicht, das durch den Kampf etwas mitgenommen aussieht, erinnert mich aber dennoch daran.

„Charly?"

„Hm?"

„Ich danke dir."

„Wofür?", frage etwas verblüfft.

„Dass du etwas in mir etwas siehst, was ich nie gesehen habe." Ich lehne mich an seine Schulter und schließe die Augen. Der Kaffeebecher wärmt meine Hände, doch die Nähe zu Jackson wärmt mein Herz. Wie kann ein einzelner Mensch so viel Gefühle in einem anderen freisetzen?

Ich schaue auf, als mich etwas auf der Nase kitzelt. Mein Kopf neigt sich dem Himmel entgegen, wo jede Menge Schneeflocken uns entgegenrieseln. Ich stelle den Kaffee ab und springe auf, um die Arme auszubreiten.

„Jackson, es schneit!"

Ich drehe mich im Kreis, während die kleinen Flocken in meinem Gesicht landen. Jackson schlingt die Arme um mich und zieht mich an sich. Die hellen Flocken in seinen dunklen Wimpern bilden einen schönen Kontrast. Die kleinen Grübchen zeichnen sich in seinem Gesicht ab, als er mich anlächelt.

„Jetzt ist es perfekt", sagt er noch, bevor wir uns küssen.

Kapitel 28

„Das klingt wie in einem Roman. Hast du Jackson eigentlich mal gefragt, in welchem Genre er schreibt?“, stichelt Elly, als ich ihr von unserem gestrigen Ausflug zum Scona River erzählt habe.

„Nein, bisher noch nicht“, entgegne ich.

„Also ... wenn ich schreiben könnte, würde ich so eine Szene auf jeden Fall einbauen“, erwidert sie mir augenzwinkernd.

Ich verstaue gerade einige Bücher in meinem Spint.

„Und wenn er Thriller schreibt?“

„Dann sollte die Protagonistin lieber ganz schnell die Beine in die Hand nehmen“, lacht sie mich verschwörerisch an. Ich verdrehe die Augen und gebe ihr mit der Schulter einen kleinen Knuff.

„Was ist eigentlich mit dir und Luke?“, mit einem schelmischen grinsen, beobachte ich meine beste Freundin. Elly bleibt abrupt stehen und zieht die Augenbrauen zusammen.

„Was meinst du?“

„Na ja, ihr wart Samstagabend irgendwie anders zueinander.“

„Ach Quatsch, das hast du dir eingebildet. Wir sind nur Freunde“, murmelt sie und kratz sich verlegen am Kopf. Ihre Unsicherheit ist nicht zu übersehen, daher frage ich nicht weiter nach. Anscheinend ist da noch viel Unausgesprochenes zwischen den beiden.

„Du kannst immer mit mir reden“, biete ich ihr an.

„Das weiß ich.“

Wir gehen durch die Flure, die schon weihnachtlich geschmückt sind. Sogar ein kleiner Weihnachtsbaum steht am Eingang der Schule. Als wir das Schulgebäude verlassen, begrüßt uns eine dicke Schneedecke. Jackson wartet schon auf mich und schenkt mir sein atemberaubendes Lächeln, als er mich entdeckt. Ich verabschiede mich von Elly und gehe in zügigen Schritten zu ihm, wobei ich mir eine Haarsträhne aus dem Gesicht streiche.

„Wartest du schon lange?", frage ich und begrüße Jackson mit einem Kuss.

„Nein, ich war noch am Computer und habe ein wenig geschrieben." Jackson greift meine Hand und wir gehen gemeinsam zum Schulbus.

„In welchem Genre schreibst du eigentlich?"

„Das ist ganz unterschiedlich, je nach Gefühlslage."

„Woran schreibst du jetzt?"

„Dann würde ich dir ja meine Gefühle offenlegen." Jackson zwinkert mir zu.

„Wäre das so schlimm?" Ich halte an und lege den Kopf in den Nacken, um ihn anzusehen. Seine Augen ruhen liebevoll auf mir und eigentlich kann ich mir die Antwort denken, was mich zum Lächeln bringt. Jackson neigt den Kopf und umfasst mein Kinn.

„Wir sollten los. Peter wartet bestimmt schon." Er küsst mich und wir beeilen uns, um den Bus noch zu bekommen.

Die Weihnachtstage bei Peter sind wirklich stressig. Der Laden ist voll, sodass Jackson auch mithelfen muss und die Kunden berät. Die Zeit geht so schnell rum, dass wir uns zum Feierabend völlig erschöpft auf den Tresen setzen und durch das Schaufenster hinaus in den dunklen Nachthimmel schauen.

Manchmal verfalle ich auf den Gedanken, was gewesen wäre, wenn die Sache mit Dad nicht passiert wäre. Dann hätten Jackson und ich uns nie kennengelernt. Ich habe nie an Schicksal geglaubt. Doch jetzt bin ich mir sicher, dass es da etwas gibt, dass uns einen Weg zeigt, ob wir diesen allerdings gehen, entscheiden wir alleine.

„Woran denkst du?", unterbricht Jackson meinen Gedankengang.

„Dass ich glücklich bin, obwohl ich es eigentlich nicht sein dürfte", gestehe ich ihm.

„Wegen deinem Dad?" Ich nicke schuldbewusst.

„Charly, du hast alles Recht der Welt, glücklich zu sein. Und die Sache mit deinem Dad wird sich klären, du wirst sehen. Alles wird gut."

Genau dieselben Worte versuche ich mir die letzten Wochen immer wieder einzureden, doch da Mr. Landon bisher keinen Erfolg hatte, schwindet die Hoffnung bei mir immer mehr.

Kapitel 29

Wir stampfen durch den Schnee. Meine Nase fühlt sich schon wie ein Eiszapfen an und ich ziehe den Schal weiter hoch. In Scona Hills ist schon alles festlich für Weihnachten geschmückt. Bunte Lichterketten hängen vor den einzelnen Geschäften und überall sind Stände aufgebaut, um Tannenbäume zu verkaufen. Jackson hält meine Hand fest, als wir vor der Schlittschuhbahn stehen. Ich greife nochmal in die Tüte mit den gebrannten Mandeln.

„So lecker“, seufze ich laut auf.

„Wenn du so weiter isst, müssen wir noch eine Tüte für deine Eltern holen.“ Ich winke ab.

„Ach, Mom darf davon sowieso keine essen.“ Jackson zieht fragend eine Augenbraue hoch. „Nussallergie“, beantworte ich seine unausgesprochene Frage.

„Also umso mehr für mich“, grinse ich mit halbvollem Mund und Jackson zieht mich an sich.

„Ganz schön frech“, haucht er mir ins Ohr und ich drücke mich noch mehr an ihn. Seine Augen funkeln mich herausfordernd an. Ich liebe diesen Blick und wieder einmal breitet sich ein Flattern in mir aus. Aber ich habe noch etwas mit ihm vor. Ich verstaue die Tüte in meiner Tasche und schiebe Jackson beiseite.

„Bereit?“, frage ich.

„Nur damit wir das klarstellen: Ich mache das nur dir zuliebe.“

„Danke“, ignoriere ich seinen gespielt genervten Tonfall und gebe ihm einen Kuss.

Wir leihen uns Schlittschuhe aus und ziehen sie direkt an. Der erste Schritt auf dem festen Eisboden ist wackelig und ich versuche, das Gleichgewicht zu halten. Nach den ersten kleinen Wacklern, gleite ich ziemlich elegant über das

Eis. Auch Jackson kommt mit kleinen Bewegungen voran, wobei er sehr darauf bedacht ist, nicht gegen jemanden zu kommen. Die Schlittschuhbahn ist mit Leuten – von kleinen Kindern bis hin älteren Ehepaaren – gut gefüllt. Über uns hängen mehre leuchtende Lichterketten, die sich auf der glatten Eislaufbahn spiegeln.

Ich schnappe mir Jacksons Hand, wir drehen mehrere Runden über das Eis und lauschen der Weihnachtsmusik.

An der Seitenwand machen wir kurz Pause und Jackson spielt mit der Bommel meiner Weihnachtsmannmütze.

„Heute habe ich eine Überraschung für dich", erzählt er mir und ich ziehe ihn am Kragen seiner Jacke näher an mich heran. Dabei hält er sich am der Wand fest, um nicht umzufallen.

„Eine Überraschung?", rufe ich aufgeregt. Jackson grinst mir schelmisch zu und zieht zwei Karten aus seiner Jackentasche hervor. Ich nehme sie ihm ab und quieke freudig auf.

„Eintrittskarten für das diesjährige Weihnachtssingen in der Eishalle der Scona Rangers?" Ich reiße die Arme hoch und schlinge sie um seinen Hals. Da half ihm auch keine Wand mehr. Jackson sieht mich erschrocken an, als er wild mit den Armen rudert, um nicht das Gleichgewicht zu verlieren. Doch zu spät. Mit einem Ruck liegen wir auf dem Boden und brechen in heftiges Lachen aus.

„Wo hast du die Karten her?", gluckse ich, als wir uns ein wenig beruhigt haben. Soweit ich weiß, ist es immer schwer, an die Karten heranzukommen.

„Ich habe mit Peter gesprochen und er hat mir welche besorgt." Ein Hoch auf Peter! Ich liebe das Weihnachtssingen. Leider waren wir die letzten Jahre nicht mehr dort, weil wir immer auf anderen Events waren. Umso mehr freue mich, dieses Jahr endlich wieder hingehen zu können und dann auch noch mit Jackson.

„Charly?", holt mich Jackson zurück auf den eisigen Boden der Tatsachen.

„Hm?"

„Mein Po wird kalt."

Wir liegen noch immer auf dem Eis und schnell klettere ich von ihm runter, um mich aufzurichten. Auch Jackson versucht aufzustehen, hält sich dabei aber an der Wand fest, um nicht wieder umzufallen.

Mein Handy klingelt und ich hole es aus der Tasche hervor.

„Hi Dad“, begrüße ich ihn.

„Du musst schnell nach Hause kommen.“

„Was ist passiert?“

„Komm einfach“, höre ich ihn noch sagen, bevor die Verbindung unterbrochen wird. Ich schiebe das Handy wieder in die Jackentasche und Jackson sieht mich fragend an.

„Ist was passiert?“

„Ich soll nach Hause kommen“, antworte ich, während es in meinen Kopf anfängt zu rattern.

„Weshalb?“

„Hat er nicht gesagt.“ Ich zucke mit den Schultern.

Doch genau in diesen Moment triff mich wie ein Schlag die Erkenntnis. Ich spüre, wie sich mir die Kehle zuschnürt und Panik sich ausbreitet. Nein, Nein, Nein, das darf nicht sein! Nicht jetzt, nicht vor Weihnachten. Mein Blick ist verschwommen, Tränen steigen auf und ich klammere mich an Jackson fest. Es ist, als würde ich den Boden unter den Füßen verlieren und in ein schwarzes Loch fallen.

„Charly“, höre ich den flehenden Ton in seiner Stimme. Doch ich bekomme keinen Ton heraus.

„Rede mit mir!“, fordert er und packt mich, um mein Gesicht in die Hände zunehmen. Dieses Grün seiner Augen ist wie die Hoffnung, an der ich mich regelrecht festklammere.

„Was ist los?“, wird er lauter.

Nur langsam erwache ich aus der Starre und kann mich wieder konzentrieren. Wir müssen los, ich muss jetzt sofort zu meinen Eltern.

„Es ist so weit, Dad muss ins Gefängnis.“ Meine Stimme klingt brüchig und nicht nach mir. Doch es sind genau die Worte, die meinen Mund verlassen haben. Jacksons Augen weiten sich und er schüttelt energisch den Kopf.

„Nein, das glaube ich nicht. Es gibt sicher einen anderen Grund für den Anruf. Komm, ich bringe dich nach Hause.“

Während wir uns auf den Weg machen, kann ich keinen klaren Gedanken fassen. Ich laufe völlig stumm neben Jackson her und wo mir bis eben noch die vielen Lichter einen magischen Moment beschert haben, reißt mich ein einziger Anruf mit wenigen Worten in den dunklen Abgrund.

Kapitel 30

Mom und Dad sitzen am Küchentisch, als ich die Wohnungstür panisch aufreiße und hineinstürme. Sie halten sich in den Armen und schluchzen. Ich greife Jacksons Hand, um mich an etwas zu klammern.

„Nein, bitte nicht", flüstere ich und meine Eltern wenden sich uns zu.

„Charly, da bist du ja", stellt Dad fest und steht auf. Jackson zieht mich zum Tisch. Ich lasse mich nur widerwillig bewegen. Meine Schritte sind steif und unnatürlich. Ich bin noch nicht bereit. Ehrlich gesagt, kann man dafür gar nicht bereit sein, denke ich. Während Jackson wie ein Fels in der Brandung neben mir steht, bin ich der lose Baumstampf, der von der Strömung mitgerissen wird. Ich zittere am ganzen Körper.

„Setzt euch bitte", sagt Dad und zeigt auf die zwei freien Stühle ihnen gegenüber.

Ich kann ihnen nicht in die Augen sehen und halte mich stattdessen weiter an Jacksons Arm fest.

„Ich bin frei", schallt Dads Stimme durch den Raum. „Die Anklage wurde fallen gelassen, sie haben den Schuldigen", erzählt er weiter.

„Hast du gehört?", flüstert Jackson, während er sanft meinen Oberschenkel streichelt. Meine Gedanken sind zum Stillstand gekommen. Frei? Anklage fallen gelassen? Ich richte meinen Kopf langsam nach oben und sehe in die strahlenden Gesichter meiner Eltern.

„Du bist frei?", vergewissere ich mich und erschrecke mich selber über das Kratzen in meiner Stimme. Dad nickt mir eifrig zu.

„Dann habt ihr nicht geweint, weil du ins Gefängnis musst?", stelle ich fest und Mom ergreift meine Hand, um diese zu drücken.

„Nein, wir haben vor Freude geweint", bestätigt sie meine Vermutung. Ihre

Augen sind noch ganz glasig und erst jetzt fällt mir die Taschentuchbox auf dem Tisch auf und die umherliegenden Tücher.

Ich weiß nicht, wie lange ich einfach nur dasitze, bis die Information bei mir ankommt. Jackson streichelt weiterhin sanft mit dem Daumen über meine Hand und Mom stellt mir eine dampfende Tasse Tee vor die Nase. Der Geruch von Pfefferminz weckt endlich meinen Geist. Ich trinke einen Schluck und die Wärme verteilt sich in mir.

Es ist Jackson, der das Wort ergreift: „Was genau ist passiert?"

„Mr. Landon hat herausgefunden, dass ein Mitarbeiter illegale Gelder in geringen Mengen eingezahlt hat und diese wiederum in andere Geschäfte investierte. Wie genau er das ohne meine Zustimmung geschafft hat, wird derzeit ermittelt. Aber das spielt keine Rolle mehr. Der Mann wird für seine Machenschaften bestraft und wir können wieder zurück in unser Haus", erklärt Dad.

„Und du darfst wieder zurück in die Firma?", frage ich benommen. So ganz fassen kann ich es einfach nicht.

„Ja, ich habe auch schon mit Matthew gesprochen. Er freut sich für uns." Dad strahlt über das ganze Gesicht, Mom trocknet sich ein paar weitere Freudentränen.

Ich kann es nicht glauben. Wir dürfen zurück nach Hause. Immer noch völlig geschockt sehe ich Jackson an. Er rutscht nervös auf dem Stuhl hin und her.

„Entschuldigt ihr uns kurz?" Meine Eltern nicken nur und liegen sich schon wieder in den Armen. Wir gehen in mein Zimmer und setzen uns aufs Bett. Jackson sieht sich alles ganz genau an, tatsächlich war er noch nie hier. Viel konnte ich aus dem kleinen Zimmer nicht herausholen. Die Wände haben einen neuen Anstrich bekommen, die Möbel sind nicht allzu ramponiert und die Deko besteht aus Fotos. Jackson sieht sich die Fotografien genauer an, die in weißen Bilderrahmen die Wand zieren.

„Das halbe Jahr verging ziemlich schnell", stellt er fest, als er das Foto von Elly und mir betrachtet, das aufgenommen wurde, kurz bevor wir zur Party bei Liam wollten. Auch von Jackson und mir gibt es einige Fotos. Ich gehe zu ihm und nehme seine Hand.

„Ich bin immer noch dieselbe Charly, auch wenn wir jetzt wieder in unser altes Leben zurückkehren." Jackson verzieht den Mund.

„Das weiß ich, aber es fällt mir schwer, diesen Leuten zu vertrauen, zu denen ihr zurückkehrt. Wer sagt, dass euch so etwas nicht wieder passiert?" Ich presse die Lippen aufeinander. Jetzt sind wir genau an dem Punkt, über den wir vor einigen Wochen ausführlich hätten sprechen sollen. Ich habe Angst und Jackson hat Recht. Wie werden die anderen fortan mit uns umgehen? Können sie wieder Vertrauen in uns fassen und die viel wichtigere Frage: Können wir es wieder? Aber nicht nur auf der reichen Seite wird es zu Schwierigkeiten kommen, schießt es mir auf einmal durch den Kopf.

„Was ist mit deiner Mom?", frage ich.

„Nun ja … bisher hat sie auch nicht gewusst, wer du bist. Ich hoffe einfach, dass sie nichts mitbekommt."

„Und wenn doch?" Ich kaue auf meiner Unterlippe herum.

„Egal, was kommt, ich bin bei dir", seufzt er und macht einen Schritt auf mich zu. „Ich brauche dich in meinen Leben, Charlotte Stonewall, und werde alles dafür tun, damit du da bleibst. Das verspreche ich dir." Seine Lippen legen sich zärtlich auf meine und ein winziger Hoffnungsschimmer bricht durch meine Angst.

„Wollen wir dann?"

„Wohin?", frage ich verwirrt. Jackson holt die Karten vom Weihnachtssingen hervor und hält sie mir hin.

„Wenn wir uns beeilen, schaffen wir es noch." Ein breites Lächeln legt sich auf mein Gesicht. Wir feiern, dass mein Dad bei uns bleibt und wir ab jetzt keine größeren Sorgen mehr haben werden. Aber leider bedeutet es auch, dass sich einiges verändern wird. Ich sollte diesen Abend also nochmal genießen, wer weiß, was die nächsten Tage auf mich zu kommt.

„Okay, dann los."

Kapitel 31

Wir sind heute schon in aller Frühe aufgestanden, denn es gibt viel zu tun. Mein erster Weg führt heute zu Peter. Mom und Dad streifen wild durch die Wohnung und telefonieren ununterbrochen mit Freunden und Anwälten.

Auch mein Handy hat mehrmals geklingelt. Mittlerweile stehen auf dem Display 8 Anrufe von Sam. Allerdings weiß ich noch nicht, wie ich ihm gegenübertreten soll, daher lege ich das Handy wieder beiseite. Nach der freudigen Nachricht von Dad sind Jackson und ich noch zum Weihnachtssingen ins Eishockey Stadion und es war wunderschön. Wir haben alle eine Kerze am Eingang bekommen und dem Chor gelauscht, der ein Weihnachtslied nach dem anderen gesungen hat. Jackson hat mich nach Hause gebracht und am liebsten hätte ich ihn mit in mein kleines Zimmer genommen, doch er wollte nach seiner Mom sehen und ob sie schon etwas mitbekommen hat. Obwohl das Verfahren offiziell noch nicht beendet ist, sind wir schon wieder in aller Munde.

Dieses Mal als Glückspilze des ausklingenden Jahres und Weihnachtswunder der Justiz. Ich hoffe einfach, dass Mrs. Stewart keine Gelegenheit findet, die Nachrichten zu sehen.

Als ich vor dem kleinen Laden stehe, fällt es mir unglaublich schwer, hineinzugehen. Zögernd öffne ich die Tür und die Glocke läutet. Peter kommt aus der Werkstatt nach vorn und verzieht den Mund zu einer schmalen Linie.

„Hallo Charly, ich habe es schon in den Nachrichten gesehen“, begrüßt er mich. Bei seinem Anblick wird mir bewusst, dass Peter gewusst haben könnte, wen er da einstellt. War es ihm nur einfach egal? Vor Rührung habe ich einen Kloß im Hals.

„Hallo Peter.“

Ich gehe zu ihm und er nimmt mich in die Arme.

„Es tut mir leid, dass ich es dir nicht selbst gesagt habe,
wer ich wirklich bin."

Peter fängt an, herzhaft zu lachen.

„Ich wusste die ganze Zeit, wer du bist", bestätigt er meine Vermutung schulterzuckend.

„Und du hast mich trotzdem hier arbeiten lassen ..." Der Kloß wird immer schlimmer. Er wusste es also wirklich.

„Na sicher und ich habe es zu keinem Zeitpunkt bereut." Ich schüttele ungläubig den Kopf, während Peter mir einen Kaffee aus der Werkstatt holt. Ich gehe noch einmal durch den Laden und blicke traurig auf, als Peter mit der Tasse zu mir kommt.

Ich werde die Zeit hier vermissen. Dad hat mir heute Morgen direkt gesagt, dass ich den Job hier aufgeben muss. Ich soll mich nun wieder voll auf die Schule konzentrieren. Auch Mom hat ihre Arbeit in der Boutique aufgeben. Allerdings schien es ihr um einiges leichter zu fallen als mir. Ich trinke meinen Kaffee leer und mache Peter meinen Vorschlag, den ich mir über Nacht ausgedacht habe. Er ist sofort Feuer und Flamme und begeistert von der Idee.

Wir verabschieden uns vorerst, sagen aber beide, dass wir uns bald wiedersehen, denn ich habe Peter versprochen, hin und wieder bei ihm vorbeizuschauen.

Wieder zu Hause, leuchtet eine neue Nachricht von Sam auf.

„Wir müssen uns treffen. Sam"

Ich schließe die Nachricht und wähle Ellys Nummer. Es klingelt nur ganz kurz, bevor sie mich quietschend begrüßt.

„Ohhhhh! Charly, es ist überall in den Nachrichten. Ich freue mich so für euch." Ein mulmiges Gefühl macht sich in mir breit. Es ist also wirklich überall in den Nachrichten. Jacksons Mom müsste hinterm Mond leben, um die Neuigkeit nicht mitzubekommen.

„Vermutlich tummeln sich schon jede Menge Reporter vor unserem Haus und wir müssen durch den Hintereingang.", seufze ich.

„Charly, musst du jetzt wieder auf die Redfox Academic?"

„Darüber habe ich mir noch keine Gedanken gemacht und wenn ich ehrlich bin, möchte ich viel lieber mit euch den Abschluss machen", gestehe ich ihr.

„Woran könnte das scheitern?"

„Vermutlich an Dad."

„Rede mit ihm. Vielleicht versteht er es", schlägt Elly vor. Doch ich habe da eine ganz andere Vermutung. Um sie aber nicht genauso zu knicken wie mich, belasse ich es erstmal dabei.

„Ich melde mich später bei dir. Mein Koffer ist noch nicht gepackt und die Bilder muss ich auch noch abhängen."

„Ich freu mich wirklich für dich", wiederholt Elly, aber inzwischen klingt sie auch etwas trauriger.

„Danke, bis bald. Hab dich lieb."

„Ich dich auch."

Nach dem Gespräch mit Elly, schreibe ich Jackson noch eine Nachricht.

Hat deine Mom etwas mitbekommen?

Habe sie noch nicht gesehen, dafür habe ich aber mit Peter gesprochen. Gibt es freudige Nachrichten?

Ich habe mir schon gedacht, dass du mit ihm unter einer Decke steckst. Und machst du es?

Du würdest mich einen Kopf kürzer machen, wenn ich es nicht mache. Also habe ich zugesagt.

Du kennst mich zu gut. Melde dich sobald es etwas Neues gibt.

Die Idee, dass Jackson meinen Job übernehmen kann, kam mir spontan vor dem Einschlafen. Mein schlechtes Gewissen, ihn mit der Arbeit wieder alleine zu lassen, war zu groß und so brauchte ich dringend einen Plan. Manchmal fügt sich doch alles. Ich packe meine Klamotten in den Koffer und verstaue die Bilderrahmen vorsichtig, damit sie nicht zerbrechen können. Ein seltsames Gefühl beschleicht mich, während ich den Koffer schließe. Ich habe mich wohl schon zu sehr an dieses winzige Zimmer gewöhnt. Es jetzt so nackt zu sehen, ist ungewohnt. Die Türklingel läutet und ich gehe hinaus, um aufzumachen.

Als ich die Tür öffne, schaue ich in zwei funkelnde graue Augen.

„Hallo Charly", begrüßt mich Will mit offenen Armen, in die ich mich direkt fallen lassen. Jetzt wird mir erst bewusst, wie sehr ich schon damit abgeschlossen hatte, jemanden aus meinem alten Leben wiederzusehen. Doch jetzt steht unser Chauffeur Will direkt vor mir. Er war immer gut zu mir und ich hatte ihn sehr gern. Das hat sich nicht geändert, das merke ich jetzt.

„Wie geht es dir?", frage ich ihn.

„Jetzt geht es mir deutlich besser", er zwinkert mir zu. Hinter ihm stehen einige Männer, die unser Gepäck aus der Wohnung transportieren. In dem letzten halben Jahr hat sich doch das ein oder andere angesammelt. Ich stehe im Flur und beobachte, wie alles aus der winzigen Wohnung getragen wird. Ich weiß noch genau, wie ich das erste Mal diese Wohnung betreten habe. Zuerst bin ich zu den Fenstern gestürmt und habe sie aufgerissen, weil es total marode gerochen hat. Bei der Erinnerung schüttelt es mich. Aber eigentlich haben wir es uns hier doch ziemlich wohnlich gestaltet. Und ja, ich konnte es zum Ende auch endlich ein Zuhause nennen, wogegen ich mich anfangs gewehrt habe.

Mom und Dad kommen zu mir und umarmen mich.

„Es ist so weit", sagt Dad.

„Gebt mir bitte noch einen Moment", antworte ich. Mom und Dad verlassen Arm in Arm die Wohnung, ohne sich ein weiteres Mal umzudrehen. Wie festgewachsen stehe ich in dem verlassenen Flur und schließe die Augen. Ich gehe noch einmal in mich und versuche, das alles hier vor meinem inneren Auge festzuhalten, denn das gehört jetzt zu mir dazu. Im letzten halben Jahr habe ich so viel erlebt ... und nicht nur Negatives. Ich muss daran denken, als Jackson mich zur Halloweenparty von hier abgeholt hat. Es war ein unvergesslicher Abend. Aber auch davor ist viel Schönes passiert: Ich habe Freunde gefunden und erst durch sie die Bedeutung von wahrer Freundschaft verstanden. Dieses Leben ist nun ein Teil von mir und ich möchte es nicht mehr missen.

Kapitel 32

Die Fahrt mit Will nach Glenora Summit ist erstaunlich ruhig. Die Straßen verändern sich und die Gegend sieht viel einladender aus, als die Twin Brooks. Große weiße Häuser mit Säulen stehen am Rande der Hauptstraße von Glenora. Als wir an der Redfox Academic vorbeifahren, bildet sich ein Kloß in meinem Hals. Das große Backsteingebäude ist schon einige Jahre alt und viele angesehene Persönlichkeiten gingen auf diese Privatschule. Doch irgendwie fühlt es sich nicht mehr so an wie noch vor einigen Monaten. Der Stolz, der in mir war, als ich auf diese Schule ging, ist verflogen.

Wie vermutet, befinden sich vor unserem Haupteingang jede Menge Reporter, daher benutzen wir den Hintereingang, der eigentlich nur für das Personal ist. Wir fahren durch ein kleines Tor, welches versteckt hinter vielen Bäumen und einem dichten Gestrüpp liegt, auf denen eine dicke Schneeschicht liegt. Von dort aus hat man einen großartigen Blick auf den weitläufigen Garten, der ebenfalls zugeschneit ist.

Das Auto hält an und wir steigen aus. Es ist so ruhig, dass wir das Atmen der anderen deutlich hören können.

„Willkommen zu Hause, wir haben noch einiges zu tun. Weihnachten steht vor der Tür“, verkündet Dad und strahlt alle an.

Wir gehen hinein und ein knisterndes Kaminfeuer erwärmt unsere Sinne. Es ist alles noch genau so, wie ich es in Erinnerung habe. Das große Wohnzimmer wird durch warmweißes Licht beleuchtet und die helle Couch lädt zum Träumen ein. Meine Augen weiten sich, als ich den großen Mahagonifarbenden Esstisch sehe, der mit sämtlichen Leckereien gedeckt ist. Mit schnellen Schritten laufe in die angrenzende Küche, wo ich unsere liebe Ruby vorfinde. Sie steht in der Küche und kocht, so wie sie es immer tut. Ruby ist das Herz des

Hauses Stonewall und ein wahrhafter Schatz.
Ihre braunen Augen fangen an zu leuchten, als sie mich sieht und zügig streift sie ihre Kochschürze ab.

„Charly, mein Kind“, ruft sie aus und ich spüre schon wieder Tränen aufsteigen. Dann laufe ich in ihre Arme und drücke mich fest an sie. Sie riecht nach Essen und einer Blume, die ich nicht kenne. Sie riecht wie immer. Wie Zuhause.

„Ruby, ich habe dich so vermisst.“ Sie tätschelt meine Haare und Wangen, während ich die Augen schließe und ihre vertrauten Geruch einatme.

„Du siehst ja ganz abgemagert aus. Aber das haben wir gleich erledigt, ich habe ein ganzes Menü für euch gekocht. Jetzt husch, husch, damit es pünktlich auf den Tisch kommt.“ Ich muss lächeln. Genauso wie ich sie in Erinnerung habe. Ich nicke und drücke sie noch einmal fest. Mom und Dad kommen in die Küche und begrüßen Ruby zwar nicht ganz so stürmisch wie ich, aber dennoch mit sehr viel Liebe. Ich muss an Jackson denken und hole noch ein weiteres Tischgedeck hervor.

„Kommt noch jemand?“, fragt Ruby und ich spüre die Hitze in meine Wangen steigen.

„Mein Freund Jackson“, antworte ich leise. Sie formt ein stilles Oh und ich kann mir ein Schmunzeln nicht verkneifen.

Ich sitze am Fenster und beobachte unseren Hintereingang. Jackson müsste bald eintreffen. Will ist losgefahren, um ihn abzuholen. Er würde den Hintereingang nur schwer finden und da die Presse sich immer noch am Vordereingang tummelt, ist es für Jackson das Beste, er wird gefahren.

Dad wird morgen eine Pressekonferenz abhalten und dann wird sich die Lage hoffentlich entspannen.

Das Tor öffnet sich und die schwarze Limousine fährt auf den Hof. Ich schlüpfe in meine Stiefel und Jacke, um zügig zur Tür zu laufen. Jacksons Miene ist ernst, als er aus dem Wagen steigt und ich bleibe wie angewurzelt stehen. Ich sehe ihm an, dass etwas nicht stimmt, als er langsam durch den Schnee stampft und auf mich zu kommt.

„Was ist passiert?“, frage ich.

„Meine Mom ...“, er stockt und dreht den Kopf zur Seite, um mir nicht in die Augen sehen zu müssen.

„Sie weiß, wer ich bin“, schlussfolgere ich aus seiner Reaktion. Als er nickend den Kopf senkt, habe ich die Bestätigung.

„Wollen wir erst mal reingehen?“, schlage ich zögernd vor.

„Ja“, antwortet er, greift meine Hand und wir gehen Händchenhaltend nebeneinander her. Wir gehen eine der zwei Treppen hoch, die hinauf auf die zweite Etage führen. Auf dem Weg zeige ich ihm ein paar Bilder von mir als Kind, um ihn etwas abzulenken und aufzuheitern. Oder wohl eher mich. Ich weiß nicht, was jetzt passieren wird, aber ich habe Angst. Ich öffne die weiße Tür, die in mein Zimmer führt. Da ich noch keine Zeit zum Auspacken hatte, liegt der Koffer noch ungeöffnet auf dem weichen, cremefarbenen Teppichboden. Jackson sieht sich um und versucht, jeden Millimeter dieses Zimmer aufzusaugen. Sein Blick gibt nicht preis, was sich in seinem Kopf abspielt.

„Gefällt es dir?“, frage ich unsicher.

„Es ist okay.“ Er zwinkert mir zu und bleibt vor dem Himmelbett stehen, dass in einer Ecke des Raumes aufbaut ist. Der rosafarbene Himmel ist noch aus meiner Kindheit, ich konnte mich einfach noch nicht davon trennen, auch wenn es extrem kitschig ausschaut.

„Was hat sie gesagt?“, möchte ich wissen und setze mich auf das Fensterbrett, während sich Jackson die Bilder auf meinem Schreibtisch ansieht. Ich habe sie gleich als erstes abgehangen, weil mir die Leute auf den Bildern nichts mehr bedeuten. Die neuen Erinnerungen sollen sie ersetzen.

„Sie ist völlig ausgerastet und hat wild rumgeschrien. Ich habe versucht, sie zu beruhigen. Habe ihr gesagt, dass ich auch erst vorsichtig mit dir war. Dass sie dich doch kennengelernt hat und du nicht so bist wie andere. Doch sie ist definitiv dagegen, dass wir weiterhin zusammen sind.“

„Aber warum?“, flüstere ich, woraufhin Jackson nur mit den Schultern zuckt. Ein Kloß bildet sich in meinen Hals, als er mich mit gläsernen Augen ansieht. Ein Brocken voll Angst plumpst in meinen Magen.

„Charly, ich weiß es nicht.“ Er setzt sich auf den Schreibtischstuhl, lässt die Hände in den Schoss fallen und den Kopf hängen.

„Und wenn ich nochmal mit ihr rede?“ Ich stehe auf und gehe zum Bett, um mich an einem der Kissen festzukrallen.

„Ich glaube nicht, dass das hilft. Mom ist noch ein größerer Dickschädel als du. Auch wenn das kaum zu glauben ist …", der letzte Teil sollte wohl lustig sein, aber weder Jackson noch ich können darüber lachen.

„Das heißt, wir gehen jetzt getrennte Wege?", ich schlucke hart gegen den Klumpen in meiner Kehle an, aber ohne Erfolg. Mir bleibt die Luft zum Atmen weg bei der Vorstellung, ihn nicht mehr wiederzusehen. Es tut weh, wenn Menschen schlecht über einen sprechen, aber damit habe ich gelernt zu leben. Viel Schlimmer ist der Gedanke, dass dieses schlecht Sprechen dazu führt, ohne Jackson zu sein.

Er rauft sich die Haare und kommt zu mir.

„Ich kann das nicht", sagt er. Als Jackson sich zu mir beugt, lasse ich mich nach hinten fallen. Mit seinen muskulösen Armen stützt er sich neben mir ab.

„Ich kann nicht ohne dich", haucht er und sein verzweifelter Blick strahlt Hitze aus.

„Dann bleib", flüstere ich und ein kleiner Flügel aus Hoffnung regt sich langsam in mir. Ich spüre seine Lippen auf meinen und kralle mich an ihm fest. Die Sehnsucht, die in diesem Kuss liegt, bringt mich um den Verstand. Dieser Kuss ist anders. Er ist tief, traurig und verzweifelt. Als Jackson sich langsam aufrichtet, weiß ich, dass dies ein Lebewohl war.

„Jackson?" Meine Stimme klingt fürchterlich piepsig. Wie ein Kind, das von seiner Familie zurückgelassen wird.

„Es tut mir so leid." Er wendet den Kopf ab und geht zum Fenster, wo er hinaus in den Garten schaut.

„Ich wünschte, es wäre einfacher", höre ich ihn murmeln und schlinge meine Arme um mich. Das soll das Ende sein? Ich dachte, wir würden kämpfen, aber er hatte aufgegeben, bevor ich auch nur eine Rüstung anhatte. Alles zieht sich in mir zusammen, ich kann kaum atmen und in meiner Brust tut sich ein Loch auf.

„Charly, das ist kein Abschied", brummt er, als er sich zu mir umdreht. Meine Haltung hat all meine Emotionen verraten. Meine Verzweiflung scheint seinen Kampfgeist ein wenig angestachelt zu haben, denn er wirkt entschlossen und ich glaube ihm.

„Bleibst du noch zum Essen?"

„Naja, jetzt bin ich schon einmal hier." Ich küsse ihn und bin erleichtert, dass ich den anderen nicht erklären muss, warum Jackson gegangen ist. Wir geben noch nicht auf. Jackson gibt mich noch nicht auf. Und auch wenn es mir das Herz bricht, kann ich verstehen, dass er für seine Mom da sein will und mit ihr ins Reine kommen will. Aber aufgegeben hat er noch nicht.

Hoffe ich.

Kapitel 33

Die nächsten Tage waren meist sehr hektisch. Zum einen steht Weihnachten vor der Tür und wir mussten vieles organisieren, was meine Familie sonst schon immer Monate im Voraus plant. Zum anderen musste Dad die Pressekonferenz vorbereiten und halten, sodass der Trubel um uns so langsam abflacht. Nur vereinzelt stehen ein paar Reporter vor unserem Haus, aber die lassen sich leicht abwimmeln. Nun da auch die Weihnachtsferien begonnen haben, sehe ich Jackson und meine Freunde gar nicht mehr. Doch ich telefoniere täglich mit Elly, was mich ein wenig aufbaut. Und auch Jackson nimmt sich jeden Tag die Zeit, mit mir Kontakt zu halten. Doch wie soll es weitergehen?

Nach der ganzen Hektik bin ich gerade auf dem Weg ins Diner, wo ich mich mit Mr. Landon verabredet habe. Er hat sich seit meinem Auftrag wegen Jacksons Dad nicht mehr gemeldet und ich würde gerne erfahren, welche Fortschritte er so macht und ob er auch etwas über Jacksons Mom in Erfahrung bringen kann. Denn ich habe ein komisches Gefühl bei dieser ganzen Sache. Ihre Feindseligkeit gegenüber reichen Leuten muss einen Ursprung haben und kann nicht aus heiterem Himmel kommen. Und wer weiß, vielleicht kommen mit neuen Informationen auch Lösungen für die ganze Situation.

Auf das Treffen danach freue ich mich allerdings nicht, doch ich konnte Sam nicht länger zurückweisen. Ich muss schmunzeln, dass ich ihn ins Diner eingeladen habe. Er dachte, ich würde scherzen, aber weit gefehlt: Es war mein Ernst. Ich liebe das Diner und wenn Sam etwas von der neuen Charly will, muss er sich mir anpassen.

Im Radio läuft gerade Last Christmas und ich kann nicht anders, als mitzusingen.

Im Diner sitzt Mr. Landon schon vor einer Tasse Kaffee, als ich zu ihm trete und ihm gegenüber Platz nehme. Wir begrüßen uns mit einem Handschlag.

„Also Charly, wie kann ich dir helfen?"

„Nun ... es würde mich interessieren, wie sie mit der Suche von Jacksons leiblichen Vater vorankommen?"

Er richtet sich etwas auf und will anfangen, als die Bedienung zu uns an den Tisch kommt. Er unterbricht sich und ich bestelle mir einen Cappuccino. Als die junge Frau sich vom Tisch entfernt, konzentriere ich mich wieder auf Mr. Landon, der neu ansetzt.

„Tja, bisher konnte ich diesbezüglich noch nicht so viel herausfinden. Die Sache mit deinem Dad hat mich viel Zeit und Mühe gekostet, aber ich habe mich jetzt den Unterlagen gewidmet und werde meine Recherche beginnen."

Ich kann die Enttäuschung nicht verbergen und atme tief aus.

„Okay, ich hätte da noch etwas anders."

„Ich bin ganz Ohr", schmunzelt der Ermittler.

„Könnten Sie bitte auch etwas über seine Mom herausfinden?"

„Was genau meinst du?"

„Irgendwas in ihrer Vergangenheit. Es muss etwas vorgefallen sein, sonst würde sie sich nicht so verhalten. Ich kann Ihnen nicht sagen was, sonst würde ich Sie ja nicht damit beauftragen."

Er runzelt die Stirn, während die Bedienung mir den Cappuccino auf den Tisch stellt.

„Okay, ich werde es versuchen."

„Gut", zufrieden nicke ich und trinke einen Schluck. Wir erzählen noch eine Weile über die Ereignisse der letzten Wochen und von den Ermittlungen über die Firma. Ich finde es äußerst spannend und danke ihm auch nochmal, dass er meinem Dad helfen konnte.

„Okay, ich muss dann los."

„Kein Problem, ich habe auch noch eine Verabredung." Mr. Landon steht auf und legt etwas Geld auf den Tisch, als er sich von mir abwendet und seine Augen erschrocken aufreißt.

„Charly", erklingt eine tiefe Stimme hinter mir, die ich nur allzu gut kenne. Ich stehe auf und sehe in die dunklen Augen und auf das schiefe Lächeln von

Sam. Er breitet die Arme aus und umschließt mich mit einer Umarmung. Ich versteife mich etwas, es fühlt sich nicht richtig an.

„Ich wusste gar nicht, dass wir noch jemanden bei unserem Treffen dabeihaben", stellt Sam fest und sieht zu Mr. Landon. Er zieht eine Augenbraue hoch und mustert den Mann aufmerksam. Dieser wirkt allerdings etwa verstört und schnappt sich seine Jacke.

„Wir sind zu zweit. Mr. Landon und ich sind fertig. Ich danke Ihnen und bis bald", verabschiede ich mich und er eilt ohne ein weiteres Wort hinaus. Ich runzele die Stirn und setzte mich wieder.

Sam zieht seinen schwarzen Mantel aus und legt ihn über die Lehne. Darunter trägt er ein weißes Hemd mit einer dunkelblauen Jeans. Sein schwarzes Haar fällt ihm leicht ins Gesicht und seine dunklen Augen sehen mich erwartungsvoll an.

„Es ist schön, dich wiederzusehen, Charly."

Ich schnaube: „Das Gefühl hatte ich bei unserer letzten Begegnung nicht." Auch wenn er mir im Eishockey-Stadion irgendwie zur Seite stand, hatte ich nicht das Gefühl, dass ich ihm irgendwie noch wichtig bin.

„Ich weiß, es war ein großer Fehler, dich so zu behandeln und es gibt keine Entschuldigung dafür. Anfangs habe ich dich gegenüber den anderen verteidigt, doch sie haben einfach nicht aufgehört." Ich ziehe eine Augenbraue in die Höhe und mustere ihn abschätzig.

„Und da dachtest du: Ich schließe mich den anderen an und behandele sie ebenfalls schlecht?"

Er reibt sich das Gesicht und fasst sich ins Haar.

„Ja, aber ich bin alles andere als stolz darauf", weicht er aus.

„Ganz ehrlich, Sam? Ich weiß nicht, ob wir jemals wieder befreundet sein können. Es ist viel passiert und ich habe mich verändert. Und ich weiß nicht, ob du und ich in diesem Zustand miteinander auskommen."

„Ich verstehe und es tut mir wirklich leid", seufzt er und ich kann nur mit dem Kopf schütteln. Er wirkt enttäuscht und ich frage mich, ob er wirklich dachte, es wäre sofort alles wie früher. Als die Bedienung zu uns kommt, bestelle ich mir eine Cola. Ich brauche dringend Zucker, damit ich das hier überstehe.

„Haben Sie Champagner?", fragt Sam das junge Mädchen, das ihn wiederum fragend ansieht. Ich bin mir sicher, dass sie überlegt, ob Sam scherzt oder verrückt ist.

„Sam, wir sind hier in einem Diner. Hier gibt es alles, was ungesund ist, aber mit Sicherheit keinen Champagner", verkünde ich und lächele dem Mädchen zu.

„Okay, dann nehme ich einen Espresso", näselt er genervt und wendet sich wieder mir zu.

„Also ... wann kommst du wieder auf die Academic?"

„Wie bitte?"

„Willst du etwa auf der Westmount bleiben?", fragt er und legt den Kopf schräg.

„Ich glaube nicht, dass dich das was angeht", antworte ich und zeige ihm weiterhin die kalte Schulter. Wie soll ich nach alldem, was passiert ist, wieder an die Academic gehen und so tun, als wenn nichts gewesen wäre? Vor allem, wenn meine ganzen wahren Freunde auf einer anderen Schule sind. Derzeit kann ich mir das beim besten Willen nicht vorstellen, aber das muss ich ihm nicht auf die Nase binden.

„Ich kenne den Blick! Du ziehst es also wirklich in Betracht auf dieser Schule zu bleiben?"

Sam verzieht das Gesicht bei dem Wort Schule und ich kann nicht anders, als mit den Augen zu rollen. Anscheinend spricht mein Gesicht Bände, denn Sam runzelt die Stirn.

Als die Bedienung die Cola vor mir abstellt, nehme ich erstmal einen großen Schluck.

„Ich habe dort Freunde gefunden." Sam trinkt einen Schluck von seinem Espresso und verzieht angeekelt das Gesicht.

„Freunde? Meinst du den kleinen Punk von letztens?"

„Oh Gott, Sam, du solltest echt dringend etwas an deiner Sichtweise ändern", ermahne ich ihn und frage mich wirklich, warum ich mich auf dieses Treffen überhaupt eingelassen habe.

„Schon gut, ich muss mich da auch erst dran gewöhnen. Es tut mir leid, das ist auch alles neu für mich", rechtfertigt er sich. War Sam schon immer so oder habe ich das einfach nie wahrgenommen? Wie blind muss ich durchs Leben gegangen sein.

„Ich möchte nur, dass wir wieder normal miteinander umgehen können."

„Dafür musst du mir Zeit geben." Ich weiß nicht, wie viel, aber Zeit klingt in meinen Ohren erst einmal gut.

Es sieht so aus, als wenn Sam kurz nachdenkt, dann aber zufrieden ist, denn er lächelt mich wieder an.

„Super, wir sehen uns ja am Wochenende zum Weihnachtsessen."

„Ihr seid da?"

„Ja klar, wir sind jedes Weihnachten zusammen, dass weißt du doch."

Sam grinst mich freudig an und ich versuche, zumindest ein kleines Lächeln hervorzubringen. Auch wenn es mir nicht gelingt, ignoriert er es und schlürft seinen Espresso, der ihm eigentlich nicht schmeckt.

Kapitel 34

Unser traditionelles Weihnachtsessen findet im großen Speisesaal statt. Es kommen ziemlich viele wichtige Leute – von Geschäftspartnern bis hin zu Freunden. Ruby steht schon den ganzen Morgen in der Küche und bereitet eine Köstlichkeit nach der anderen zu. Es duftet einfach so herrlich und jedes Mal, wenn ich versuche, einen Blick zu erhaschen, scheucht sie mich hektisch hinaus. Sie hat sich heute sogar Unterstützung geholt, was, glaube ich, in den letzten Jahren nicht einmal vorgekommen ist. Anscheinend liegt ihr das diesjährige Essen besonders am Herzen. John, ihr Neffe, tut mir jetzt schon leid.

Sein Gesicht hat mittlerweile die Farbe einer Tomate angenommen und auch seine Freundin Paula, aus deren Zopf schon unzählige Strähnchen heraushängen, sieht alles andere als begeistert aus. Sie sind ein paar Jahre jünger als ich, verdienen sich aber ein bisschen Taschengeld dazu und mein Dad ist was das angeht sehr großzügig.

Während Mom und Dad sich schon fertig machen, lege ich mich auf die große Couch und rufe bei Elly an.

„Merry Christmas, Charly“, ruft sie fröhlich ins Handy.

„Merry Christmas, Elly! Trägst du noch immer das Rentiergeweih auf dem Kopf?“ Der morgendliche Weckruf von ihr als Rentier war sehr amüsant. Elly hat es sich zur Aufgabe gemacht, mich über die Weihnachtstage aufzumuntern. Was ihr heute Morgen eindeutig gelungen ist.

„Nein, jetzt ziert mein Haupt eine wunderschöne, glitzernde Schleife. Ich schick dir gleich ein Foto“, lacht sie.

„Ich freu mich drauf“, antworte ich und bin gespannt, wie sie auf meine nächste Frage reagieren wird. „Hast du an Silvester schon was vor?“

„Nein, wieso?“

„Ich hätte Freikarten für die Silvester-Gala."
Kurz wird es still und ich frage mich, ob sie noch dran ist.

„Du meinst, diese absolut phänomenale Party im Stonewall Tower?", kreischt sie ins Handy.

„Ja, genau die", lache ich.

Der Stonewall Tower ist das höchste Gebäude in Scona Hill und zu Silvester findet in den Räumen ganz oben die größte Silvesterparty der ganzen Stadt statt. Die Aussicht dort oben ist unglaublich und absolut einmalig.

„Oh mein Gott! Ich brauche etwas zum Anziehen", quiekt meine beste Freundin.

„Das heißt, du bist dabei?"

„Aber sowas von! Hast du Walter und Luke auch gefragt?"

„Ich rufe sie gleich an."

„Und was ist mit Jackson?"

„Hm ... ich weiß nicht. Womöglich wird er nicht kommen, aber ich werde ihn fragen. Du weißt ja, es ist schwierig. Seine Mom und so ..."

„Ich hoffe, sie kriegt sich bald mal ein", brummt sie ins Handy. Das wünsche ich mir schon seit Tagen, aber bisher sieht es nicht danach aus.

Mom kommt in mein Zimmer und hat ein Päckchen in der Hand.

„Sorry, Elly, ich muss Schluss machen."

Wir verabschieden uns und ich lege das Handy beiseite.

„Das wurde für dich abgegeben", sagt meine Mutter und gibt mir das kleine Paket. Ich nehme es und setze mich aufs Bett, um es zu öffnen.

„Ich lass dich dann mal alleine. Wir sehen uns gleich unten, mein Schatz."

„Bis gleich, Mom." Um die kleine schwarze Schachtel ist eine rote Schleife gebunden, die ich vorsichtig öffne. Eine kleine Karte hängt am Schleifenband, auf der in fein-säuberlicher Schrift geschrieben steht:

Es ist die Sonne, die uns Wärme schenkt.
Es ist der Mond, der die Dunkelheit erhellt.
Und es sind die Sterne, die uns den Weg zeigen.
Wir alle sind ein Licht. Und wenn du denkst, dein Licht ist zu schwach für die Dunkelheit, so ist es noch immer ein goldener Schimmer, der dich retten kann.
Jackson

Mir wird ganz warm ums Herz und ich muss erneut diesen Vers lesen. Freudig öffne ich die Schachtel und hole ein wunderschönes Armband heraus. Es ist aus Süßwasserperlen, die in ihrer unregelmäßigen Form schimmern. Zwischen ihnen sind vier goldene Perlen verteilt. Zwischen zwei dieser goldenen Perlen hängt ein fast runder Anhänger, in dem ein Mond, eine Sonne und vier kleinen Sternen eingearbeitet sind. Auf allen Himmelskörpern sind kleine Brillanten eingesetzt und bekomme den Mund nicht zu, als ich mir das Armband ummache. Es sieht wunderschön aus und ich kann gar nicht die Augen davon lassen. Die kleine Freudenträne, die sich ihren Weg über meine Wange bahnt, wische ich beiseite. Schnell laufe ich zu meinem Handy und wähle Jacksons Nummer.

„Charly", haucht er ins Handy.

„Jackson, das Armband ist absolut wundervoll", schniefe ich. „Aber es war sicher teuer. Du kannst doch nicht so viel Geld für mich ausgeben." Ich höre ein leises Lachen.

„Mach dir darüber mal keine Gedanken. Das Geld war eigentlich für ein Notebook gedacht, aber als ich das Armband im Schaufenster gesehen habe, konnte ich nicht anders."

„Danke, danke, danke!", ich schluchze fast auf.

„Wie geht es dir?", fragt er.

„Ich würde gerne gut sagen, aber du fehlst mir", antworte ich ehrlich.

„Du fehlst mir auch. Alles wird gut, versprochen."

„Es fällt mir schwer, positiv zu denken. Ich habe das Gefühl, dass immer wieder etwas zwischen uns tritt und nicht beiseite gehen will."

Jackson atmet tief aus und ich weiß, dass es ihn auch bedrückt. Wieso tut ihm seine eigene Mom sowas an? Gerade die Weihnachtstage verbringt man doch mit seinen Liebsten.

„Wir werden noch ganz viele Weihnachten zusammen verbringen. Du wirst wahrscheinlich irgendwann so genervt von mir sein, dass du dir den Tag heute zurückwünschst", scherzt er, um mein Schniefen zu beenden.

„Das glaube ich kaum", erwidere ich und muss ein wenig lachen. Die ersten Motorengeräusche sind zu hören und ich gehe auf den Flur, um aus dem Fenster zu sehen. Einige Autos fahren die Einfahrt hoch und werden von unserem Personal in Empfang genommen.

Ich seufze schwer: „Ich muss los, die Gäste sind da."

Wir verabschieden uns und als das Gespräch beendet ist, zerrt die Sehnsucht schon wieder an mir. Seine Stimme habe ich gerade gehört, aber ich vermisse seinen Geruch, seinen skeptischen Blick und vor allem sein Lächeln mit den kleinen Grüppchen. Was würde ich dafür geben, ihn hier bei mir zu haben? Aber immerhin ist er an Weihnachten nicht alleine, denn seine Mom hat sich extra freigenommen.

Kapitel 35

Meine Haare liegen leicht gelockt über meinen Schultern. Ein langes, dunkelblaues, schulterfreies Kleid gleitet in fließender Bewegung bis zum Boden an mir hinab. Eine simple Kette mit einem Brillanten liegt in meinem Dekolleté und das Armband von Jackson funkelt an meinem Handgelenk und gibt mir Kraft.

Mein Make-Up ist dezent, nur ein feiner Liedstrich betont meine blauen Augen. Ich gehe hinunter, wo Mom und Dad auf mich warten. Ihre Augen leuchten, als sie mich sehen. Sind sie stolz? Es war stets mein Ziel, sie nie zu enttäuschen und ich habe ihnen noch nie einen Grund dafür gegeben. Doch habe ich ihren Stolz verdient?

Mom trägt ein langes, weinrotes Kleid, ihr Haar ist hochgesteckt und ihre Lippen haben denselben Ton wie das Kleid, das sie trägt. Dad hat einen schlichten, schwarzen Anzug an.

Der Saal ist festlich beleuchtet und ein großer Weihnachtsbaum steht in der Mitte. Die lange Tafel ist mit vielen Köstlichkeiten gedeckt. Auf der anderen Seite ist eine ebenso lange Tafel aufgebaut mit Champagner und anderen Getränken. Für den heutigen Abend haben meine Eltern zusätzliches Personal angestellt, das unsere Gäste bedient. Alles ist sehr nobel und dekadent. Genau wie die Menschen, die zu Besuch kommen. Und obwohl es mein Zuhause ist, fühle ich mich irgendwie fehl am Platz. Es ist alles so viel, so groß so übertrieben. Noch nie habe ich das alles aus diesem Blickwinkel betrachtet. Ob es Mom und Dad genauso geht?

Die Tür läutet und Rubys Neffe geht sie öffnen. Nach und nach füllt sich der Saal und die Gespräche beginnen. Der Champagner fließt und kleine Häppchen werden verspeist. Im Hintergrund erklingt leise Jazzmusik und ich schnappe mir ebenfalls ein Glas Champagner, um das alles hier halbwegs zu ertragen. Die Leute reißen sich darum, ein Gespräch mit meinen Eltern zu führen, denn es gibt ja auch so viel zu erzählen. Womöglich aber auch nur, um sich dann hinter ihrem Rücken das Maul zu zerreißen.

Kamen diese Gedanken gerade wirklich von mir? Erschrocken über mich selbst wende ich mich ab und knalle direkt gegen eine steinerne Brust.

Als ich aufschaue, funkeln mich braune, fast schwarze Augen belustigt an.

„Willst du etwa flüchten?", flüstert Sam mir zu.

„Wie kommst du denn darauf?", antworte ich sarkastisch und trinke einen Schluck. Auch Sam hat ein Champagnerglas in der Hand und streckt es mir entgegen.

„Hast du etwa alle guten Manieren verloren?" Ich kann mir ein Augenrollen nicht verkneifen und halte ihm das Glas entgegen, um anzustoßen.

„Zufrieden?"

„Ein wenig", antwortet er und zwinkert mir zu.

„Woher ist das Armband? Ich kenne es noch nicht", fragt er und versucht, nach meinem Handgelenk zu greifen. Doch ich drehe mich leicht zu Seite und halte meine Hand außer Reichweite.

„Von meinem Freund."

„Oh, ich wusste nicht, dass du einen Freund hast. Ist er auch hier?"

Sam lässt seinen Blick durch den Saal schweifen, bis er mir süffisant zulächelt.

„Sam, ich glaube nicht, dass wir schon an diesem Punkt sind." Er stockt, senkt den Blick und betrachtet sein Glas.

„Darf ich mich nicht mal für dich freuen?"

Es fällt mir schwer, ihn als Freund zu sehen. Ich weiß nicht, woran es liegt, aber durch das letzte halbe Jahr, bin ich gegenüber vielen Menschen aus meinem alten Leben misstrauisch geworden. Bevor mich Sam allerdings für verrückt hält, antworte ich ihm.

„Er heißt Jackson, verbringt aber das Weihnachtsfest bei seiner Mom", erzähle ich. Sam schaut mich an, kommt mir ein Stück näher und beugt sich langsam zu mir.

„Er hat einen guten Geschmack", flüstert er mir zu und ich gehe ganz automatisch einen Schritt zurück, weil mir diese Nähe zwischen uns eindeutig zu viel ist.

Sam lächelt jemandem zu, woraufhin ich mich umdrehe und Matthew Clark vor mir steht.

„Hallo Charlotte, lange nicht gesehen", begrüßt er mich und reicht mir seine Hand.

„Hallo Mr. Clark, schön dass Sie da sind."

Ich lächele ihn an, aber es ist kein echtes Lächeln. Vielmehr ist es wie eine Maske, die ich aufsetze. Andere würden es als gefühlskalt bezeichnen, aber nur so besteht man in dieser Gesellschaft. Meinen Eltern haben bei mir ganze Arbeit geleistet. Ganz automatisch muss ich an Jackson denken und was er von mir denken würde, wenn er mich so sähe? Einfach alles hier fühlt sich falsch an. Habe ich mich so schnell so sehr verändert?

Wenn ich mir Mr. Clark und Sam genauer ansehe, weisen sie kaum Ähnlichkeiten auf. Allerdings sind ihre Mimik und Gestik identisch. Die gleiche grazile Haltung, stets mit geradem Rücken und immer ein süffisantes Lächeln im Gesicht.

„Gehst du zukünftig wieder auf die Redfox Academic?", fragt Mr. Clark und ich zucke bei der Frage ein wenig zusammen. Ehrlich gesagt, nervt mich diese Frage so langsam und wieso spielt es überhaupt so eine große Rolle? Das letzte halbe Jahr hat sich auch niemand dafür interessiert, auf welche Schule ich gehe.

„Dazu habe ich mir noch keine Gedanken gemacht", erwidere ich und nippe am Champagner.

„Sie möchte bestimmt bei ihrem Freund Jackson bleiben", klärt Sam ihn auf, wobei Mr. Clark mich neugierig mustert.

„Verständlich, dass du dann lieber auf der Westmount bleiben möchtest. Auch wenn es deinen Dad sehr enttäuschen würde", sagt er und winkt jemand anderem freudig zu, bevor er sich von mir abwendet und Sam ihm wie ein Hund hinterherdackelt. Würde ich Dad wirklich enttäuschen? Mir ist nicht bewusst, dass ihm so viel daran liegt, dass ich wieder auf meine alte Schule gehe.

Ein Schrei lässt mich aufschrecken und ich sehe Dad, wie er sich über eine Frau beugt, die am Boden liegt. Unter ihm erkenne ich ein langes, weinrotes Kleid und ich mir fällt das Champagnerglas aus der Hand. Es kommt auf dem Boden auf und zerspringt in tausend Scherben. Ich renne zu den beiden hin und knie mich hin.

„Was ist passiert?", schreie ich, während Mom nach Atem ringt.

„Einen Krankenwagen! Wir brauchen einen Krankenwagen!“, ruft Dad aus voller Kehle.

„Ist schon unterwegs!“, höre ich eine Stimme weit hinter mir. Oh Gott, was ist nur passiert?

„Mom“, schluchze ich. Immer wieder flüstere ich dieses eine Wort und halte ihre Hand. Auf ihrem Gesicht verteilen sich Pusteln und Schwellungen. Die Zeit scheint endlos, bis wir endlich die Sirenen hören. Dann geht alles ganz schnell, die Sanitär laufen herein und schieben uns beiseite. Sie platzieren Mom auf einer Trage und nehmen sie mit. Dad eilt ihr hinterher.

„Charly, kümmere dich bitte um unsere Gäste. Ich bin sofort wieder da“, höre ich ihn, doch kann das Gesagte nicht verarbeiten. Völlig erstarrt sehe ich ihm hinterher, als er durch die Tür verschwindet. Ich spüre die erschrockenen Blicke auf mir ruhen und höre alle wild durcheinanderreden. Ruby kommt auf mich zu.

„Charly, Liebes“, sagt sie und schüttelt mich an der Schulter. Doch ich sehe nur das Gesicht von Mom und wie sie nach Luft ringt. Ruby spricht mich immer wieder an, aber ich kann nicht antworten. Ich spüre, wie mich zwei starke Hände packen und für einen Moment glaube ich, Jackson ist hier. Doch es sind nicht seine Augen, die mich anschauen. Nicht diese Augen, die mich an unendliche Wälder und Hoffnung erinnern. Es sind braune, fast schwarze Augen, die mich anblicken. Sam setzt mich auf einen Stuhl in der Küche und holt mir ein Glas Wasser.

„Hier trink!“, fordert er mich auf und ich greife automatisch nach dem Glas.

Mit einem Zug leere ich es und stelle es auf den Tresen. Noch immer bekomme ich keinen Satz zustande. Matthew Clark kommt herein.

„Ich habe die Polizei gerufen, niemand verlässt das Haus.“ Langsam rege ich mich und sehe ihn an. Er nimmt den komplette Platz im Raum ein und mir jagt ein eisiger Schauer über den Rücken. Er hat meine volle Aufmerksamkeit.

„Die Polizei?“ Ich erkenne meine Stimme nicht wieder.

„Charlotte, ganz ruhig. Ich kümmere mich um alles“, antwortet er und geht wieder aus der Küche.

Ruby tätschelt meine Hand, während Sam mir seine Jacke über die Schultern hängt. Auch wenn ich mich innerlich dagegen sträube, lasse ich es zu. Mir fehlt einfach die Kraft. Ich fühle mich leer und machtlos.

Kapitel 36

Nach mehreren verzweifelten Minuten des Wartens kommt Dad durch die Tür. Er hat zwei Polizisten im Schlepptau und sieht verärgert aus. Ich habe die Sirenen gehört und auch, wie sie ins Haus sind und mit mehreren Gästen gesprochen haben.

„Dad, was ist mit Mom?" Doch er ignoriert mich und geht direkt zu Ruby, die uns gerade einen Tee zubereitet.

„Ruby", sagt er mit fester Stimme. „Wieso hast du das getan?" Ich will aufstehen und fragen, was los ist, doch Sam hält mich zurück.

„Mr. Stonewall?", Rubys Stimme zittert. Ich erkenne Dad nicht wieder. Seine Gesichtszüge sind versteinert und der unbändige Zorn in seinen Augen macht mir Angst. Einer der Polizisten holt seine Handschellen hervor und legt sie Ruby an.

„Mrs. Ruby Anderson, Sie sind verhaftet wegen versuchten Mordes an Mrs. Kat Stonewall. Sie haben das Recht zu schweigen. Alles, was Sie sagen ..." Die letzten Worte nehme ich nicht mehr wahr. Das kann nicht sein! Das darf nicht sein! Ich sehe wie gelähmt zu, als der Polizist Ruby abführt. Sie schüttelt erschrocken den Kopf und sieht mich hilfesuchend an.

„Das kann nicht sein", kommen meine Gedanken über meine Lippen. Ich möchte gerade hinter den Polizisten herlaufen, als Sam mich zurückhält. Er schüttelt den Kopf und ich bleibe stehen. Er hat Recht, ich kann im Moment nichts machen.

Die dampfende Teekanne steht noch dort, wo eben noch Ruby stand. Warum sollte sie so etwas tun? Sie ist der herzlichste Mensch, den ich kenne und für Mom immer eine gute Freundin gewesen.

„Was ist mit Mom?“, schreie ich in den Raum, damit endlich mal jemand antwortet.

„Sie ist stabil“, antwortet Dad durch zusammengebissene Zähne, ehe er aus der Küche verschwindet und die Gäste verabschiedet. Sam kommt zu mir und nimmt mich in den Arm.

„Deine Mom hatte einen allergischen Schock. Bei der Befragung der Gäste haben mehrere bestätigt, dass sie im Essen Nüsse geschmeckt haben.“

„Aber Ruby weiß von Moms Nussallergie!“

Sam sieht mich traurig an und eigentlich müsste die Erkenntnis, dass Ruby Mom offensichtlich etwas antun wollte, genau jetzt bei mir ankommen. Aber das tut sie nicht. Sie kann nicht stimmen! Ruby ist unschuldig, dass weiß ich ganz genau. Aber wie soll ich das beweisen?

„Es tut mir leid, Charly. Ich weiß, was sie dir bedeutet“, redet Sam weiter auf mich ein, aber ich bin mit den Gedanken schon ganz woanders. Wer? Wieso? Und wann? Diese Gedanken drehen sich in mir wie ein Karussell.

„Ich muss zu Mom“, sage ich und entgegen meiner Befürchtung nickt Sam mir zu.

„Warte einen Moment, ich rufe unseren Fahrer.“

Die Fahrt ins Krankenhaus ist ruhig. Nur das gleichmäßige Atmen von Sam und mein ständiges Schniefen ist zu hören. Ich stehe vor so vielen ungelösten Puzzleteilen, dass ich mittlerweile gar nicht mehr weiß, wo ich anfangen soll. Doch im Moment ist nur wichtig, mich zu vergewissern, dass es Mom gut geht. Sie so zu sehen, auf dem Boden liegend und um Luft kämpfend, werde ich wohl nie vergessen.

Sam greift nach meiner Hand und ich zucke leicht zusammen, als seine warme Hand meine kalte berührt. Schnell entziehe ich sie ihm und stecke meine Hände in die Manteltaschen. Ich schließe die Augen und gebe mir die größte Mühe, mich die letzten Minuten bis zum Krankenhaus irgendwie zu beruhigen. Ich sehe Jackson vor mir und meine Brust wird eng, als ich erkenne, wie sehr ich ihn gerade brauche. Das Auto kommt mit einem Ruck zum Stehen und ich greife nach dem Türgriff. Ohne Sam weiter zu beachten, verlasse ich abrupt das Auto und renne zum Eingang des Krankenhauses. Am Empfang frage ich nach meiner Mom und die Dame erklärt mir den Weg. Ich renne vorbei an mehreren Warteflächen und erreiche den Fahrstuhl. Dort warte ich auf die kleine Metallkabine, die mich in wenigen Minuten zu ihr bringt. Ich habe Angst, auch wenn mir versichert wurde, dass sie stabil ist. Es ist wie ein innerer Drang, dass ich sie selber sehen muss.

Sam hat sich mittlerweile still neben mich gestellt und beide schauen wir auf die Zahlen, die über dem Fahrstuhl stehen. 3 ... 2 ... 1 ... Die Türen öffnen sich und wir treten ein. Dad hat sich, nachdem alle Gäste gegangen sind, in seinem Arbeitszimmer mit Matthew eingeschlossen. Sie sitzen vermutlich vor dem alten Kamin und trinken einen teuren Whiskey nach den anderen. Wenn ich an Dad denke, spüre ich deutlich die Enttäuschung in mir. Er ist nicht mal auf die Idee gekommen, zu mir zu kommen und mich in den Arm zunehmen. Dabei musste ich das auch alles mitansehen. Ich kann es nur auf den Schock schieben und dass er dadurch womöglich innerlich blockiert ist. Und doch tut es weh und versetzt mir einen Stich im Herzen.

In unserer kleinen Wohnung waren wir uns so nahegekommen und kaum hatten wir wieder unser Haus, klaffte ein Abgrund zwischen uns. Eine Entfernung, die kaum zu überwinden ist.

Der Aufzug hält an und ich quetsche mich durch die nicht ganz geöffneten Fahrstuhltüren. Anhand der Wegweiser an den Wänden finde ich schnell den richtigen Weg.

Ein junger Arzt kommt mir entgegen und ich spreche ihn sofort an: „Entschuldigen Sie, ich suche meine Mom, Kat Stonewall."

Der Arzt weiß sofort Bescheid und schenkt mir ein aufmunterndes Lächeln.

„Ich bringe Sie zu ihr. Es geht ihr langsam besser. Die körperlichen Reaktionen klingen langsam ab, aber wir werden sie zur Beobachtung noch etwas dabehalten."

Mein Körper entspannt sich einigermaßen, während ich dem Arzt hinterhergehe. Sam bleibt dicht hinter mir. Ich weiß nicht, wieso er da ist, normalerweise hätte er auch im Auto warten können.

Kapitel 37

Bevor ich das Zimmer betrete, muss ich nochmal innehalten und suche Halt an der Tür. Das Bild von Mom, wie sie nach Luft rang, blitzt immer wieder vor mir auf. Ich rufe mir die Worte des Arztes zurück ins Gedächtnis.

„Ich warte so lange hier draußen", höre ich Sam hinter mir, der sich auf einen der Plastikstühle im Gang setzt. Ich bin überrascht von seinem Taktgefühl, beachte ihn aber nicht weiter und öffne vorsichtig die Tür. Als ich das Krankenzimmer betrete, läuft mir ein kalter Schauer über den Rücken. Sofort schießt mir die Erinnerung in den Kopf, wie ich als kleines Kind ins Krankenhaus musste, weil ich mir die Seele aus dem Leib gekotzt hatte und daraufhin mehrere Nächte im Krankenhaus verbringen musste. Ich habe geweint, weil ich Mom so sehr vermisst habe, doch keiner der Ärzte oder Krankenschwester hat mich getröstet. Es war die Reinigungskraft, die sich zu mir ans Bett gesetzt und mich getröstet hat. Seitdem mag ich keine Krankenhäuser und ich bin froh, wenn ich das Gebäude wieder verlassen kann.

Mom schläft und ich setze mich vorsichtig an ihr Bett. Die Schwellungen sind leicht zurückgegangen und ihre Atmung ist gleichmäßig. Ich greife ihre Hand und drücke sie an mich.

„Mom", flüstere ich und kann ein erneutes Schniefen nicht unterdrücken. Ihre Augenlider flattern kurz, bevor sie aufgehen. Ihr Kopf neigt sich langsam in meine Richtung.

„Hey mein Schatz", sagt sie mit kratziger Stimme.

„Wie geht es dir?", frage ich.

„Es geht mir schon besser. Was ist passiert? Der Arzt meinte, ich hätte einen allergischen Schock gehabt." Ich senke den Kopf und sehe Rubys angsterfülltes Gesicht vor mir. Wo sie sich jetzt wohl befindet? Hoffentlich nicht in einer kleinen, schmutzigen Gefängniszelle. Sie kann es nicht gewesen sein! Mir muss etwas einfallen, wie ich ihr helfen kann.

„Ruby wurde verhaftet", flüstere ich heiser.

„Weshalb?", fragt Mom erschrocken und versucht, sich ein wenig aufzurichten. Ich erzähle ihr alles, wobei sich ihre Mimik kaum verändert. Dagegen muss ich wie ein aufgescheuchtes Huhn wirken.

„Ich muss mit deinem Dad sprechen. Das kann unmöglich sein. Es gibt keinen Grund, warum Ruby das tun sollte."

„Genauso sehe ich es auch. Aber Ruby hat das Essen zubereitet. Es war niemand weiter da, außer John und Paula."

Ich frage mich, warum die Polizei nicht noch andere verdächtigt hat, schließlich könnte jeder etwas ins Essen getan haben.

„Wir müssen der Polizei vertrauen. Wenn jemand anderes dafür verantwortlich ist, werden sie es herausfinden", bleibt meine Mutter zuversichtlich. Doch bis dahin wird Ruby weggesperrt und vermutlich wird sie lieber die ganze Schuld auf sich nehmen, als zu riskieren, ihren Neffen oder deren Freundin zu belasten.

Mom drückt meine Hand.

„Versprich mir, dass du nichts alleine unternimmst."

„Aber, Mom, hier stimmt etwas nicht. Was ist, wenn Ruby nicht dafür verantwortlich ist? Was wenn derjenige, der es wirklich war, es noch einmal versucht? Du könntest beim nächsten Mal nicht so viel Glück haben", wende ich ein.

„Charly, dein Dad passt auf mich auf. Versprich es mir bitte. Ich möchte nicht auch noch Angst um dich haben."

Ich schlucke schwer: „Okay, ich verspreche es." Sie nickt und schließt die Augen. „Ich muss mich noch ein wenig ausruhen", flüstert sie mir zu, doch ich bleibe noch einen Moment bei ihr, um mich noch einmal zu vergewissern, dass es ihr auch wirklich gut geht. Dann stehe ich auf, um das Zimmer zu verlassen. Sam sitzt noch immer auf dem Stuhl und sieht mich fragend an.

„Und? Wie geht es ihr?"

„Es geht ihr gut. Sie muss sich noch etwas ausruhen, aber ihre Atmung ist in Ordnung." Es kommen zwei Männer auf uns zu, an die ich mich noch sehr gut erinnern kann. Ich nicke ihnen zu und trete ihnen aus dem Weg.

„Das sind unsere Sicherheitsmänner", kläre ich Sam auf, der die beiden skeptisch mustert. Die Männer stellen sich vor das Zimmer, würdigen uns allerdings keines Blickes.

Auf dem Rückweg schießen mir tausend Gedanken durch den Kopf. Ich habe Mom versprochen, nichts zu unternehmen, aber das kann ich nicht. Vielleicht kann Mr. Landon uns weiterhelfen? Er hat sich seit unserem Treffen im Diner nicht mehr gemeldet. Ich werde ihn kontaktieren, dabei könnte ich gleich nachhaken, wie die Ermittlungen im Falle Jackson so laufen. Jetzt wo ich weiß, dass es Mom gut geht, habe ich nur noch ein Ziel und das will ich so schnell wie möglich erreichen. Ich muss alle Stärke sammeln, die ich besitze, um eine Chance zu haben, aber dazu bin ich bereit.

„Danke, dass du mitgekommen bist. Aber hier trennen sich unsere Wege."

„Wo willst du denn hin?"

„Das geht dich nichts an", antworte ich schroff.

Sam will gerade noch was sagen, als ich mich umdrehe und einfach losrenne.

Bevor wir zum Krankenhaus gefahren sind, habe ich mein Kleid gegen eine Jeans und Pullover getauscht, nur das Armband trage ich noch. Ich renne so schnell ich kann und es tut so gut. Mein Puls beschleunigt sich und meine Lungen kämpfen gegen die kalte Luft. Mein Körper pumpt sich voll mit Adrenalin. Dunkelheit liegt über Scona Hills, doch die festliche Weihnachtsbeleuchtung lässt die Straßen hell leuchten.

Ich werde langsamer und bleibe vor einigen Häusern stehen. Es sind Familien, die den Weihnachtsabend zusammen verbringen. Keine großen Festlichkeiten mit fremden Menschen, einfach nur ein gemütliches Beisammensein. Etwas, was ich mir immer gewünscht habe, doch unsere Weihnachten waren immer durchstrukturiert. Ich hatte nicht mal die Zeit, es mir vor dem Fernseher gemütlich zu machen und mir Weihnachtsfilme anzuschauen. Ein kehliges Lachen kommt über meine Lippen. Welch Ironie! Anfangs wollte ich unbedingt mein altes Leben wieder, doch jetzt würde ich am liebsten wieder zurück in die kleine Wohnung mit ihren Ecken und Kanten. Es gibt nur noch einen Ort, an dem ich lieber wäre. Entschlossen hole ich mein Handy hervor und wähle die Nummer von Will.

Ich erkläre ihm, wo ich bin, während ich mich auf eine kleine Bank setze. Die Kälte legt sich wohltuend um mich und ich bin immer froher an der Luft zu sein, denn jetzt habe ich endlich das Gefühl, wieder atmen zu können.

Kapitel 38

„Will, warte bitte auf mich", sage ich und steige aus dem Auto. Mit festen Schritten gehe ich zur Tür und betätige die Klingel.

„Hallo?", höre ich die mir so vertraute Stimme und auch wenn die Situation nicht leicht ist, macht sich die Vorfreude durch ein heftiges Flattern in meinem Bauch bemerkbar.

„Jackson, ich bin es", antworte ich.

„Charly? Ist alles in Ordnung?", fragt er perplex und bevor ich antworten kann, höre ich den Türsummer.

Ich habe gerade zwei Treppen hinter mir, als ich schon ein kräftiges Poltern höre. Jackson steht in einem schwarzen Hemd und dunkler Jeans vor mir und schaut besorgt auf mich herunter. Seine Augen wandern suchend an mir auf und ab, um im nächsten Moment direkt auf mein Gesicht gerichtet zu sein. Sekunden später steht er vor mir, hebt mein Kinn leicht an und legt seine Lippen auf meine. Dieser Geruch, diese Nähe. Wie sehr ich ihn wirklich vermisst habe, wird mir erst jetzt bewusst, als er in seiner ganzen Präsenz vor mir steht. Ich lege den Kopf auf seine warme Brust und seufze endlich entspannter auf.

Es fühlt sich an wie eine Blase, die sich geschmeidig um mich legt. Er gibt mir den Halt, den ich so sehr brauche.

„Hey, was ist passiert?", flüstert Jackson mir an die Schläfe.

„Zu viele Ereignisse, zu viele Gefühle für so einen kleinen Menschen wie mich", antworte ich und beginne wieder zu schniefen.

Er nimmt meine Hand und wir gehen die Treppen zusammen hinauf. An der Tür steht Mrs. Stewart, die mich mit zusammengezogenen Augenbrauen mustert.

„Jackson, was wird das?" Sie hat die Arme vor der Brust verschränkt und das herzliche Lächeln, welches ich in Erinnerung habe, ist verschwunden. Zurück ist nur ein unfreundlicher, kalter Blick geblieben.

„Jetzt nicht Mom", mit diesen Worten zieht Jackson mich an ihr vorbei und wir gehen in sein Zimmer, wo wir uns aufs Bett setzen.

„Was ist passiert?", fragt er und hält meine Hände fest. Ich versuche, ihm alles so detailliert wie möglich zu erklären. Obwohl es mir schwerfällt, denn die letzten Stunden sind wie ein Film an mir vorbeigegangen. Alles ging so schnell und doch wie in Zeitlupe. Ich muss mich häufig unterbrechen, um sicher zu gehen, dass ich nichts vergesse.

„Ich kenne Ruby nicht so wie du, aber sie hat auf mich nicht gewirkt, als wäre sie unglücklich darüber, dass ihr wieder zu Hause seid", meint Jackson am Ende meiner Erzählung nachdenklich.

„Sehe ich genauso."

„Was hast du jetzt vor?"

„Ich werde mich mit Mr. Landon treffen. Eventuell kann er uns helfen."

„Der Detektiv?" Ich nicke und frage mich, ob ich Jackson von den Nachforschungen über seinen Dad erzählen soll. Wie wird er wohl reagieren? Ist das der richtige Zeitpunkt? Könnte er es falsch interpretieren? Er könnte denken, ich hätte ihn mit bösen Hintergedanken betrachtet und ohne sein Wissen Entscheidungen getroffen. Mir fallen auf einmal so viele Gründe ein, wieso ich diesen Auftrag lieber nicht erteilt hätte und nun ärgere ich mich darüber, dass ich nicht ein bisschen weitergedacht habe. Ich habe impulsiv gehandelt, ohne darüber nachzudenken, ob Jackson das überhaupt möchte. Zwar hat er davon erzählt, dass er gerne wissen möchte, wer sein leiblicher Vater ist, aber eigentlich nur, um ihn zu beschimpfen. Rechtfertigt dieser unüberlegte Wunsch mein Handeln? Ich bin mir unsicher.

„Jackson ...", doch ich komme nicht weit, weil ein Klopfen an der Tür uns unterbricht. Ohne auf eine Antwort zu warten, geht diese schwungvoll auf.

„Es tut mir leid, aber Charly muss jetzt gehen." Wütend funkelt mich Mrs. Stewart an und ich schrecke ein wenig zurück. Jackson stellt sich schützend vor mich.

„Mom, was soll das" Du siehst doch, dass es ihr nicht gut geht."

„Und genau davor bewahre ich dich! Sie wird dich mit in den Abgrund reißen!"

Jetzt reicht es mir aber! Ich stehe ebenfalls auf und trete ihr entgegen.

„Ich weiß nicht, was Sie gegen mich haben, aber ich lasse es nicht weiter zu, dass Sie sich zwischen uns stellen. Ich liebe Ihren Sohn und werde alles dafür tun, dass wir zusammen sein können. Ich habe nicht vor, ihn in irgendein Unglück zu stürzen!"

Meine Stimme bebt noch immer, während Mrs. Stewart mich entsetzt ansieht und wutentbrannt das Zimmer verlässt.

„Es tut mir leid", murmele ich, weil ich selber über meine Reaktion erschrocken bin. So wütend war ich noch nie und so unverschämt zu einem Erwachsenen war ich auch in meinem Leben noch nicht. Es war heute einfach alles zu viel für mich.

„Ist schon gut", haucht er mir zu und küsst meine Stirn. „Du liebst mich?" Er grinst mich schelmisch an. Ich reiße etwas die Augen auf. Das war so nicht geplant! Hätte nicht er es zuerst sagen müssen?

„Da musst du dich verhört haben", antworte ich und strecke ihm die Zunge raus. Jackson zieht mich näher an sich heran und umfasst meine Taille. Ich spüre seinen heißen Atem auf mir, ehe seine weichen Lippen meine berühren und ich für einen Moment, die vergangenen Stunden vergesse. Alles in mir pocht und mein ganzer Körper wird überempfindlich. Es gibt nichts um mich herum, nur seine Hände auf meinem Körper und seine Mund auf meinem.

Als ich meine Augen wieder öffne, lächelt Jackson mich sanft an. Das gibt mir Kraft für all das, was uns noch bevorsteht.

„Soll ich dich nach Hause bringen?", gurrt er und spielt dabei mit einer meiner Haarsträhnen. Er zieht nicht daran, aber meine Kopfhaut prickelt, als würde er liebevoll daran ziehen.

„Ich würde lieber hierbleiben", necke ich ihn.

„Das können wir ihr nicht antun. Sie hat vermutlich schon angefangen, irgendwas umzuräumen." Genau in dem Moment hören wir einen lauten Knall und ein heftiges Fluchen.

„Ich habe eine bessere Idee." Jackson stupst meine Nase an und gibt mir einen Kuss auf die Stirn. Ich warte auf eine Erklärung, während er sich eine Jacke überstreift und mir die Hand reicht, die ich ohne nachzudenken ergreife.

„Lust auf einen Weihnachtsspaziergang?"

„Sehr gern", antworte ich und wir verlassen still und heimlich die Wohnung.

Nachdem ich Will weggeschickt habe, machen wir uns auf den Weg nach

Downtown und gehen nun Hand in Hand durch die weihnachtlichen Straßen.

„Ich habe nicht damit gerechnet, dass an Weihnachten so viel los ist“, gestehe ich begeistert, während wir an anderen Paaren vorbeischlendern. Wir gehen zu einem kleinen Abschnitt, an dem mehrere Tannenbäume stehen und alles mit Lichterketten geschmückt ist. Auf dem kleinen weißen Torbogen über uns steht in goldener Schrift: Lächele am Ende des Weges, egal wie ungewöhnlich er sein mag.

„Was bedeutet das?“, frage ich Jackson, als wir durch die kleine Allee mit mehreren geschmückten Weihnachtsbäumen gehen. An einem der Bäume bleiben wir stehen, da er nicht mit typischen Weihnachtsschmuck dekoriert ist. Ich berühre einen kleinen silbernen Schlüssel, der neben ein paar Würfel hängt. Mein Blick wandert weiter über den Weihnachtsbaum und ich entdecke noch so viel andere Dinge, wie eine Schachfigur oder eine Taschenlampe. Das ist ein richtiges Kunstwerk. Jackson umfasst eine kleine Taschenuhr mit der Hand und ich muss einfach lächeln, weil er mich an das weiße Kaninchen aus Alice im Wunderland erinnert.

„Das müssen wir wohl herausfinden“, antwortet er auf meine Frage und greift wieder nach meiner Hand, damit wir weitergehen können.

Unser Weg unter den warmweißen Lichterketten, die über unseren Köpfen schweben, führt uns zu verschiedenen Skulpturen aus Eis. Ich bleibe vor einem großen Hirsch stehen, auf dem ein Schwan sitzt und seine Flügel schwungvoll ausbreitet.

„Das ist wunderschön! Wieso habe ich davon noch nie gehört?“, ich bin erstaunt über die wunderschönen Statuen und kann mich kaum sattsehen. Jackson steht neben einer riesigen Schneeflocke, die durch indirektes Licht beleuchtet wird, doch er zuckt nur mit den Schultern. Ich gehe zu ihm und gebe ihm einen Kuss.

„Danke!“

Er lächelt mich liebevoll an, ehe wir weitergehen. Wir entdecken eine Leiter mit gebrochenen Stufen und ein Seil mit einem Knoten.

„Ich glaube, ich weiß, was das hier ist“, flüstere ich.

Jackson sieht mich erwartungsvoll an und wartet auf meine Antwort.

„Das ist das Leben!“, erkläre ich ihm. Doch Jackson wusste das schon längst, was ich deutlich an seinem frechen Grinsen erkennen kann. Aber das stört mich überhaupt nicht. Ich habe es für mich selbst erkannt und bin stolz darauf.

„Eine wundervolle Idee. Was uns wohl am Ende erwartet?“

Er legt den Arm um mich und ich lehne mich an ihn, als wir am Ende des Wegen einen zweiten Torbogen erreichen. Ich muss lächeln, als ich den Mistelzweig entdecke. Wir stellen uns unter den Zweig und Jackson legt zärtlich eine Hand auf meine Wange.

„Vermutlich werde ich mir sämtliche Beine brechen, aber für dich gehe ich diesen Weg“, gesteht er mir und schaut mir mit einem feurigen Blick in die Augen, bevor wir uns küssen. Und ich gehe ihn mit dir, denke ich, während ich in diesem stillen Moment des Glücks versinke.

Kapitel 39

Die Tage zwischen Weihnachten und Neujahr sind eigentlich immer besondere Tage. Man lässt das alte Jahr hinter sich und freut sich auf das neue. Doch seit der Sache mit Ruby hat sich hier alles verändert. Die Angestellten sind total in sich gekehrt, was zum größten Teil an Dad liegt, der sich um 180 Grad gewendet hat. Früher war er voller Verständnis und immer offen gegenüber allen. Jetzt ist er einfach nur noch abweisend und kalt. Auch mein Verhältnis zu ihm ist angespannt. Ich habe ihn wegen Ruby angesprochen, doch er hat komplett abgeblockt und mich mit finsterer Miene aus seinem Büro geschmissen. Seitdem sieht er mich kaum noch an, was mich sehr verletzt, denn unser Verhältnis war immer gut. Ich habe ihn bewundert, er hat mir vieles erklärt und die Zeit, die wir gemeinsam verbringen, war immer schön. Aber jetzt …

Eigentlich wollte ich ihm sagen, dass ich das letzte halbe Jahr weiterhin auf die Westmount High-School gehen möchte. Aber solange er so distanziert zu mir ist, traue ich mich nicht. Außerdem habe ich noch immer Mr. Clarks Worte im Kopf und dadurch Angst, Dad noch mehr zu enttäuschen.

Ein großer Blumenstrauß steht in einer Kristallvase auf dem Tisch und eine wunderschöne goldene Kette liegt in einem Schmuckkästchen daneben.

„Charly, ich hole deine Mom ab", brummt Dad und geht zur Tür hinaus, ohne dass ich überhaupt die Gelegenheit habe, ihm zu antworten. Ich hoffe, dass unser Verhältnis wieder normal wird, wenn Mom endlich wieder zu Hause ist. Ich nehme mein Handy und versuche, wie schon die letzten Tage Mr. Landon zu erreichen. Doch auch heute habe ich keinen Erfolg. Ich seufze, als mal wieder nur die Mailbox drangeht. Ich lege wieder auf und hoffe, dass er sich so schnell wie möglich zurückmeldet. Wir müssen unbedingt herausfinden, ob Ruby wirklich schuld ist. Für Dad ist die Sache schon in Stein gemeißelt, doch ich sehe es anders. Und im letzten halben Jahr habe ich gelernt, welchen Menschen man vertraut und welche sich abwenden, sobald du nicht mehr in ihr Bild passt. Ruby gehört für mich zur ersten Gruppe. Ich kann sie nicht aufgeben.

Eine Nachricht von Elly blinkt auf dem Display meines Handys auf. Ich antworte ihr, dass ich sie abhole, sobald Mom zu Hause ist. Wir wollen für die Silvester-Gala shoppen gehen und ich habe noch eine weitere Sache, die ich unbedingt erledigen muss. Ich greife an das Armband um mein Handgelenk und umschließe den kleinen Anhänger mit meiner Hand. Nach unserem schönen Weihnachtsabend hat mich Jackson nach Hause gebracht und ich habe ihn von Will zurückbringen lassen. Gestern habe ich ihn endlich gefragt, ob er mich auf die Silvester-Gala begleiten würde. Er wollte wohl zustimmen, doch ich habe die Unsicherheit auf seiner Seite deutlich gespürt. Also habe ich ihm vorgeschlagen, ganz in Ruhe darüber nachzudenken und dass ich ihn auf die Gästeliste setze. Was seine Mom angeht, ist es ruhiger geworden und ich glaube, sie hat die Beziehung zwischen uns jetzt verstanden, zumindest hoffe ich das.

Kaum zu glauben, dass morgen schon der letzte Tag des Jahres ist. Ich scrolle durch die Nachrichten von Sam. Er schreibt mir ununterbrochen. Allerdings habe ich bisher auf keine einzige geantwortet. Es fällt mir noch immer schwer, normal mit ihm umzugehen, auch wenn er sich wirklich bemüht. Mein Vertrauen ist erschüttert und ich muss erst einmal abwarten, was ich ertrage und was nicht.

Als Mom lächelnd durch die Tür tritt, springe ich von der Couch auf und umarme sie ganz fest.

„Ich habe dich so vermisst." Erleichterung durchströmt mich, als ich ihr Gesicht betrachte. Alle Schwellungen und Pusteln sind verschwunden und sie strahlt wieder so wie immer. Mom tätschelt mein Gesicht, ehe wir es uns auf der Couch gemütlich machen. Dad legt ihr die Kette um den Hals. Sie gibt ihm dankend einen Kuss und er – wenn auch zögernd – setzt sich zu uns beiden.

„Charly, wir werden morgen nicht mit zur Silvester-Gala kommen.

Es wäre schön, wenn du mit Sam stellvertretend für uns die Gäste in Empfang nimmst", verkündet Dad.

„Mit Sam?", frage ich etwas zu laut. Wieso denn das auf einmal?

„Ja, Charly, mit Sam. Matthew und ich sind der Meinung, wir müssen die Stärke und Verbundenheit der Familien Clark und Stonewall zeigen. Damit alle wissen, dass man sich mit uns nicht anlegen kann."

„Ich glaube, du hast zu viel Zeit mit Matthew verbracht", grummele ich und könnte mir im gleichen Moment für den ignoranten Ton meiner Stimme selber auf die Zunge beißen.

Dads Hände ballen sich zu Fäusten, doch Mom ist es, die ihre Hand auf sein Bein legt, woraufhin er sich sofort beruhigt.

„Schätzchen, ich bin noch nicht stark genug für solch eine große Feierlichkeit. Gönn mir noch ein bisschen Ruhe und nimm vorerst meinen Platz ein. Sam stärkt dir den Rücken, ihr seid doch befreundet."

Ich presse die Lippen aufeinander, bevor mir wieder etwas herausrutscht, was ich hinterher bereue.

„Wenn das euer Wunsch ist", nuschele ich stattdessen und stehe auf, um meine Autoschlüssel zu holen.

Kurz bevor ich das Haus verlasse, rufe ich ihnen noch zu.: „Ich gehe shoppen."

Von der Garderobe schnappe ich mir meinen Mantel und setze eine Baskenmütze auf. Vor der Tür begrüßt mich ein eisiger Wind, dem ich mich schnell entkomme, indem ich mich in den schwarzen Audi setze und die Heizung hochdrehe. Das Motorengeräusch brummt laut auf und ich gebe Gas. Das Radio drehe ich laut auf und kralle mich am Lenkrad fest. Ich muss mich zusammenreißen, aber ich bin so sauer! Normalerweise sollte Jackson an meiner Seite sein, nicht Sam! Ich wette, die Idee kam von Matthew, dessen Ebenbild Dad mittlerweile geworden ist. Sie haben nicht mal nach Jackson gefragt, als ob es ihn gar nicht gibt.

Elly, Luke und Walter stehen am Straßenrand und winken mir freudig zu. Ich lasse das Fenster herunter.

„Bereit für eine kleine Shoppingtour?"

„Na, aber sowas von", sagt Luke und hat mehr Augen für das Auto als für mich. Elly und Walter grinsen mich freudig an.

„Wie geht es deiner Mom?", fragt Elly sanft, als wir losgefahren sind.

„Es geht ihr wieder besser. Meine Eltern werden aber morgen der Silvester-Gala fernbleiben. Und ratet mal, wer morgen stellvertretend für sie einspringen darf." Mein sarkastischer Tonfall entgeht keinem und im Rückspiegel sehe die fragenden Gesichter von Luke und Walter.

„Du ...", setzt Elly an. „Aber ... Was ist schlimm daran?"

„Zusammen mit Sam", ätze ich und allen wird klar, was mein Problem ist.

„Ach wir entführen dich einfach von diesem Schnösel", sagt Elly und kichert neben mir.

„Ganz so einfach wird es wohl nicht werden. Aber macht euch um mich keine Gedanken. Genießt den Abend."

Wir gehen von einer Boutique zur nächsten, bis alle etwas haben. Elly wird ein traumhaftes langes Kleid in Nachtblau tragen. Ihr Rücken ist tief ausgeschnitten und eine wunderschöne, glitzernde Kette wird darüber laufen. Walter hat sich für einen dunkelbraunen Anzug entschieden und Luke für einen schlichten Schwarzen. Sie sehen ausgezeichnet aus und niemand wird merken, dass sie aus normalen Verhältnissen stammen. Auch wenn mich dieses Wort innerlich ankotzt. Aber eine Sache gibt es noch, die wir ändern müssen. Ich bin mir unsicher, wie Elly reagieren wird und hoffe, sie nimmt es nicht falsch auf.

„Elly, du weißt, ich liebe deine Haarfarbe ...", beginne ich den Satz, weiß allerdings nicht, wie ich es am besten formulieren kann.

„Gehen wir noch zum Friseur?" Sie klatscht begeistert in die Hände. Ich nicke nur und sie springt mir um den Hals. Mir kommen fast Tränen vor Erleichterung, weil meine beste Freundin nicht denkt, dass ich sie ändern will.

„Super, ich freue mich wirklich. Das Lila muss endlich weg." Sie hakt sich bei mir ein und wir machen uns auf den Weg.

„Dort arbeiten nur überbezahlte Profis. Also nutz sie aus, lass dich verwöhnen und genieß es", sage ich ihr und gebe ihr ein Küsschen auf die Wange. „Ihr bleibt bei ihr. Ich habe noch ein paar Wege zu machen", rede ich weiter. Elly kommt zu mir und drückt mich nochmal an sich.

„Danke", flüstert sie mir zu. „Diesen Tag werde ich nie vergessen."

Ich lächele ihr zu.

Kapitel 40

Als ich vor dem Eingang des Gefängnisses stehe, wird mir auf einmal ganz anders zumute. Es ist riskant, hier zu sein, aber ich habe keine andere Wahl. Ich muss mit Ruby reden, muss es von ihr selbst hören. Vorbei an den hohen Zaun mit Stacheldraht gehe ich zum Eingang, wo ein Mann in Uniform mich freundlich begrüßt.

„Ich würde gerne jemanden besuchen."

Der Gefängniswärter bestätigt meinen Wunsch mit einem Nicken und macht den Weg durch die Tür frei.

„Auf der linken Seite befindet sich die Anmeldung."

Ich bedanke mich und gehe in das große Gebäude. Ich kann mir nicht mal ansatzweise vorstellen, wie sich Ruby hier fühlen muss. Bei der Anmeldung muss ich meinen Ausweis vorzeigen und einige Formulare ausfüllen, bis ich von einer älteren Frau durchsucht werde.

„Wen möchtest du denn besuchen?", fragt sie mich und lächelt mich mütterlich an.

„Eine Freundin, Ruby Anderson", antworte ich zögernd.

Sie zeigt mir den Weg in den Besucherraum, wo eine lange Glaswand mit mehreren Telefonen aufgebaut ist. Genau so habe ich mir ein Gefängnis vorgestellt, nachdem ich es immer wieder in Filmen gesehen hatte. Es ist seltsam. Die ganze Zeit hatte ich Angst davor, Dad hier besuchen zu müssen und war froh, als das Thema vom Tisch war. Jetzt allerdings doch hier zu sein, ist einfach nur unrealistisch. Ich setze mich auf einen der Stühle und warte, bis die Tür auf der anderen Seite geöffnet wird und Ruby hindurchtritt. Ihre langen schwarzen Haare sind zu einem strengen Zopf gebunden. Unter ihren Augen hat sie tiefe Augenringe und ihre Haut wirkt glanzlos. Doch Ruby lächelt mich liebevoll an, als sie mich entdeckt und nimmt auf dem Stuhl mir gegenüber Platz. Wir greifen beide zeitgleich zum Hörer.

„Charly, mein Kind“, höre ich ihre Stimme und erschrecke. Sie klingt, als wäre sie um Jahre gealtert und würde als 100-Jährige vor mir sitzen.

„Ruby ...“, flüstere ich tränenerstickt.

Jeder Satz, den ich mir vorhin gewissenhaft zurechtgelegt habe, ist verschwunden und nun sitze ich hier und bringe kein Wort heraus. Auch Ruby wirkt durcheinander, doch dann regt sie sich.

„Wie geht es deiner Mom?«, fragt sie liebevoll.

„Besser, sie ist wieder zu Hause.“

„Ein Glück“ Sie presst ihre Hand schützend auf ihr Herz, schaut nach oben und formuliert mit ihrem Blick stumm ein Danke.

„Ruby, du musst mir sagen, was passiert ist!“

„Ich weiß es nicht, Charly. Das Essen habe ich ganz normal zubereitet ... wie immer eben. Ich habe den Leuten hier schon so oft gesagt, dass ich keine Nüsse in das Essen getan habe. Ich weiß doch von der Allergie deiner Mom und würde ihr nie etwas antun wollen. Aber es gibt einen anonymen Zeugen, der mich dabei beobachtet haben soll.“

Ich lehne mich nach hinten und kann nicht glauben, was ich da höre. Deshalb wird niemand anderes verdächtigt. Es gibt einen Zeugen. Doch diese Person lügt!

„Ich schwöre dir, Charly, ich liebe dich und deine Familie. Niemals würde ich euch etwas antun.“

„Das weiß ich doch und ich glaube dir auch. Nur wie sollen wir das beweisen?“ Ruby senkt den Kopf und Tränen füllen ihre großen braunen Augen.

„Ich weiß es nicht. Mir fehlt das Geld für einen guten Anwalt.“ Einer der Gefängniswärter kommt auf Ruby zu.

„Die Besuchszeit ist vorbei. Mrs. Anderson, würden Sie bitte mitkommen?“

„Ich werde dir helfen, Ruby! Das verspreche ich dir!“

Sie hängt das Telefon an seinen Platz zurück und lächelt mich dankbar und hingebungsvoll an, ehe sie durch die Tür verschwindet und ich ohne sie in diesem kahlen Raum zurückbleibe.

Als ich das Gebäude verlasse, entdecke ich zwei Männer auf der anderen Straßenseite. Mit gesenktem Kopf gehe ich zu meinem Auto und öffne zügig die Tür, um mich ans Steuer zu setzen. Ob sie mich gesehen haben? Ich bin mir ziemlich sicher, dass es sich um dieselben Männer handelt, die damals schon vor Peters Laden standen. Was haben die Männer hier zu suchen? Ich werfe einen Blick in den Rückspiegel, doch die zwei scheinen sich nicht für mich zu interessieren. Daher starte ich den Motor und fahre zum Friseur, um meine Freunde abzuholen, ehe es dann für mich zurück geht.

Als ich das Auto vor der Tür parke und ins Haus gehe, mache ich mich direkt auf den Weg in mein Zimmer. Als ich am Büro meines Dads vorbeikomme, höre ich ihn und Matthew diskutieren. Sie haben vergessen, die Tür zu schließen und ihre Stimmen dringen hinaus auf den langen Flur.

„Du musst deine Tochter mehr im Auge behalten. Sie tanzt dir auf der Nase herum“, höre ich Matthews Worte.

„Das ist alles nur passiert, weil sie diese neuen Freunde hat“, entgegnet ihm Dad und ich kann nur schwer ein wütendes Schnauben unterdrücken. Wie kann er es wagen, so über meine Freunde zu reden? Er mochte sie doch auch, als er Elly kennengelernt hat!

„Oder an diesen Jungen, wie war noch sein Name? Jackson?“ Er spricht den Namen mit so viel Verachtung aus, dass ich mich zusammenreißen muss, ihm nicht wie eine Katze, die Augen auszukratzen. Was soll das? Im Stadion war doch noch alles in Ordnung gewesen!

„Ja, ich hatte schon die ganze Zeit ein schlechtes Gefühl bei diesem Jungen.“ Ich kann es nicht fassen und balle meine Hände zu Fäusten, als ich Dad so über Jackson sprechen höre. Das kann unmöglich sein Ernst sein.

„Was soll ich machen?“, fragt Dad Matthew verzweifelt um Rat.

„Beende es doch einfach.“

Ich höre Schritte, daher gehe ich weiter, flitze in mein Zimmer und schließe leise die Tür hinter mir. Enttäuscht von Dad setze ich mich aufs Bett. Er kann mir nicht meine Freunde wegnehmen und vor allem nicht Jackson. Wütend schnappe ich mir ein Kissen und schmeiße es durch den Raum. Ich bin so sauer auf Matthew und hoffe, dass Dad bald endlich wieder zur Vernunft kommt und nicht länger auf seine Worte hört.

Kapitel 41

Heute erwartet Elly und mich ein Rundum-Paket. Zwei Stylisten sind hier und kümmern sich um unser äußeres Erscheinungsbild. Ellys Haare erstrahlen nach dem Besuch beim Friseur in einen dunklen Braunton. Ihre Haare sind gelockt und fallen geschmeidig über die Schultern. Die Stylistin hebt ihre dunkle Augenfarbe mit Smokey Eyes hervor. Meine Frisur sieht schon fast nach einem kleinen Kunstwerk aus. Sie sind gelockt und zu einen halben Zopf nach hinten geflochten. Ein goldener Haarkamm ziert meinen Hinterkopf. An der Tür klopf es und Dad kommt herein.

„Ich habe hier etwas für dich“, er lächelt und legt mir eine große weiße Schachtel aufs Bett. Er tritt an mich heran und gibt mir einen Kuss auf die Stirn.

„Ich bin stolz auf dich“, sagt er, ehe er das Zimmer wieder verlässt. Nach dem Gespräch gestern mit Matthew, weiß ich nicht, wie ich ihm gegenübertreten soll. Da er nichts dagegen eingewendet hat, dass Elly heute hier ist, gehe ich davon aus, dass er nicht auf Matthew hört. Zumindest hoffe ich es. Ich hoffe es auch für ihn, denn sonst würde er unser Verhältnis endgültig zerstören.

Als die Stylistin mit Elly fertig ist, packen sie und ihre Kollegin die Koffer und gehen geschwind hinaus.

„Ganz ehrlich? Ich hätte kein Problem damit, mich jeden Tag so stylen zu lassen“, kichert Elly und ich setze mich neben die weiße Schachtel, an der eine kleine Karte befestigt ist, aufs Bett.

Für Charly, auf einen wundervollen Abend. Sam

Elly setzt sich zu mir und nimmt die Karte, während ich die Schachtel öffne.

„Hat er dir ein Kleid gekauft?“, quiekt Elly neben mir und ich hole ein Haute-Couture-Kleid hervor. Es ist trägerlos und von der gold-glitzernden

Korsage gleitet der Tüll in mehreren Lagen bis zum Boden. Die goldenen Elemente verteilen sich zart im Tüll und schimmern im Licht.

„Es ist wunderschön", gestehe ich unglücklich ein.

„Zieh es an", skandiert Elly und klatscht aufgeregt in die Hände.

„Das kann ich nicht."

„Wieso?"

„Weil es von Sam ist."

„Egal und wenn es vom Papst höchst persönlich wäre, dieses Kleid musst du anziehen!"

Ich halte das Kleid vor dem Spiegel an mich und kann mir nun ein kleines Lächeln nicht verkneifen.

„Okay! Aber ich ziehe es nur an, weil ich kein anderes habe."

Elly wirft mir einen skeptischen Blick zu und ich strecke ihr die Zunge raus. Dann hilft sie mir beim Anziehen und als ich vor den Spiegel trete, kann ich es nicht glauben. Das Kleid passt perfekt und ein langer Schlitz öffnet die Stoffbahnen des Rockes, sodass mein nacktes Bein zum Vorschein kommt.

„Du bist wunderschön", haucht Elly völlig überwältigt.

„Danke, aber jetzt bist du dran."

Elly schlüpft ebenfalls in ein Kleid und mit der neuen Haarfarbe, sieht es nochmal ganz anders aus als im Laden. Sie stellt sich vor den großen Wandspiegel und ich stelle mich neben sie.

Ich grinse breit: „Heute Abend wird Luke dir endgültig verfallen."

Sie gibt mir einen leichten Klaps und lacht los.

Ich lege mir die Kette von Jackson ans Handgelenk und halte den Anhänger fest umschlungen in der Hand. Sie passt perfekt zu dem Kleid und ist für mich das einzige, was ich heute tragen würde, egal, was gekommen wäre.

„Kommt er nun?", fragt Elly.

Ich seufze. Er hat sich heute noch nicht gemeldet. Auch nicht, nachdem ich ihm mehrere Nachrichten geschickt habe.

„Ich habe ihn auf die Gästeliste schreiben lassen", weiche ich aus und schnappe mir Mantel und Tasche.

„Er kommt bestimmt." Elly will mich beruhigen, doch ist da ein Gefühl von Unsicherheit in mir, die meinen Magen hart wie einen Stein zurücklässt. Aber ich will nicht darüber nachdenken.

„Wollen wir?“, frage ich und Elly nickt aufgeregt, ehe sie Jacke und Tasche holt. Von Will lassen wir uns in einer langen, schwarzen Limousine zum Stonewall Tower bringen.

Als wir ankommen, stehen schon viele Fotografen bereit. Ein langer roter Teppich weist uns den Weg zum Wolkenkratzer. Will öffnet uns die Tür und Elly steigt als erstes aus. Luke nimmt sie direkt in Empfang und wie ich es vorhergesagt habe, kann er die Augen nicht von ihr lassen. Er flüstert ihr etwas ins Ohr, woraufhin sie rot anläuft und ihn schüchtern anlächelt.

Will reicht auch mir die Hand, die ich dankend annehme, um aus der Limousine zu klettern. Das Blitzlichtgewitter beginnt und ich lächele den Fotografen freundlich zu.

Sie rufen immer wieder meinen Namen und ich halte einen Moment an, damit sie ihre Fotos machen können. Meine Maske sitzt perfekt, auch wenn ich sie hasse.

„Woher ist das Kleid, Charlotte?“, fragt mich eine junge Dame. Eine Hand legt sich um meine Taille und Sam steht in einem dunklen Designeranzug neben mir. Er schenkt mir ein freudiges Lächeln und richtet das Wort an die Reporterin.

„Es ist von Cala Lavou und es steht dir ganz ausgezeichnet.“ Er zwinkert mir zu und die Reporter rasten förmlich aus. Ich versuche, mich unauffällig aus seiner Umarmung zu befreien, doch er hält mich weiterhin fest. Was soll Jackson denken, wenn er die Fotos von mir und Sam sieht? Ich sehe die Schlagzeilen schon vor mir.

Sam und Charlotte ein Paar?

„Ich denke, sie haben genug Fotos“, säusele ich bitter und gehe weiter. Sam schließt sich mir an und lächelt immer weiter freundlich in die Kameras. Nur ich will endlich von diesem roten Teppich runter.

Meine Freunde warten schon am Eingang des Stonewall Towers. Luke hat den Arm um Elly gelegt und sie winkt mir freudig zu. Scheint, als wäre zumindest für eine von uns heute ein Traum wahr geworden.

„Das war einfach unglaublich“, ruft sie begeistert und fällt mir um den Hals.

„Echt! Danke, Charly“, sagt Luke und ich beginne langsam, mich wieder zu freuen. Sam räuspert sich neben mir und ich fühle mich gezwungen, ihn vorzustellen. Er reicht jedem die Hand, wobei er bei Elly einen Moment innehält.

Es sieht so aus, als wenn er etwas sagen möchte, bleibt dann aber doch stumm. Ist vielleicht besser so.

Wir fahren mit dem Aufzug nach ganz oben. Die Nervosität der anderen steigt und sie treten von einem Fuß auf den anderen. Als sich die Aufzugtüren öffnen, hallt ein erstauntes Luftschnappen durch den Aufzug und ich verstehe ihre Bewunderung.

Wenn man aus dem Aufzug tritt, schaut man durch eine riesige Glasfront auf ganz Scona Hills, das in der Dunkelheit wie ein Feld von Sternen glitzert.

An der Bar stehen schon jede Menge Menschen, um ihre durstigen Kehlen mit teurem Fusel zu befeuchten und auf der großen Tanzfläche wirbeln allerhand Leute herum.

Alles ist mit goldenen Akzenten dekoriert, um das neue Jahr gebührend zu empfangen. Sam räuspert sich neben mir.

„Wir müssen die Gäste begrüßen“, verkündet er und hält mir galant den Arm hin.

Doch ehe ich mit ihm gehe, suche ich noch einmal alles ab, um Jackson unter den Gästen zu finden. Doch leider kann ich ihn nirgends entdecken. Elly kommt zu mir.

„Wenn wir ihn sehen, sage ich dir Bescheid.“

Traurig und dankend gleichzeitig winke ich meinen Freunden zu, ehe ich mit Sam mitgehe.

Kapitel 42

Sam und ich gehen nebeneinanderher zu einer kleinen Bühne.

„Ich überlasse dir das Reden“, wettere ich und sein Mundwinkel zuckt belustigt nach oben.

„Was?“ Ich bin mittlerweile einfach nur genervt.

„Ich mag die neue Charly.“

„An mir hat sich nichts verändert.“

„Oh doch, die alte Charly hätte sich vorbildlich auf eine Rede vorbereitet. Die neue überlässt mir das Reden.“

Er bleibt stehen und ich muss den Kopf heben, um ihm in die Augen zu sehen. „Mir soll‘s egal sein, aber ich weiß nicht, was dein Dad davon halten wird“, redet er weiter und ich verschränke die Arme vor der Brust.

„Bist du jetzt fertig? Ich möchte das hier …“, ich deute mit dem Finger zwischen uns hin und her, „… schnell hinter mich bringen.“ Lachend schüttelt er den Kopf und bietet mir den Vortritt an. Ich gehe an ihm vorbei und wir betreten die kleine Bühne. Die Musik wird für einen Moment leise und Sam tritt an das Mikrofon. Er begrüßt die Gäste und entschuldigt meine Eltern, die der Gala heute fernbleiben. Dann wünscht er allen einen schönen Abend und dass wir das alte Jahr gebührend verabschieden.

„Lasst uns den Blick stets nach vorn richten, aber dabei nicht das Hier und Jetzt vergessen“, endet er und die Menge klatscht begeistert Beifall.

Ich schaue ihn an und kann meinen Blick nicht abwenden. Was ist anders? Sam wirkt irgendwie reifer. Sein schwarzes Haar schimmert im Scheinwerferlicht, er strahlt Autorität aus und seine Haltung ist voller Stolz. „Auf einen schönen Abend!“

Die Gäste applaudieren erneut und ich ringe mir ein Lächeln ab. Diese

Sehnsucht der Aufmerksamkeit, die ich früher so oft gespürt habe, ist nicht mehr da. Sam neigt sich zu mir herunter und gibt mir einen Kuss auf die Wange. Erschrocken zucke ich zurück und will ihn gerade beiseite schubsen, da schüttelt sacht er den Kopf und neigt den Blick in Richtung der Gäste. Er hat Recht, ich sollte mich zügeln. Vor allem, nachdem Dad sowieso schon der Meinung ist, ich tanze ihm auf der Nase herum. Zu viele Augen sind auf uns gerichtet, sie erwarten einen schönen Silvesterabend und den werde ich ihnen nicht versauen. Also schenke ich allen ein möglichst hinreißendes Lächeln und nehme eines der Champagnergläser entgegen, die uns eine Bedienung bringt. Sam und ich stoßen gemeinsam an und gehen gemeinsam von der kleinen Bühne. Unten ankommen, leere ich den Rest des Glases in einem Zug.

„Wow, Charly, nicht so hastig", höre Sam hinter mir.

„Anders ertrage ich das hier nicht."

„So schlimm war es nun auch nicht. Wo ist eigentlich dein Freund?" Seine Mundwinkel zucken belustigt in die Höhe, während er genüsslich etwas trinkt.

„Gut, dass du es ansprichst. Ich werde ihn gleich mal suchen gehen."

Er kratzt sich amüsiert das Kinn und zieht die Augenbrauen hoch.

Ich drehe mich genervt um und will gehen, als er mich am Arm zurückhält.

„Ich freue mich schon, ihn kennenzulernen."

Ich verdrehe die Augen und schüttele seine Hand ab. Nicht weit von uns entfernt entdecke ich Clarissa, die uns mit hochgezogener Augenbraue und gekräuselter Lippe mustert.

„Gibt's ein Problem?", fauche ich sie an. Doch anstatt einer Antwort verzieht ihr schönes Gesicht sich zu einer hässlichen Fratze. Wie konnte ich mit ihr nur jemals befreundet sein?

Ich wende mich ab und entdecke meine Freunde auf der Tanzfläche. Als ich ihre fröhlichen Gesichter sehe, verpufft augenblicklich die schlechte Laune. Doch leider entdecke ich Jackson nicht bei ihnen und hole mein Handy hervor, um es im nächsten Atemzug wieder in die Tasche zu stecken. Es bringt nichts, darauf zu starren.

„Ich bin so froh, dass ihr hier seid, alleine würde ich das hier nicht durchstehen", erzähle ich Elly und den anderen, als ich mich zu ihnen stelle.

„Wir waren schon draußen. Die Aussicht ist unglaublich", berichtet Walter und reicht mir ein Getränk. Ich weiß genau, was er meint.

„Soll ich euch was verraten?"

Sie sehen mich neugierig an. „Es gibt noch eine Etage, dort kommt man aufs Dach."

„Mir ist das jetzt schon zu hoch, also behalte das Geheimnis lieber für dich", gesteht Elly und schüttelt energisch den Kopf.

„Kommt, lasst uns tanzen", wechselt Luke charmant das Thema und schnappt sich Elly. Ich tanze mit Walter, der allerdings nur Augen für jemand anderen hat. Sie tanzt einige Meter entfernt und ich glaube, sie ist von der Redfox Academic.

„Geh doch zu ihr", fordere ich ihn auf.

„Nein, lieber nicht", er schüttelt traurig den Kopf.

„Walter!", dränge ich erneut. „Los!" Ich schiebe ihn in die Richtung und er geht auf sie zu. Sie lächelt ihn freudig an. Walter sagt etwas, zeigt auf sein Getränk und nickend geht sie mit ihm zur Bar.

„Möchtest du tanzen?", höre ich Sams Stimme hinter mir und kann mir das wahrscheinlich tausendste Augenrollen heute Abend nicht verkneifen.

„Nenn mir einen Grund, warum ich mit dir tanzen sollte!"

Er hat die Hände in die Hosentaschen gesteckt und grinst mich frech zu. Er wirkt jetzt nicht mehr wie auf der Bühne, sondern hat wieder etwas Jungenhaftes an sich, so wie ich ihn kenne.

„Weil wir jedes Jahr zusammen tanzen. Willst du etwa alte Traditionen brechen?"

„Es wird Zeit für neue Traditionen", antworte ich und verschränke die Arme vor der Brust. Sam seufzt laut auf, ehe er mir erneut die Hand ausstreckt.

„Bitte", fleht er.

Er wird vermutlich sowieso nicht nachlassen, daher lege ich meine Hand in seine und lasse mich von ihm über die Tanzfläche führen. Es ist kein Problem für uns, die Bewegungen sind fließend und wir wissen genau, wie der andere sich bewegt und passen uns dementsprechend perfekt an. Und doch ist es nicht wie der Tanz mit Jackson. Es fehlt die Leidenschaft, die Anziehung und Hingabe. Dieses Vorspielen von Frieden und Harmonie ist ein Schauspiel, dass so gut wie alle hier perfekt beherrschen.

„Du siehst wirklich wunderschön aus", haucht mein ehemaliger bester Freund mir ins Ohr.

„Sam!“, mahne ich ihn an und ziehe meinen Kopf weg.

„Nur die Wahrheit.“ Er wirbelt mich über die Tanzfläche und seine dunkle Iris betrachtet mich eindringlich. Er legt die Hand auf meinen Rücken und zieht mich näher an sich heran. Ich spüre jetzt deutlich seinen Körper an meinem. Wann ist sein Körper männlich geworden? Und wieso fällt es mir auf einmal auf? Ich schüttele den Kopf und senke den Blick, um ihn nicht weiter anzuschauen. Ungeduldig warte ich darauf, dass das Lied endlich vorbei ist.

„Ist es so schlimm mit mir?“, fragt Sam.

„Nein“, murmele ich und weiche weiterhin seinem Blick aus. Ich versuche, mir gut zu zureden: Du machst das für deine Eltern, also halte noch etwas durch.

„Sehen wir uns im neuen Jahr in den Rocky Mountains?“

Tatsächlich habe ich vor, meine Freunde zu fragen, ob sie mitkommen. Und vor allem wollte ich Jackson fragen, bin bei ihm allerdings noch unsicher, wie er reagieren wird. Heute Abend ist er schließlich nicht mal auftaucht und eine Nachricht habe ich auch nicht erhalten. So langsam mache ich mir Sorgen und hoffe, dass nichts passiert ist. Oder sollte ich mir weniger um ihn als um mich Gedanken machen? Ich will mir seiner sicher sein, aber irgendwie ist in letzter Zeit alles so schwierig …

„Charly?“, reißt Sam mich aus meinen Gedanken.

„Ich denke schon“, antworte ich verspätet. Das Lied endet und wir stehen uns stillschweigend gegenüber. Ich schaue auf in seine Augen, die irgendwie aufrichtig wirken. Kann ich ihn wirklich zurück in mein Leben lassen? Es fällt mir schwer, ihm zu vertrauen. Nach dem Tanz gehen wir noch zu einigen Gästen und bringen den üblichen Smalltalk hinter uns. Ich muss mir ganz oft ein Gähnen verkneifen. Kein Wunder, bei diesen langweiligen Themen. Immer wieder schaue ich mich um, doch ein ganz bestimmtes grünes Augenpaar konnte bisher nicht entdecken. Auf meinem Handy ist keine neue Nachricht und auch kein Anruf. Enttäuscht, entschuldige ich mich, um ein bisschen frische Luft zu schnappen. Ich muss meine Maske wenigstens kurz abnehmen, sonst werde ich verrückt.

Kapitel 43

Es ist bald 0 Uhr und alle machen sich bereit für den Countdown. Dadurch sind die meisten drinnen und ich kann hier draußen einfach allein sein. Kälte empfängt mich. Der Nachthimmel, die Sterne und der Mond begrüßen mich und ich schließe für einen Moment die Augen. Unter mir ertönen ein kräftige Bass und die Menschen, die fröhlich dem neuen Jahr entgegenfiebern. Mein Leben hat sich wieder einmal gedreht und erneut muss ich mir Gedanken machen, wie es weiter geht. Ich würde gerne bei meinen Freunden auf der Westmount bleiben, aber mir ist bewusst, dass meine Familie von mir erwartet, meinen Abschluss an der Redfox Academic zu machen. Es macht mich traurig, ohne meine Freunde und Jackson die Schule zu beenden. Eine Träne schleicht sich über meine Wange und ich wische sie beiseite.

Unten beginnen die Menschen, das neue Jahr herbeizuwünschen, in dem sie den Countdown anstimmen.

5 ... Traurig schaue ich auf mein Handy, leider hat sich Jackson nicht gemeldet. Diese Party ist für ihn wohl zu viel Blitzlichtgewitter. Zu dekadent und zu wenig echt.

4 ... Ich könnte auch wieder zu meinen Freunden gehen, aber womöglich würde ich ihnen den Spaß verderben. Für sie ist das hier ein absolutes Highlight und ich fühle mich leer und einsam.

3 ... Der Wind wirbelt mein Haar durcheinander, während ich die Augen schließe. Für mich ist das hier nichts mehr. Ich gehöre hier nicht hin.

2 ... Viel lieber würde ich mit Jackson am Scona River sitzen und das Feuerwerk zu zweit genießen. Warum hat er sich nicht gemeldet? Bin ich inzwischen nicht nur für hier, sondern auch für ihn falsch?

1 ... Das Jubeln der Menge unter mir setzt ein und ich stehe stillschweigend

da und betrachte die ersten Raketen, die den Himmel in bunte Farben tauchen. Frohes neues Jahr, Charly ... Es ist irgendwie ein trauriger Satz, der in meinem leeren Brustkorb widerhallt.

„Charly?", höre ich die sanfte, tiefe Stimme hinter mir und zucke zusammen. Habe ich mir das eben eingebildet?

„Charly?" Ich atme tief aus und drehe mich um.

Mit offenem Mund starre ich ihn an.

„Du bist da", flüstere ich und kann es nicht glauben. Doch genau dort steht er: Sein dunkles Haar hängt ihm leicht ins Gesicht und er lächelt mich sanft an. Jackson trägt eine dunkle Anzugshose und ein weißes Hemd. Er kommt langsam auf mich zu und ich kann nicht anders, als ihm in die Arme zu springen.

„Jackson", schluchze ich, „du bist wirklich hier."

Er nickt und küsst mich auf die Stirn.

„Ja, ich hatte ein paar Schwierigkeiten, einen Anzug aufzutun und vom Binden einer Krawatte wollen wir erst gar nicht sprechen", lacht er und ich gebe ihm einen sanften Stoß gegen die Brust.

„Ich dachte schon, du kommst nicht." Ich dachte schon, du willst mich nicht mehr. Diesen grausigen Gedanken will ich nicht aussprechen und bin nur froh, dass er mich nun nicht mehr belästigen wird.

„Bis heute Morgen war ich mir tatsächlich noch unsicher und ich habe lange hin- und herüberlegt, aber ich habe dir ja gesagt, dass ich diesen Weg gehe, auch wenn ich mir sämtliche Knochen brechen werde. Und außerdem wollte ich mir mein Geburtstagsgeschenk abholen", schmunzelt er und streichelt mir sanft über die Wange. Ich schmiege mich an seine Hand und schließe die Augen. Dieser Moment! Ich möchte ihn am liebsten für immer festhalten. Die Zeit kann genau jetzt, genau hier anhalten. Und obwohl mein Körper vor Kälte zittert, ist mein Herz mollig warm.

„Welches Geschenk?", frage ich und schaue in die schönsten Augen, die ich je gesehen habe. Langsam neigt er sich zu mir und legt zärtlich die Lippen auf meine. Der Kuss ist erst langsam und bedacht. Zärtlich und vorsichtig, als wollte er ihn nicht zerstören, indem er zu schnell ist. Doch als Jackson mich näher an sich zieht, passt sich der Kuss perfekt dem Feuerwerk über unseren Köpfen an. Der Kuss wird inniger, unser Atem schneller. Beinahe wild greife ich ihn Jacksons Haare und ziehe leicht daran. Er stöhnt leise auf und seine

Hand wandert über meinen Körper. Mein Kleid lässt ihm allen Raum der Welt und ich bekomme Gänsehaut, wo er meine nackte Haut berührt. Sein Bein rutscht wie selbstverständlich durch den Schlitz in meinem Rock zwischen meine Beine und dieses Mal bin ich diejenige, die ein Aufseufzen nicht unterdrücken kann. Langsam zieht er sich etwas zurück, unsere Hände suchen sich und verschränken sich ineinander. Er hält inne und lächelt zufrieden, als er das Armband entdeckt.

„Happy Birthday", stoße ich atemlos aus. Jackson grinst frech und ich stupse leicht mit meiner Nase gegen sein Kinn.

„Und wie ist die Party bisher?", fragt er.

Ich seufze: „Oh, sie ist großartig ...!"

Er fasst sich nachdenklich ans Kinn.

„... für Leute, die sowas toll finden", beende ich den Satz und zwinkere ihm zu.

„Ich bin gespannt, was mich dort unten erwartet."

„Wie hast du mich überhaupt hier oben gefunden?"

„Elly hatte da so eine Vermutung."

„Beim nächsten Mal lässt du mich bitte nicht so lange warten", tue ich verärgert, schlinge die Arme um ihn und kuschele mich an seine Brust.

„Wie war noch die Geschichte mit Cinderella?", fragt er und ich fange an, zu prusten.

„Cinderella durfte nur bis Mitternacht raus!"

„Ach, dann habe ich da wohl etwas durcheinandergebracht", antwortet er mit einem schelmischen Lächeln und senkt den Kopf.

„Ich liebe dich", flüstert er mir an die Schläfe.

„Ich liebe dich auch", erwidere ich und unsere Lippen verschmelzen erneut, während um uns herum immer noch Raketen aufheulen und den Nachthimmel erleuchten.

Hand in Hand betreten wir den großen Saal. Kaum einer schenkt uns Beachtung, alle feiern ausgelassen. Wir suchen unsere Freunde und entdecken sie an der Bar.

„Happy New Year", rufe ich ihnen zu und wir umarmen uns alle. Danach stoßen wir noch gemeinsam an und tauchen in die tanzende Menge ein. Ich spüre einige Blicke auf mir und einer von ihnen gehört zu Sam, der mich mit zusammengezogenen Augenbrauen mustert. Seine Kiefer scheinen zu mahlen, doch dann wendet er sich ab und geht zur Bar.

„Alles okay?“, fragt Jackson.

„Jetzt ist alles okay“, strahle ich ihn an und wir bewegen uns engumschlungenen zur Musik. Der Bass dröhnt mir bis zu den Ohren und unter meinen Füßen vibriert der Boden. Ich bin froh, jetzt endlich den Abend voll und ganz genießen zu können. Hier mit meinen Freunden und Jackson. Ich gebe mich der Musik und diesem Glücksmoment voll und ganz hin.

Kapitel 44

Jackson verstaut unser Gepäck in dem großen Pickup und zieht die Plane darüber. Die Fahrt zum Haus in den Rocky Mountains wird etwa eine gute Stunde in Anspruch nehmen. Als ich Jackson gefragt habe, ob er mitkommen möchte, hat er nicht lange überlegt, sondern zugesagt. Ich war erstaunt und doch unendlich froh. Endlich einmal kein Zögern zwischen uns.

Ein viel zu lautes Hupen lässt mich aufschrecken, als Luke vor uns zum Stehen kommt. Walter sitzt auf dem Beifahrersitz und Elly grinst uns von der Rückbank aus an.

„Seid ihr bereit für eine Woche voller Abendteuer und Spaß?", frage ich, obwohl das überflüssig ist. Denn seit Tagen explodiert mein Handy mit Nachrichten. Ich habe vor einer Woche eine Gruppe gegründet, um alles zu planen. Seitdem herrscht dort ein absolutes Chaos aus Bildern und Emojis.

„Lasst uns endlich losfahren!", ruft Walter. Er ist wohl am aufgeregtesten, denn er wird das Mädchen von der Silvester-Gala wiedersehen. Ihr Name ist Michelle und sie ist eine Klassenstufe unter uns.

Wir setzen uns ins Auto und fahren vor, während die anderen uns dicht auf den Fersen folgen. Als wir auf den Highway fahren, drehe ich die Musik etwas lauter und fange an mitzusingen. Jackson schmunzelt neben mir und ich kann mir ein Kichern nicht verkneifen. Ich bin so froh, dass seine Mom endlich Ruhe gibt und wir zusammen sein können. Auch mein Dad hat nichts weiter dazu gesagt, dass wir zusammen in die Rocky Mountains fahren. Was meiner Vermutung nach daran liegt, dass ich mich so vorbildlich auf der Silvester-Gala verhalten habe.

Am Horizont erstrecken sich die Berge mit ihren weißen Spitzen.

„Warst du schon mal in den Rocky Mountains?", erkundige ich mich.

„Nein, leider nicht."
„Das heißt, du warst auch noch nie Ski fahren?" Jackson schüttelt den Kopf.
„Es wird großartig", verspreche ich.
Eigentlich ist es für mich nichts Neues, aber ich bin trotzdem total gespannt und platze fast vor lauter Vorfreude. Die letzten Jahre war ich immer mit Sam und den anderen zusammen, aber dieses Jahr wird alles anders! Ich habe einen Freund und meine besten Freunde sind dabei. Nur eine Wolke schiebt sich vor die sonnigen Aussichten: Sam und die anderen werden auch da sein und wir werden ein Aufeinandertreffen wohl nicht vermeiden können. Ich schaue auf mein Handy und wähle wieder einmal Mr. Landons Nummer, um ernüchtert wieder aufzulegen.
„Wieder die Mailbox?", fragt Jackson und ich nicke stumm.
„Er ist wie vom Erdboden verschluckt und wir haben nicht mehr viel Zeit, um Ruby zu helfen."
Nach meinem Besuch im Gefängnis habe ich mir nur umso fester vorgenommen, ihr zu helfen. Sie ist unschuldig, das spüre ich. Nur werde ich alleine das nicht beweisen können, also brauchen wir Mr. Landon. Dad wird alles daransetzen, dass Ruby ins Gefängnis kommt. Ich habe versucht, mit Mom zu reden, doch auch sie blockt total ab und verlässt sich ganz auf Dad. Es ist zum Verzweifeln! Ich habe nur Jackson, der mir zur Seite steht und mir glaubt.
Wir haben im Internet nach anderen Privatdetektiven gesucht, aber so richtig überzeugt waren wir beide von keinem.
„Ist es in Ordnung, mich auf die nächsten Tage zu freuen?", denke ich laut. Jackson legt seine Hand auf meinen Oberschenkel und streichelt mit den Daumen darüber.
„Bei allem, was du in letzter Zeit durchgemacht hast, ist es vollkommen in Ordnung. Wir werden Ruby helfen, das verspreche ich dir." Ich lege meine Hand auf seine und unsere Finger verschränken sich wie von selbst.

Als wir endlich die Straße passieren, die zu unserem Haus führt, steigt meine Aufregung ins Unermessliche. Wie werden sie die Holzhütte finden?
„Dort ist es", bringe ich etwas quietschend hervor und zeige mit dem Finger auf das vor uns liegende Holzhaus. Jackson fährt die Auffahrt hoch und hält davor an.

„Ich glaube, wir schicken die anderen wieder nach Hause“, er beugt sich zu mir rüber und grinst mich spitzbübisch an. Ich muss lachen.

„Das Haus ist groß genug, wir werden unsere Zweisamkeit trotzdem genießen können“, verspreche ich ihm.

Die anderen parken hinter uns, wir steigen alle aus und stehen vor dem Eingang. Auf dem braunen Holzdach liegt eine dicke Schneeschicht. Walter lässt sich in einen Schneeberg fallen, während Elly eine Schneekugel formt und sie Luke auf den Rücken wirft. Dieser wiederrum läuft auf Elly zu und schnappt sie sich. Sie hängt nun kopfüber auf seinen Schultern und fuchtelt wild mit den Händen umher. Bei einem Haufen Schnee hält er an und lässt sie fallen. Sie kreischt wild auf und ich muss herzhaft lachen. Auch Jackson lacht laut los, während Elly ganz in Weiß aus dem Schnee aufsteht.

„Na warte, das bekommst du wieder“, faucht sie Luke an, springt auf und nimmt die Verfolgung auf..

Ich schließe die Tür auf und wir stehen in einem kleinen Flur, in dem ein paar Harken an den Wänden fixiert sind.

„Ihr müsst eure schneebedeckten Klamotten ausziehen. So kommt ihr mir nicht ins Haus“, fordere ich meine mit inzwischen gezuckerten Freunde auf. Jackson und ich – die einzigen, die trocken geblieben sind – gehen derweil ins Haus. Die anderen beeilen sich, uns zu folgen und mit den ersten Schritten kommt auch das erste Staunen.

„Das ist unglaublich“, höre ich Walter hinter mir, der alles ganz genau betrachtet. Wir befinden uns im Eingangsbereich, hier befindet sich das Hauptaugenmerk des Hauses. Ein Billardtisch ziert die Mitte des Raumes. Eine gemütliche Sitzlounge befindet sich rechts von uns, dahinter ein großer Kamin. Links ist die offene Küche mit einem langen Tresen, an dem mehrere Barhocker stehen. Ein großer Fernseher ziert die Wand, davor befindet sich eine Spielekonsole, an der sich Luke sofort zu schaffen macht.

Elly räuspert sich und sieht Luke bedeutungsvoll an: „Wollen wir nicht erst mal unsere Zimmer aussuchen?“ Luke legt nur widerwillig den Kontroller zurück und tapst vor Elly die Holztreppe in die zweite Etage hoch. Walter, Jackson und ich gehen ihnen hinterher und während die Jungs den Flur entlanggehen, bleibt Elly kurz stehen und betrachtet ein Gemälde an der Wand.

Ich trete ihr zu ihr, beuge mich vor und lege den Kopf schief.

„Ihr schlaft zusammen in einem Zimmer?“, necke ich sie, woraufhin sie mir die Zunge herausstreckt.

„Seid ihr jetzt zusammen?“, trällere ich.

„So genau haben wir da noch nicht drüber gesprochen“, nuschelt sie verschämt.

Sie geht weiter und wir finden die Jungs vor dem größten Schlafzimmer des Hauses und ich muss schmunzeln, weil sie darüber streiten, wer dort schläft.

„Jungs, ich muss euch leider enttäuschen“, sage ich zu Walter und Luke.

„Aber dieses Zimmer gehört Jackson und mir.“ Sie fluchen laut los, während Jackson schadenfroh grinst, seinen Arm um mich legt und wir hineingehen.

Ein großes Kingsize-Bett steht in der Mitte des Zimmers. An den Wänden finden sich Holzverkleidungen und auf dem Boden liegen Schaffellteppiche aus.

Jackson steht vor der großen Glasfront, die auf einen Balkon hinausführt. Auf dem Balkon steht ein Jacuzzi, der von einer dicken Schneedecke bedeckt ist.

Ich stehe hinter ihm und ich kann nicht anders. Ich muss meine Finger über seinen kräftigen Rücken gleiten lassen. Er ist so schön warm und fest und ich möchte ich einfach an ihn lehnen. Plötzlich dreht er sich um und mit einem Ruck packt er mich und wirft mich aufs Bett.

„Wir werden dieses Zimmer nie wieder verlassen, das ist dir bewusst, oder?“, knurrt er mir ins Ohr und eine Gänsehaut verteilt sich über meinen gesamten Körper. Hitze wallt in mir auf und für einen Sekundenbruchteil schießen mir viele Bilder von uns beiden auf dem Bett durch den Kopf.

Ich atme tief durch und beherrsche mich. „Auch wenn es sehr verlockend klingt, muss ich leider vorerst ablehnen.“ Fragend zieht Jackson eine Augenbraue in die Höhe.

„Was könnte besser sein als dass hier?“, schnurrt er und fährt mit der Nase über meinen Kiefer und meinen Hals.

„Dein Geburtstagsgeschenk.“ Ich stoße die Luft aus und gebe ihm einen Kuss. „Hol doch schon mal unsere Sachen aus dem Auto und dann zeige ich es dir.“

Erst bleibt er wie erstarrt über mich gebeugt. Sein Blick fragt mich, ob ich das wirklich ernst meine. Als ich mich nicht weiter rege, sondern stur bleibe, schließt er resigniert die Augen. Stöhnend gleitet mein Freund von mir herunter und geht zur Tür hinaus. Ich greife mir meinen Rucksack und gehe ebenfalls aus dem Zimmer. Hinter einer kleinen Holztür befindet sich noch eine Treppe, die hoch aufs Dach führt. Ein Lächeln legt sich auf meine Lippen, als ich die Tür am oberen Ende der Treppe öffne.

Es ist der perfekte Ort für das Geschenk. An den Wänden sind mehrere Regale, in denen jede Menge Bücher stehen. Zwei alte Sessel und ein kleiner Tisch stehen vor dem Kamin und laden zum Lesen ein. Mein Grandpa hat hier früher viele Stunden verbracht. Er würde sich sicher freuen, wenn das Zimmer wieder benutzt wird. Ich lege etwas Holz in den Kamin und entfache das Feuer. Jackson Geburtstagsgeschenk lege ich auf den kleinen Tisch vorm Kamin. Nervös überprüfe ich noch einmal alles und bin aufgeregt. Ich gehe zurück in unser Schlafzimmer, wo Jackson gerade unsere Koffer auspacken will.

„Bereit?“, sage ich freudig.

Kapitel 45

Ich halte Jackson die Augen zu und lotse ihn in das Zimmer.

„Okay, du kannst die Augen aufmachen“, sage ich und stelle mich freudig neben ihn, während seine Augen anfangen zu funkeln. Jackson geht langsam zu dem Regal und gleitet mit den Fingern über die Buchrücken.

„Das sind ja fast alles Erstausgaben. Die sind ein Vermögen wert!“

„Ich habe keine Ahnung“, gestehe ich ihm ehrlich. Sicher habe ich auch viel gelesen, aber nie so viel wie mein Grandpa.

„Ihr habt hier eine kleine Schatzkammer und du weiß nichts davon …“ Ungläubig schüttelt er den Kopf.

„Das Zimmer gehörte meinem Grandpa Lucas. Er verbrachte viel Zeit hier oben. Sein Interesse an Büchern ging anscheinend nach ihm verloren. Aber er würde sich bestimmt freuen, dass ich jemanden gefunden habe, der die Literatur so liebt wie er.“

„Danke, das ist wirklich eine Überraschung.“ Jackson kann die Augen nach wie vor nicht von den Büchern wenden.

„Oh, die eigentliche Überraschung steht dort auf den Tisch“, kichere ich und gebe ihm einen Kuss. Jackson geht zu dem Tisch und setzt sich auf einen der alten Lesesessel, um das Geschenk auszupacken. Das Rascheln des Geschenkpapiers erfüllt den Raum und ich wippe mit den Füßen auf und ab wie ein kleines Kind.

„Charly“, flüstert er und kommt in wenigen Schritten auf mich zu. „Das kann ich nicht annehmen.“

„Und ob!“ Ich hebe meine Hand, ziehe den Pulliärmel zurück, sodass man das Armband sieht und halte es ihm vor die Nase.

„Nachdem du dein erspartes Geld für mein Weihnachtsgeschenk ausgegeben hast, wollte ich dir auch so gerne eine Freude machen."

„Danke, ich liebe dich", sagt er und küsst mich innig.

„Und was ist jetzt besser, das Schlafzimmer oder das hier?" Ich lasse meine Augenbrauen tanzen und er grinst schelmisch.

„Beides", erwidert er und wir verfallen in ein lautes Gelächter. Jackson packt das Notebook aus, während ich mich an den Schreibtisch setze und mir die alten Fotos, die dort stehen, ansehe. Auf einem sind meine Eltern mit mir als Baby. Auf einem anderen Grandpa und meine Grandma, die ich leider nicht kennengelernt habe. Ein paar Jahre nachdem Dad geboren wurde, ist sie verstorben.

„Sie sieht dir ähnlich", sagt Jackson hinter mir und ich nicke. In der ersten Schublade liegt ein Stapel vergilbter Blätter, die ich mir genauer ansehe.

„Was ist das?", ich runzele die Stirn. Jackson nimmt mir die Blätter ab und überfliegt die ersten Seiten.

„Das ist ein Manuskript."

„Von meinem Grandpa? Ich wusste gar nicht, dass er neben dem Lesen auch das Schreiben betrieben hat."

„Nein, dort steht der Name Richard Clark."

„Clark? Zeig mal her." Ich schaue mir den Text genauer an und lese ebenfalls den Namen, auch wenn die Buchstaben nur kaum noch erkennbar sind.

„Das ist der Vater von Matthew und Bill Clark, der Grandpa von Sam."

„Leg es lieber zurück. Nicht, dass wir es versehentlich zerstören." Vorsichtig lege ich die Blätter wieder zurück und schließe die Schublade. Hinter uns poltert es laut und Elly, Luke und Walter stehen auf der Türschwelle.

„Hier seid ihr", ruft Elly schnaubend aus.

„Seid ihr zufrieden mit euren Zimmern?", lächele ich sie an und beende damit erst einmal meine Gedanken zu dem Manuskript.

Luke geht lässig an uns vorbei und schmeißt sich auf einen Lesesessel.

„Wir haben einen Weg gefunden, wie wir zu eurem Jacuzzi gelangen, ohne durch euer Zimmer zu müssen." Er begutachtet seine Fingernägel, als hätte er einen sehr spannenden Fall gelöst.

„Alles klar, Sherlock, allerdings befindet sich die Schaltung bei uns im Zimmer", antworte ich und kann mir ein Auflachen nicht verkneifen. Luke presst die Lippen auf einander und wirkt enttäuscht, dass seine Entdeckung nicht so toll ist, wie er dachte.

„Ihr dürft ihn auch mal benutzen", sage ich und seine Mundwinkel zucken leicht nach oben, als er Elly einen vielsagenden Blick zuwirft. Die läuft allerdings rot wie eine Tomate an und greift zu einem Buch im Regal, um uns nicht in die Augen sehen zu müssen.

„Was machen wir heute?", lenkt Walter ab.

„Elly und ich wollen was kochen und dann können wir Billard spielen Morgen früh geht's raus auf die Piste", verkünde ich.

Ich kümmere mich um einen Salat und Elly bereitet ihre berühmte Tomatensoße für die Spaghetti vor. Die Jungs haben derweil den Kamin angezündet und spielen auf der Spielekonsole, bevor wir essen. Sie brüllen, feuern an und keifen. Es ist schrecklich, ihnen dabei zuzuschauen und ich habe Angst, dass gleich ein Kontroller durch die Luft fliegt.

Nachdem wir gegessen haben, spielen wir noch eine Runde Billard. Walter hat sich schon auf sein Zimmer zurückgezogen und telefoniert mit Michelle.

„Wir gewinnen", jubele ich und schlinge die Arme um Jackson.

„Moment! Noch ist hier nichts entschieden", kontert Elly und locht die nächste Kugel ein. Das macht sie dann noch mit drei weiteren Kugeln, bis nur noch die Schwarze übrig ist. Ungläubig schaue ich sie an, doch meine beste Freundin sieht mich siegessicher an und überreicht Luke den Queue.

„Versau es dir nicht", stichelt Jackson und sieht Luke belustigt an. Luke wirkt unglaublich nervös, als er die weiße Kugel stößt und die schwarze versenkt. Elly wirft stöhnen die Hände in die Luft: „Das war das falsche Loch!"

Dann läuft sie schnaubend die Treppe hinauf und Luke ihr hinterher.

Jackson gibt mir einen leichten Knuff von der Seite.

„Du hast ihn total verunsichert", werfe ich meinem Freund vor, während ich die weiße Kugel ins Loch schiebe.

Er kommt zu mir und drängt mich mit dem Hintern gegen den Billardtisch. Mit einer schnellen Bewegung greift er unter meinen Po und setzt mich auf den Rand. Es schießt ein Kribbeln von den Stellen, wo er mich berührt hat, durch meinen gesamten Körper. Ich lege die Arme auf seinen Schultern ab.

„Ich bin stolz auf dich", gestehe ich ihm. „Du hast dich gut zusammengerissen." Ich kitzele ihn ein wenig im Nacken und lege lachend den Kopf in den Nacken, als er zu knurren beginnt. Ich stoppe augenblicklich, als Jacksons Lippen meinen Hals hinabgleiten und seine Hände an meiner Taille aufwärts wandern.

„Ich denke, wir sollten auf unser Zimmer gehen", brummt er mit kehliger Stimme. Ich schlucke und nicke nur hektisch, als er mich fester packt und mich auf unser Zimmer trägt.

Kapitel 46

Jackson, Walter und Elly sind nach dem Frühstück bei einem Grundkurs, um Skifahren zu lernen. Jackson war der Meinung, er brauche so etwas nicht, doch als er bei seinem ersten Versuch auf seinem Allerwertesten gelandet ist, hat er sich den anderen beiden angeschlossen. Luke und ich sind seitdem schon ein paar Mal die Piste heruntergesaust. Während er immer noch auf der Strecke unterwegs ist, habe ich mir einen Cappuccino geholt und mir ein gemütliches Plätzchen gesucht. Der Grundkurs sollte gleich zu Ende sein und um die Wartezeit zu überbrücken, nutze ich die Stille und das warme Getränk, um ein wenig zu grübeln. Als ich damit nicht weiterkomme, schließe die Augen und genieße die warmen Sonnenstrahlen auf meiner Haut.

„Hey Charly“, höre ich eine bekannte Stimme und überlege kurz, die Augen einfach geschlossen zu lassen. Ich spüre wie er sich auf den Platz neben mir setzt, ehe ich meine Augen öffne.

„Hi Sam“, seufze ich und wende ihm mein Gesicht zu.

„Seit wann bist du hier?“, fragt er.

„Seit gestern“, ich fasse mich kurz, aber scheinbar will Sam sich davon nicht vertreiben lassen.

Er presst die Lippen aufeinander und schaut sich fragend um.

Ich seufze. Na gut. „Meine Freunde machen einen Einsteigerkurs und ich warte hier auf sie.“

„Wir schmeißen Ende der Woche bei mir eine Party, ich hoffe du kommst?“

„Eine Party?“, höre ich Luke neben mir und er setzt sich ebenfalls.

„Und du bist?“, Sam klingt in meinen Ohren furchtbar herablassend.

„Oh, sorry“, grinst mein Kumpel und nimmt Helm und Skibrille ab. „Luke“, stellt er sich vor und reicht Sam die Hand.

„Wir haben uns auf der Silvester-Gala kurz gesehen", erinnert sich Sam.

„Ja ... also Ende der Woche steigt eine Party bei mir, bevor das letzte Halbjahr beginnt."

„Klingt super."

„Du kannst deine Freunde gerne mitbringen", richtet Sam das Wort wieder an mich und sieht mir einen Moment zu lang in die Augen. Ich höre ein Räuspern und wende den Blick ab. Jackson steht neben uns und zieht die Augenbrauen zusammen. Elly und Walter stehen hinter ihm und fachsimpeln noch über irgendwelche Techniken, die sie gelernt haben.

„Dann lernt ihr euch jetzt auch mal kennen. Sam, das ist mein Freund Jackson", ich geselle mich demonstrativ zu Jackson, der seinen Arm um mich legt. Sam steht auf und hält ihm die Hand hin.

„Freut mich, dich kennenzulernen. Charly hat schon viel über dich erzählt", sagt er. Jackson ergreift seine Hand, zieht mich danach aber sofort wieder an sich. Ui, die Stimmung ist leicht angespannt.

„Seid ihr dann jetzt bereit, dass wir die Piste runterfahren können?", fragt Luke und ich bin ihm irre dankbar, dass er versucht, dieses Aufeinandertreffen aufzulösen.

„Ja klar", sagt Elly und reibt sich freudig die Hände.

„Okay, Sam, man sieht sich", winke ich noch, bevor wir gehen.

Als wir zurück sind, ziehen sich alle erst mal auf ihr Zimmer zurück. Walter ist für später noch mit Michelle verabredet, während wir anderen einen Filmabend machen wollen.

Jackson war auf dem ganzen Rückweg sehr still und hat kaum ein Wort gesagt. Ich sitze nur mit einem Handtuch bekleidet auf dem Bett und fixiere seinen nackten Oberkörper. Nach meinem Vorbild bedeckt lediglich ein kleines Handtuch seine untere Region. Normalerweise würde der Anblick mich definitiv auf Ideen bringen, doch gerade ist mein Kopf vor meinem Körper dran.

„Jackson, was ist los?", frage ich, obwohl ich mir denken kann, dass es an Sam liegt. Es ist offensichtlich, dass seine Laune nach dem Zusammentreffen gekippt ist. Es befinden sich noch einige nasse Tropfen von der frischen Dusche auf seinen muskelösen Rücken. Ich stehe auf, um zu ihm zu gehen und umarme ihn von hinten.

„Er steht auf dich“, sagt er und dreht sich zu mir um.

„Du meinst Sam?“, frage ich fassungslos und seine Kiefer bewegen sich.

„Er verhält sich seltsam, ja, aber ich glaube nicht, dass da mehr ist“, versuche ich Jackson zu beruhigen.

„Ich mag ihn nicht.“ Er rümpft die Nase.

„Eifersüchtig?“, kichere ich.

Er zieht eine Augenbraue in die Höhe.

„Selbst wenn es so wäre, bist du der einzige, den ich begehre.“ Ich lege meine Hand auf seinen festen Bauch, doch seine Miene verändert sich nicht.

„Er kann dir aber so viel mehr bieten, als ich.“

Ich lege meine Lippen sanft auf sein.

„Das glaube ich nicht“, hauche ich an seinem Mund und seine Mundwinkel zucken leicht nach oben, als ich mich noch näher an ihn schmiege.

„Ich denke, wir sollten jetzt in den Jacuzzi gehen“, flüstere ich und lasse mein Handtuch fallen. Jacksons Blick wird wild, er packt mich und trägt mich hinaus.

Kapitel 47

Wir haben es uns vor dem Fernseher gemütlich gemacht. Auf dem Tisch stehen Popcorn und Nachos. Ich liege in Jacksons Armen und wir schauen einen Horrorfilm. Elly zieht sich andauernd die Decke über den Kopf und rastet völlig aus.

„Können wir nicht einfach einen Disney Film schauen?", lamentiert sie. Ich ziehe ihr die Decke weg und sie schreit laut auf.

„Du verpasst ja alles!"

„Gib mir sofort die Decke wieder. Das hält ja niemand aus. Wieso sind die alleine im Wald? Und dann im Dunkeln! Das ergibt keinen Sinn, warum macht man sowas?"

„Elly, du steigerst dich da total rein", murmelt Luke gelangweilt neben ihr.

„Wegen euch werde ich heute Nacht kein Auge zu machen!"

„Das ist kein Problem", flüstert Luke ihr ins Ohr. Jackson und ich grinsen uns an.

„Ich mach mir noch ein Sandwich", sage ich und gehe in die Küche. Jackson folgt mir, während Elly einen neuen Film einlegt.

„Ist es okay, wenn ich nochmal hochgehe und mich ein wenig in dem Bücherregal deines Grandpas umsehe?"

„Na klar, geh ruhig. Soll ich dir auch noch ein Sandwich machen?" Jackson nickt.

„Okay, ich komm gleich nach."

Elly und Luke schauen sich noch einen Film zur Beruhigung an. Ich dagegen gehe mit den belegten Sandwiches nach ganz oben. Jackson sitzt in einem der Lesesessel und liest ein Buch.

Ich stelle die Sandwiches ab und setze mich ihm gegenüber. Er regt sich nicht und ist richtig in dem Buch verschwunden. Es ist faszinierend, ihm dabei zuzuschauen.

„Von so etwas habe ich immer geträumt", sagt er, ohne aufzublicken. Ich nehme mir ein Sandwich und beiße hinein.

„Wovon?" Er richtet sich auf und bückt sich zu mir rüber. „Ein Bücherzimmer und eine schöne Frau, die mir Essen bringt." Er zwinkert mir zu und nimmt sich auch ein Sandwich.

„Ich hätte deinen Grandpa gerne kennengelernt."

„Ich bin mir sicher, dass er dich gemocht hätte."

„Ich habe nie jemanden gehabt, mit dem ich über meine Leidenschaft sprechen konnte. Mom interessiert sich nicht dafür. Manchmal frage ich mich, ob sie sich überhaupt für mich interessiert."

„Wie meinst du das?" Wir haben seit Silvester nicht mehr über seine Mom gesprochen und ich habe mich seitdem gefragt, wie sie wohl auf Jacksons Entscheidung reagiert hat.

„Ich habe immer das Gefühl, dass sie mich nie so geliebt hat, wie Mütter ihre Kinder lieben. Sie war immer da und hat wirklich alles versucht, um mir ein halbwegs normales Leben zu ermöglichen. Aber ich kann mich nicht erinnern, wann sie mich das letzte Mal in den Arm genommen hat."

Es schmerzt, so etwas zu hören. Ich muss an den kleinen Jackson denken, der voller Hoffnung und Träume ins Leben wollte und doch immer wieder davor zurückgeschreckt ist.

„Ich bin mir sicher, dass sie dich liebt. Aber aus irgendwelchen Gründen, kann sie es nicht so zeigen", ich streichele ihn mit Blicken und hoffe, dass er spürt, wie sehr ich ihn liebe.

„Wie kannst du dir da so sicher sein?"

„Wenn du ihr egal wärst, dann wäre es ihr auch egal, dass du mit mir zusammen bist."

Jackson nickt und legt das Buch beiseite. Dann kommt er zu mir und zieht mich hoch. Mit einem kräftigen Schwung lande ich in seinen Armen und kann einen kleinen Aufschrei nicht unterdrücken. Er trägt mich in unsere Zimmer hinunter, wo er mich vorsichtig aufs Bett legt. Sein Blick wandert über mich, er beugt sich zu mir und setzt die Knie auf dem Bett ab. Seine Hand gleitet unter mein Shirt und wandert zu meinen Brüsten. Ich stöhne auf und er küsst meine Halsbeuge.

„Ich liebe dich“, haucht er mir zu.

Kapitel 48

Wir sitzen in einem kleinen Restaurant, in dem wir schon die letzten Tage etwas gegessen haben. Es ist klein und urig, aber gerade das macht es sehr gemütlich.

Die letzten Tage vergingen so schnell, dass ich traurig bin, dass morgen schon der letzte Abend ist. Wenn ich allerdings an die Party bei Sam denke, habe ich ein ganz schlechtes Gefühl. Vielleicht sollte ich morgen einfach sagen, dass ich mich nicht wohlfühle. Aber dann würden die anderen nicht auf die Party gehen können ... Ich bin sozusagen ihre Eintrittskarte. Und ich befürchte, auf ein weiteres Brettspiel haben die anderen auch keine Lust mehr, nachdem Monopoly gestern völlig ausgeartet ist. Jackson und Elly sind beide ganz schlechte Verlierer. Ich hatte zwischenzeitlich echt Angst, dass sie sich an die Gurgel gehen. Als Elly dann doch noch gewonnen hat, waren die Wogen halbwegs geglättet, allerdings würde Jackson nie wieder mit uns Monopoly spielen.

„Freut ihr euch schon auf morgen Abend? Die Partys hier oben sind legendär“, reißt mich Michelle aus meinen Gedanken.

„Na, sicher sind wir dabei, oder Leute?“, ruft Luke begeistert.

„So toll sind die Partys nun auch wieder nicht. Du solltest mal auf eine Party bei Liam gehen“, erzähle ich Michelle.

„Ist doch egal wo, Hauptsache wir können ein wenig zusammen feiern“, erwidert Walter und schmachtet Michelle von der Seite an. Das wird schwieriger als gedacht, ich schaue zu Elly, die anscheinend den Part der Schweiz einnimmt. Jackson räuspert sich neben mir.

„Also meinetwegen können wir hin“, gibt er klein bei und ich presse die Lippen aufeinander.

„Bist du dir sicher?“, hake ich nach, während die anderen schon freudig auf ihren Sitzen umherhüpfen.

„Ich komme damit klar, versprochen."

„Okay, aber wir können jederzeit gehen. Wenn die anderen erst mal auf der Party sind, wird sie niemand mehr wegschicken."

Die Bedienung bringt uns unsere Bestellung und wir essen gemeinsam. Doch es schmeckt mir nicht, meine Gedanken sind bei der Party und mich beschleicht ein ungutes Gefühl.

„Gibt es da irgendeinen Dresscode?", fragt Elly neugierig.

„Nicht, dass ich wüsste. Du kannst dir aber gerne was von mir ausleihen."

Ein breites Lächeln zeichnet sich auf ihrem Gesicht ab.

„Charly, hast du dir eigentlich schon darüber Gedanken gemacht, wieder auf die Academic zu gehen?", fragt Michelle, während sie einen Schluck von ihrer heißen Schokolade trinkt.

„Es ist kompliziert", weiche ich ungeschickt aus und könnte mich selber ohrfeigen. Ich habe noch mit niemandem darüber gesprochen. Jackson versteift sich neben mir und seine Hände formen sich zu Fäusten, die er so fest zusammendrückt, dass seine Knöchel hervorragen. Ich starre Michelle an, die sofort spürt, dass sie die falsche Frage gestellt hat. Auch wenn ich mich schon innerlich entschieden habe, auf der Westmount zu bleiben, habe ich es noch nicht offiziell gemacht. Mit Jackson beispielsweise habe ich über die Sache noch gar nicht gesprochen.

Die Stimmung ist auf einmal deutlich gekippt und auch die anderen spüren es. Luke richtet sich auf und legt sein Geld auf den Tisch.

„Wir wollen noch ein bisschen durch die Läden stöbern." Er nimmt Ellys Hand und auch Walter und Michelle machen sich schnell aus dem Staub. Letztere wirft mir noch einen entschuldigen Blick zu. Als sie das Restaurant verlassen haben, nehme ich Jacksons Hand.

„Ich kann nicht fassen, dass du es auch nur in Erwägung ziehst, die Westmount zu verlassen." Er nimmt mir seine Hand weg und fasst sich raufend durchs Haar.

„Ich möchte auf der Westmount bleiben und mit euch den Abschluss machen."

„Wo ist dann das Problem?"

„Dad", antworte ich knapp und senke den Kopf. „Er möchte, dass ich meinen Abschluss an der Redfox Academic mache."

Jeder aus der Familie Stonewall ging auf diese Schule und machte dort seinen Abschluss. Ich soll nicht die erste sein, die das nicht schafft.

„Was spielt es für eine Rolle auf welcher Schule du deinen Abschluss machst? Du wirst am College angenommen und kannst danach in der Firma deines Dads arbeiten."

Ich seufze laut auf, natürlich hat er Recht. Aber ich bin mir nicht sicher, ob Dad das genauso sieht.

„Ich werde mit Dad reden." Wenn ich an das Gespräch denke, schnürt sich schon alles in mir zusammen. Ich habe Angst vor seiner Reaktion, er ist in letzter Zeit einfach nicht mehr derselbe. Zu dieser bevorstehenden Herausforderung kommen noch weitere, vor allem Ruby zu helfen. Mr. Landon hat sich immer noch nicht gemeldet und so langsam mache ich mir Sorgen. Jackson legt seine Hand auf meine.

„Es tut mir leid. Es wäre womöglich einfacher, wenn ich auch aus einer reichen Familie stammen würde." Er wirkt nicht so, als würde er es sarkastisch meinen, daher nehme ich es ernst: „Sag sowas nicht" Ich drücke mich an ihn. Ich möchte nicht, dass er so was auch nur denkt. Ich küsse seine Augenlider und hauche einfach nur: „Du bist perfekt."

Als wir zurück sind, ist das Haus leer und Jackson und ich gehen auf unser Zimmer. Ich ziehe mir meinen Bikini an und Jackson seine Badehose.

„Das wird richtig kalt werden", warne ich ihn.

Er klammert sich an mich und sein warmer Körper fühlt sich so gut an. Jackson war auf dem Rückweg wieder sehr in sich gekehrt, so habe ich ihn zu häufig erlebt. Das machte mich nervös, also kam ich auf diese verrückte Idee und hoffe, ihn damit ein bisschen aufzuheitern. Wir müssen uns beide das Lachen verkneifen, bei dem was wir gleich vorhaben.

„Okay", ich reibe mir die Hände, bevor ich den Jacuzzi anschalte. Dann zählen wir gemeinsam von 3 runter und Jackson öffnet die Tür. Wir laufen Hand in Hand los und lassen uns in den Schneeberg auf dem Balkon fallen.

Ich kreische laut los, während Jackson die Zähne zusammenbeißt.

„Es ist so kalt", bibbere ich und schnell stehen wir wieder auf und klettern in den heißen Whirlpool. Ich atme tief aus, als ich endlich sitze und die Wärme die Kälte vertreibt. Das Wasser plätschert um uns herum und die Sonne geht langsam unter. Jackson legt einen Arm um mich und zieht mich an sich heran.

Ich lege meinen Kopf auf seiner nackten Brust ab und schließe die Augen.

„Du hast mein Leben ganz schön auf den Kopf gestellt", gesteht er mir und ich kneife ihn leicht in die Seite. „Im positiven Sinne", redet er schnell weiter.

„Dein Glück", sage ich. Jackson umfasst mein Kinn und dreht mein Gesicht zu sich. Langsam drückt er seinen Mund auf meinen.

Kapitel 49

Jackson und ich gehen händchenhaltend zu der Party von Sam. Die anderen gehen uns voraus. Es ist nicht weit, deshalb gehen wir zu Fuß. Jackson ist seit heute Morgen sehr ruhig und wir haben bisher kaum ein Wort miteinander gewechselt.

„Ist alles okay?“, frage ich ihn.

„Ja“, antwortet er knapp und hält den Blick weiterhin geradeaus gerichtet.

„Du weißt, dass wir nicht lange bleiben müssen.“

Eigentlich dachte ich, es ist alles wieder in Ordnung. Nachdem wir aus dem Jacuzzi gegangen sind, haben wir es uns noch im Bücherzimmer von Grandpa Lukas gemütlich gemacht. Jackson hat mir ein Buch empfohlen und wir haben in den Lesesesseln gemeinsam gelesen. Dazu gab es noch eine leckere heiße Schokolade und das Knistern des Kamins sorgte für eine innere Ruhe.

Im Bett sind wir dann engumschlungen eingeschlafen. Doch als ich aufgewacht bin, wirkte Jackson abweisend. Was für Gedanken hatte er sich wieder gemacht? Ich nehme mir vor, so schnell wie möglich von der Party zu verschwinden. Er ist womöglich deswegen so still.

„Dort vorn ist es!“, ich zeige in die Richtung, in die wir gehen müssen. Das Haus sieht unserem ähnlich, nur dass es noch ein wenig größer ist.

„Da ist ja schon einiges los“, stellt Luke freudig fest. Er hat Recht, auf der Holzveranda stehen unter mehreren Heizstrahlern schon ein paar Leute. Wir gehen allerdings an ihnen vorbei und direkt in das Haus hinein. Meine Freunde wirken etwas verwundert, als uns ein zierliches Mädchen mit langen, blonden Haaren begrüßt. Sie hat ihre Oberweite bewusst in Szene gesetzt und schenkt den Jungs ein atemberaubendes Lächeln. Luke und Walter können den Blick nicht von ihr lassen, nur Jackson steht stumm da und betrachtet den Boden.

Elly gibt Luke einen Schupser, woraufhin er sie entschuldigend anlächelt. Ich kenne diese Art von Mädchen, sie tummeln sich andauernd auf solchen Partys. Sie sind immer auf der Suche nach einem reichen Typen und davon gibt es hier reichlich. Problem ist nur, dass die Jungs sich in dem Alter nicht auf ein Mädchen festlegen, sondern ihr Leben in vollen Zügen genießen. Das heißt, bis auf eine kleine Bettgeschichte wird sie heute nichts erreichen. Wöchentlich teilen sie ihr Bett mit anderen Mädchen, die sich Hoffnungen machen und doch werden sie enttäuscht. Am liebsten würde ich sie nach Hause schicken und ihr sagen, dass die Sorte Jungs, die sich hier tummelt, nur Kummer bringt. Doch womöglich würde sie mir sowieso nicht glauben.

Sie überreicht jedem ein Glas Champagner und eilt zügig davon, um ihr Tablett wieder zu füllen. Wir gehen derweil weiter in das große Wohnzimmer, wo alle in Grüppchen stehen und miteinander quatschen. Im Hintergrund läuft leise Jazzmusik und ein weiteres Mädchen serviert kleine Häppchen. Luke ist der erste, der aus der Starre erwacht und den Kopf in meine Richtung richtet.

„Bist du dir sicher, dass es das richtige Haus ist?“

„Ich bin mir sicher,“ meine Zähne sind ein wenig zusammengekniffen, dennoch kann ich mir ein belustigtes Lachen nicht verkneifen. Das Mädchen mit den kleinen Häppchen kommt zu uns und meine Freunde greifen zu. Walter nickt zufrieden. „Das ist echt lecker, aber viel zu wenig“, er blickt sich weiterhin um und scheint zu überlegen, wo die Party geblieben ist.

Was meine Freunde nicht wissen, ist, dass die Partys meist so beginnen, bis der Alkohol zunimmt und die Musik zur späteren Stunde wechselt. Anfangs wirkt es immer sehr kultiviert, denn es gibt so viel zu erzählen und vor allem zu lästern. Sobald ich Sam gefunden habe, werde ich mit Jackson zurück zu unserem Haus fahren und wir werden den letzten Abend gemeinsam genießen. Wir werden auf dem Rückweg einen kleinen Umweg machen und bei Emilios Little Italy eine Pizza holen, um es uns dann auf der Couch gemütlich zu machen.

Ich entdecke Sam bei meiner ehemaligen Clique und würge innerlich. Jackson hält meine Hand, als wir zu ihnen treten. Sam nickt in meine Richtung und die Köpfe aller drehen sich einer nach dem anderen zu uns herum. Während die Jungs mich freundlich anlachen, bekomme ich von den Mädchen nur giftige Blicke zugeworfen. Clarissa klammert sich an Sam, wie ein Babyäffchen an seine Mama. Sie war schon immer neidisch auf meine Freundschaft zu Sam und darauf, dass wir so viel Zeit miteinander verbrachten. Aber das gehört der Vergangenheit an, daher kann sie mit dem Drama auch endlich aufhören. Wenn ich näher darüber nachdenke, war sie wahrscheinlich nur deshalb so nett zu mir. Ich bin davon überzeugt, dass sie zu der Sorte Menschen gehört, die einem von hinten ein Messer in den Rücken rammt. Allerdings hat sie nicht mehr die kleine unschuldige Charly vor sich. Sam spürt die Anspannung zwischen Clarissa und mir und kommt auf uns zu.

„Schön, dass ihr da seid", sagt er herzlich und reicht jedem die Hand – bis auf mir. Mir gibt er einen Kuss auf die Wange, wobei er viel zu lange an Ort und Stelle verharrt. Jackson legt den Arm um meine Taille und signalisiert deutlich, dass ich zu ihm gehöre. Clarissa rümpft die Nase, während sie meine Freunde betrachtet, sagt aber kein Wort. Es ist die rothaarige Betty, die das Wort ergreift: „Sam, was sind das für Leute?" Er gibt ihr mit einem eindeutigen Blick zu verstehen, nichts Falsches zu sagen und auch mir juckt es in den Händen, ihr die blauen Augen auszukratzen.

„Das sind Freunde von Charly", stellt er klar und lächelt in die Runde. „Ich habe sie eingeladen und sie sind meine Gäste."

„Nur schade, dass hier keine Party ist", höre ich Luke hinter mir zu Walter flüstern, was Sam eindeutig mitbekommen hat, denn er geht auf die beiden zu.

„Keine Ahnung, wie eure Partys bisher waren. Aber das hier ist ein ganz anderes Kaliber." Herausfordernd sieht er die beiden an und pfeift seine Jungs herbei, die wie zwei junge Hunde angelaufen kommen.

„Nehmt sie mit und legt andere Musik auf. Die Party beginnt heute etwas früher."

Die Musik verändert sich schlagartig und der Bass beginnt, den Boden zum Leben zu erwecken. Elektronische Musik dröhnt durch das Haus und es wird dunkler. Luke und Walter folgen den Jungs. Elly, die noch neben mir steht, sieht mich fragend an.

„Keine Sorge, sie kommen nur in den Genuss von irgendeinem teuren Whiskey." Sam betrachtet Jackson und meine Hand, die ineinandergeschlungen sind.

„Und was ist mit dir, Jackson?", spricht Sam ihn an.

„Ich trinke nicht, danke." Sam sieht mich an und zieht spöttisch eine Augenbraue hoch.

„Mach dir keine Sorgen um Charly, sie ist hier gut aufgehoben. Jeder kennt und liebt sie“, seine Hand deutet in die Runde.

Oh ja, wenn ich mir Clarissa und die anderen so anschaue, sprudelt die Liebe mir nur so entgegen. Sie haben sich derweil in einen Kreis zurückgezogen und tuscheln miteinander. Oh Gott, ich könnte die alte Charly, die vor ein paar Jahren noch selber in so einem Kreis stand, erschlagen.

„Sam“, setze ich an und bekomme sofort seine volle Aufmerksamkeit. „Wir sind echt dankbar für die Einladung, allerdings ... wollen wir den Abend lieber mit einer Pizza auf der Couch verbringen, denke ich.“ Seine Stirn legt sich kurz in Falten und seine Augen funkeln mich an. Doch schnell wandeln sich seine Züge wieder um und er lächelt mir zu. Wow, war das gerade ein emotionaler Ausbruch von Sam, der sonst immer so souverän ist?

„Dann sollten wir uns beeilen mit dem Whiskey, Jackson. Das ist so Tradition.“ Jacksons Hand sind schwitzig und ich halte sie fest. Mein Inneres weigert sich, ihn mit Sam alleine zu lassen. Ich traue hier niemandem in diesem Raum. Doch es ist Jackson, der meine Hand loslässt und mich zu sich dreht.

„Ich bin gleich wieder da, versprochen.“ Er gibt mir einen Kuss, ehe Sam ihm den Arm über die Schulter legt und sie kumpelhaft davongehen.

„Beeile dich«, rufe ich noch, bevor die zwei in den Nebenraum gehen.

„Dein Plan war wohl ein anderer heute?“, sagt Elly.

„Ja, irgendwie schon.“

„Meiner auch, ich mag die Party jetzt schon nicht“, grummelt sie und verschränkt die Arme vor der Brust.

„Komm, wir holen uns etwas zu trinken.“

„Gute Idee“, jubelt Elly und wir holen uns schnell ein neues Glas Champagner, ehe wir uns in eine Ecke setzen. Ich schaue andauernd auf die Uhr und doch habe ich das Gefühl, der Zeiger bewegt sich keinen Zentimeter. Elly wirkt ebenfalls alles andere als begeistert. Sie zappelt nervös mit den Beinen neben mir und reibt sich immer wieder die Hände.

„Wann kommen sie wieder?“, fragt sie ungeduldig. Ich kann mir gut denken, dass sie vor allem Luke meint. Als er ohne ein weiteres Wort gegangen ist, konnte man ihr förmlich ansehen, wie sie innerlich bebte.

„Die Jungs befinden sich nebenan, dort hat im Moment nur der Gentlemans Club Zutritt«, erzähle ich ihr und kann mir ein Augenrollen nicht verkneifen.

„Der Gentlemans Club?“

„Ja, eine Verbindung von Sam. Gar nicht so leicht, dort hinein zu kommen und erst recht nicht hinaus."

„Oh", flüstert sie.

Ich halte von solchen Verbindungen nichts und ich werde Elly auch nichts weiter dazu erzählen. Sie würde sich nur noch mehr Sorgen machen.

Kapitel 50

Ein lauter Knall lässt uns aufschrecken, die Musik stoppt und wir hören laute Stimmen. Es ist Sam, der mit blutender Lippe auf mich zu kommt.

„Dein Freund hat sie nicht mehr alle“, faucht er mich an und geht in die Küche, wo er den Wasserhahn aufdreht. Ich stürme sofort in den anderen Raum und knalle mit voller Wucht gegen Jackson.

„Was ist passiert?“, frage ich panisch. Doch Jackson zeigt keinerlei Regung, er schiebt mich beiseite und ich halte ihn am Shirt zurück.

„Was hast du vor?“ Doch er antwortet mir nicht. Um Sam sammeln sich die anderen und werfen ihm mitfühlende Blicke zu. Solche Heuchler.

„Sollen wir die Polizei rufen?“, höre ich jemanden fragen und gehe wieder zu Jackson, der erneut meine Hand abschüttelt. Ich blicke mich hilflos um und entdecke Elly, die sich mit Luke streitet. Walter redet auf Michelle ein, während sie die Situation aus der Ferne beobachten. Jackson geht zur Tür hinaus und ich laufe hinterher.

„Es ist keine Polizei nötig“, höre ich Sam noch sagen, als die Eingangstür hinter mir zufällt.

„Hast du Sam geschlagen?“, rufe ich Jackson hinterher, der kurz anhält, dann aber weitergeht.

„Jackson!“ Ich hole auf und greife zum wiederholten Male nach seiner Hand, an der das Blut von Sam klebt. Jackson bleibt stehen und sein Blick verrät keinerlei Gefühle. Ich weiche ein Stück zurück.

„Spielt das eine Rolle?“, gibt er ruhig zurück und ein eisiger Schauer durchdringt meinen Körper.

„Natürlich spielt das eine Rolle. Du kannst nicht einfach jemanden schlagen.“ Er schüttelt den Kopf und setzt seinen Weg fort. Die Kälte legt sich auf meinen Körper und ich fange an zu zittern.

„Jackson! Was ist passiert? Was hat Sam gesagt?“, schreie ich ihm nach und eile mit weitausgreifenden Schritten hinterher. Er bleibt stehen, dreht sich um und ich erstarre innerlich. Diesen Blick kenne ich.

„Nein“, flüstere ich heiser. „Das tust du mir jetzt nicht an.“

„Charly, es spielt keine Rolle, was da drin passiert ist. Ich passe nicht in deine Welt und werde deshalb aus deinem Leben verschwinden.“

„Hör auf, das zu sagen!“, kreische ich panisch. Ich gehe zu ihm, um seine Hand festzuhalten, doch er steckt sie in die Hosentasche und wendet sich ab.

„Es tut mir leid, aber du bist besser ohne mich dran.“

„Verdammt nochmal, Jackson, was hat Sam zu dir gesagt?“

„Nur die Wahrheit“, sagt er und ich schüttele erneut den Kopf.

„Nein, nein, nein“, wiederhole ich immer wieder. Mir steigen Tränen in die Augen und meine Sicht trübt sich.

„Jackson, bitte“, flehe ich ihn an. Doch er zeigt keine Regung. Er hat die Mauern, die ich so mühsam eingerissen habe, wiederaufgebaut.

„Lebwohl, Charly“, sagt er und geht, ohne mich auch nur noch einmal anzusehen. Ich sinke auf die Knie. In mir zerbricht etwas. Es tut weh ... so weh, dass ich am liebsten nichts mehr fühlen möchte. Meine Hände versinken im Schnee und ich schließe die Augen. Es ist die Kälte, die von mir Besitz einnimmt. Sie löst – auf welche Art auch immer – den anderen Schmerz ab. Es ist ein Loch in meiner Brust. Es klafft auf und ist leer und tut weh. So furchtbar weh. Meine Gedanken begrüßen die Kälte genauso wie der Schmerz in meiner Brust. Meine Hände fühlen sich taub an, das einzige, was ich noch wahrnehme, ist meine Atmung, die mir immer schwerer fällt. Tränen rinnen aus meinen Augen, meine Lungen ziehen sich immer weniger zusammen und versorgen mich immer weniger mit Luft. Ich weiß nicht, wie lange ich mich an die Kälte klammere, um nicht den Schmerz zu fühlen.

Irgendwann habe ich keine Kraft mehr und sacke im Schnee zusammen. Mit der Wange liege ich im Schnee und dann überkommt mich die Müdigkeit. Meine Gedanken werden langsamer. Ich hatte eben Schmerzen. Ich muss jemandem nach, aber wieso liege ich jetzt im Schnee? Egal, ich bin einfach nur noch müde und will schlafen.

Irgendwann spüre ich, wie mich jemand hochhebt und wegträgt. Mit letzter Kraft, kann ich die Augen öffnen und sehen, wer mich von diesem schrecklich einsamen Ort wegbringt, bevor mir die Augen wieder zu fallen – Sam.

Kapitel 51

Als ich das nächste Mal die Augen öffne, liege ich in einem großen Bett und auf mir sind so viele Decken verteilt, dass ich mich kaum bewegen kann. Ich höre das Knistern des lodernden Feuers im Kamin. Ich fühle mich schwach und kann nicht klar denken. Ich kenne dieses Zimmer, es ist Sams. Aber was mache ich hier und wo ist Jackson? Ich versuche, mich aufzurichten, wobei mein ganzer Körper höllisch schmerzt. Jackson, wo ist er? Ich fasse mir an die Schläfen und versuche, mich zu erinnern. Auf einmal habe ich Bilder von Jacksons Rücken im Kopf. Ich muss zu ihm! Ruckartig gleite ich aus dem Bett, muss mich aber kurz abstützen, weil mir plötzlich schwarz vor Augen wird. Ich muss langsamer sein und gehe hinaus, als ich von draußen wütende Stimmen höre, die wild diskutieren.

„Sobald sie wach ist, gehen wir!", höre ich Ellys Stimme. Sie ist sauer, das ist deutlich zu hören.

„Wäre ich nicht gewesen, würde sie immer noch im Schnee liegen und würde vielleicht nicht mehr leben", kontert Sam. Nicht mehr leben? Ich erinnere mich. Die restlichen Bilder tauchen langsam vor mir auf. Jackson hat mich verlassen und ich bin zusammengebrochen. Sam hat mir das Leben gerettet. Aber er ist schuld, dass es überhaupt so weit gekommen ist. Jackson ist weg, ich muss wissen, was passiert ist.

„Wärst du nicht gewesen, wäre das nicht passiert", faucht Elly ihn an. Ich nicke bestätigend, während ich mich am Geländer festkralle. Elly ist einfach die Beste.

„Ich kann nichts dafür, dass er so ausgeflippt ist", behauptet Sam und ich verhalte mich so still wie möglich.

„Wer´s glaubt", zickt Elly.

Ich gehe zur Treppe, weil ich endlich wissen will, was los ist.

„Was ist passiert?“, frage ich und alle schauen mich erschrocken an. Elly ist die erste, die aufspringt und zu mir kommt.

„Oh Gott, du bist wach. Geht's dir gut?“ Sie hält mich an den Schultern fest und ihr Blick gleitet fragend über mein Gesicht.

„Es geht mir gut. Ich will wissen, was hier los ist. Jackson hat mir nichts gesagt. Er ist einfach gegangen.“ Elly stützt mich und bringt mich zu den anderen, wo ich mich setze. Sam legt mir eine Decke über die Beine und holt aus der Küche einen Tee. Elly quittiert das mit einem abfälligen Schnauben, worauf Sam ihr einen bösen Blick zuwirft.

„Also was ist passiert?“ Elly wirft Sam weiter finstere Blicke zu, doch dieser beachtet sie nicht weiter und wendet sich mir zu.

„Ich weiß es nicht“, sagt er und ich springe ruckartig auf und trete ihm mit geballten Fäusten gegenüber.

„Wenn du mir nicht sofort sagst, was passiert ist, rede ich nie wieder ein Wort mit dir!“ Er fährt mit den Händen durch sein schwarzes Haar und sie stehen danach in sämtliche Richtungen.

Es ist Walter, der das Wort ergreift: „Sie haben sich über die Twin Brooks lustig gemacht und dass dort nur asoziales Pack wohnt.“ Sam steht auf und kippt sich in einen Zug einen Whiskey runter.

„Ich wusste nicht, dass er dort wohnt! Woher sollte ich das auch wissen? Er ist wie ein Verrückter auf mich los und hat mir die Faust direkt ins Gesicht gerammt.“

Ich werfe die Hände über den Kopf. „Sam, du bist so ein Idiot! Weißt du eigentlich, wie schwer es ihm gefallen ist, uns hierher zu begleiten?“

„Es tut mir leid“, nuschelt mein ehemaliger bester Freund, während er sich den nächsten Whiskey einschenkt. Ich könnte schreien. Wie soll ich das nur wieder geradebiegen?

„Ich muss zu ihm!“, ich will gerade aufspringen, da nimmt Elly meine Hand.

„Er ist abgereist. Walter ist vorhin zu eurem Haus und Jackson war weg.“

Natürlich ist er das, wie könnte er jetzt auch noch hierbleiben wollen. Sam hat ihm mit seinem Verhalten alles bestätigt, was er über meine Herkunft immer befürchtet hat. Ich hasse sie alle! Ich richte mich auf und will einfach nur noch weg. Doch ich merke schnell, dass mein Körper noch nicht so kann wie

ich will. Ich halte mir den Kopf und Elly hält mich fest.
„Ich muss hier weg“, murmle ich.
„Okay, wir bringen dich zurück. Aber langsam.“

Der Weg zurück war anstrengend und wir mussten ein paar Mal stehen bleiben, weil mir immer wieder die Beine versagten.
Als wir das Haus betreten, ist es ruhig, zu ruhig. Niemand sagt auch nur ein Wort. Die Euphorie der Tage in den Rocky Mountains ist verschwunden, zurück bleibt nur eine leere Hülle. Unsere Koffer stehen schon am Eingang, nur ein Koffer fehlt.
„Ich brauch noch einen Moment für mich“, hauche ich schwach und winke meine Freunde weg.
„Okay, wir kümmern uns um die Koffer.“ Ich muss immer wieder innehalten und mich am Geländer festhalten. Zuerst gehe ich ins Schlafzimmer. In der absurden Hoffnung, dass er dort sitzt und mich mit seinem spitzbübischen Lächeln angrinst. Doch das Bett ist leer, es hängt nur noch der Duft nach seinem herben Aftershave in der Luft. Ich schlinge die Arme um mich, während ich daran denke, wie wir gestern noch lachend in den Schnee gesprungen sind. Ich schließe die Tür und gehe noch eine Etage hoch. Kurz bevor ich in das Zimmer gehe, halte ich inne und muss mich zusammenreißen, um nicht wieder zu weinen.
Ich betätige den Lichtschalter und gehe zu dem kleinen Tisch hinüber. Dort steht das Notebook, er hat es nicht mitgenommen. Ich greife zu meinem über alles geliebten Armband und in mir schnürt sich alles zu. Die Verzweiflung ergreift Besitz von meinem Körper und ich fange an zu zittern. Das Loch in meiner Brust tut sich wieder auf, meine Atmung wird hektisch. Habe ich mich an etwas geklammert, was nie eine Zukunft hatte? Jackson hatte es gespürt und mein Leben verachtet, zu Recht. Ich schnappe mir das Notebook und gehe aus dem Zimmer. Und während ich das Haus verlasse, weiß ich ganz genau, was mein nächster Schritt ist.

Kapitel 52

„Ich werde das letzte halbe Jahr auf der Westmount High-School bleiben", sage ich in einem bestimmenden Ton zu meinen Eltern. Dads Kiefer beginnen zu mahlen und Mom sieht mich mit erschrockenen Augen an.

„Aber Schätzchen, du kannst wieder zurück auf die Academic", setzt sie an und will meine Hand greifen. Doch ich entziehe sie ihr.

„Ich möchte das letzte halbe Jahr mit meinen Freunden verbringen." Und Jackson, füge ich gedanklich hinzu. Ich werde alles daransetzen, ihn zurückzugewinnen. Es wird nicht einfach sein, aber ich muss ihn überzeugen. Ich entscheide mich gegen das High-Society-Leben und für ihn. Jetzt muss er das nur noch erfahren! Und da er nicht an sein Handy geht, muss er es eben sehen.

„Deine Freunde sind auf der Academic", brummt Dad. Als sich unsere Blicke treffen, spüre ich deutlich, wie sauer er ist und doch bleibe ich hart.

„Nein, das sind nicht meine Freunde. Niemand von ihnen war für mich da, als es uns schlecht ging."

Dad steht auf und baut sich vor mir auf.

„Du gehst nicht wieder auf die Westmount High-School. Wir haben einen Ruf zu verlieren."

„Ich scheiß auf euren Ruf!", brülle ich ihm entgegen. Ich spüre die Wut in mir, er ist an allem schuld. Jahrelang habe ich alles gemacht, was er wollte und habe es nie angezweifelt. Aber jetzt tue ich es, denn seine Entscheidungen sind falsch. Ruby sitzt unschuldig im Gefängnis und jetzt will er auch mich einsperren.

Dad schnappt sich die Flasche auf dem Tisch und feuert sie mit aller Wucht gegen die Wand. Ich schrecke zusammen. Mom zuckt ebenfalls kurz, richtet sich dann aber auf und will sich gerade um die Glasscherben kümmern, als

Dad sie zurückhält.

„Nein", sagt er bestimmend. Sein wütender Blick wandert zu mir: „Charly wird die Scherben aufheben und wenn sie sich schneidet, wird sie spüren, wie es ist, einen Scherbenhaufen zu beseitigen."

Entsetzt starre ich ihn an und bin schockiert. Mom ist hin- und hergerissen. Ich will nicht, dass sie sich auf eine Seite schlägt. Also gehe ich, hole einen Eimer und hebe jede einzelne Scherbe vorsichtig auf.

Es ist vorbei, gestehe ich mir ein. Es ist hoffnungslos, ich bin in dieser Welt gefangen und das wusste Jackson von Anfang an. Ich hasse dieses Leben so sehr. Womöglich könnte ich einfach abhauen, aber sie würden mich finden. Dads Kontakte gehen über Kontinente. Doch wie soll es weitergehen? Womöglich gibt es vorerst nur diesen einen Weg und so sammele ich noch die letzte Scherbe auf und gehe zu meinen Eltern zurück.

„Entschuldigt bitte, selbstverständlich werde ich auf die Redfox Academic zurückgehen und unseren Ruf wieder richten", sage ich emotionslos. Es ist vorbei, ich verlasse das Schlachtfeld. Dad hat gewonnen ... er hat mich gebrochen ...

Dad nickt zufrieden und trinkt mit einem Zug das Whiskeyglas aus.

„Du wirst keinen Kontakt mehr zu den Leuten von der Westmount High-School haben", beschließt er weiterhin. In mir zerbricht erneut etwas, doch ich bleibe stumm.

Mom sieht ihn schockiert an. „Aber Jack ..."

„Das ist mein letztes Wort." Ich kann nichts mehr sagen, also nehme ich den Eimer, stelle ihn neben den Müll und gehe in mein Zimmer. Ich habe verloren, ich bin geschlagen. Langsam kommen die Tränen. Ich rufe Elly an und erzähle ihr alles. Als ich fertig bin, ist es nur noch still und ich höre ein leises Schniefen.

„Elly, weinst du?"

„Nein, das ...", sie bricht den Satz ab. Ich höre wie sie das Handy weglegt und in ein Taschentuch schnaubt. Auch mir laufen ununterbrochen die Tränen über die Wangen. Es raschelt in der Leitung und ich weiß, sie ist wieder am Apparat.

„Du bist meine beste Freundin. Ich habe Jackson verloren und jetzt verliere ich auch noch dich", ich ersticke beinahe an diesen Worten.

„Du verlierst mich nicht", schnieft sie.

„Doch."

„Nein, Charly, wir werden weiterkämpfen. Vielleicht nicht sofort, aber wir werden es tun! Das verspreche ich dir!" Ich glaube ihr, Elly und die anderen waren von Anfang an für mich da. Sie haben mich so genommen, wie ich bin und bei ihnen bin ich erst aufgeblüht. Ich bin zu der Charly geworden, die ich wirklich bin.

Im Flur höre ich Schritte.

„Danke, ich muss auflegen. Ich hab dich lieb."

„Ich hab dich auch lieb." Und dann wird es still. Ich versinke in meinen Kissen und kann das alles nicht glauben.

Kapitel 53

Ich sitze alleine im Diner und trinke eine heiße Schokolade, so wie so oft in den letzten Tagen. Wenn jemand durch die Tür kommt, schaue ich hoffnungsvoll in die Richtung. Es wäre so schön, Elly, Luke oder Walter zu sehen. Sogar über Liam würde ich mich freuen.

Dad hat dafür gesorgt, dass ich eine neue Nummer bekommen habe, sowie ein neues Handy. Alle gespeicherten Nummern sind gelöscht. Nachdem letzten Telefonat mit Elly, kam er in mein Zimmer und hat mir das Gerät weggenommen. Ich hatte nicht mal die Gelegenheit, mir die Nummern von Elly oder den anderen aufzuschreiben. Auch nicht von Jackson. Alle Fotos sind weg und es ist, als hätte es das letzte halbe Jahr nie gegeben. Ich war innerlich so sauer, habe es mir aber nicht anmerken lassen und so getan, als wenn es mir egal wäre.

In zwei Tagen geht es zurück auf die Redfox Academic, aber wie soll ich mich verhalten? Wie werden die anderen auf mich reagieren? Ich habe Angst, weil ich niemanden mehr habe. Meine Schuluniform hängt schon am Kleiderschrank und lacht mich seit Tagen höhnisch an. Früher habe ich sie gerne getragen und war stolz, ein Teil von all diesem Trubel zu sein, aber nun würde ich sie am liebsten verbrennen. Es fühlt sich alles einfach nur noch falsch an.

In meinem eigenen Zuhause fühle ich mich fremd, obwohl ich dort aufgewachsen bin. Doch alles ist anders, Dad hat sich zu einem Klon von Matthew Clark entwickelt und Mom traut sich nicht, etwas zu sagen. Ich befinde mich wieder in einem Alptraum, aus dem ich nicht aufwachen kann. Und dann sind da noch Jackson und die Ungewissheit. Was ist, wenn er versucht, mich auf meiner alten Nummer zu erreichen? Ich hoffe, dass Elly ihn im neuen Schuljahr aufklären kann, was alles passiert ist. Mir sind die Hände gebunden und so verbringe ich die freie Zeit auf meinem Zimmer und lese Bücher.

Irgendwie habe ich das Gefühl, Jackson so nahe zu sein. Das Armband, das er mir geschenkt hat, trage ich Tag und Nacht und lege sie nur beim Duschen ab. Ich seufze, während ich die Sahne von meinem Getränk löffele. Dieser Gedankenstrudel in meinem Kopf hört einfach nicht auf. Ich bemerke einen Schatten neben mir und schaue hoch. Neben mir steht ein Mann und sieht zu mir herunter. Er trägt eine schwarze Sonnenbrille und hat die Kapuze tief ins Gesicht gezogen. Ich sehe in fragend an und er rückt die Sonnenbrille ein Stück nach unten. Es ist Mr. Landon!

„Darf ich?", fragt er und ich nicke wie in Trance. Er sieht sich nach links und rechts um, bevor er sich setzt. Wo kommt er nur her? Wieso auf einmal? Wieso gerade jetzt?

„Ich habe versucht, Sie zu erreichen ... immer wieder", stammele ich und er nickt. Er sitzt mir mit gesenktem Kopf gegenüber, fast so als würde er sich verstecken.

„Ich habe nicht viel Zeit, Charly."

„Was ist los?"

„Es geht um deine Familie, ihr seid immer noch in Gefahr und der Feind sitzt direkt vor eurer Tür."

„Wie bitte? Was meinen Sie?"

„Ich kann es dir nicht sagen. Du musst es alleine herausfinden. Es tut mir leid, doch wenn irgendwie herauskommt, dass ich dir etwas gesagt habe, dann ...", er verstummt und senkt den Kopf. „... Meine Familie. Ich habe eine Frau und eine kleine Tochter. Wir müssen untertauchen. Du hast mir einen Auftrag gegeben und die Antwort steht in diesem Umschlag. Doch es ist noch vieles ungeklärt, ich würde euch so gerne helfen. Es tut mir leid." Aus seiner Jackentasche zieht er einen braunen Umschlag und schiebt ihn mir über den Tisch zu.

Ist das das, was ich denke? Gerade als ich ihn fragen will, steht er auf und wendet sich zum Gehen.

„Vertraue niemandem, nur dir selbst", sagt er noch und dann ist er weg. Mein Körper fühlt sich wie gelähmt an, ich zittere leicht und mein Herz pocht verdächtig schnell, während ich den Umschlag vor mir betrachte. Der Feind sitzt direkt vor eurer Tür ... vertraue niemanden ... Ich schnappe mir den Umschlag und verstaue ihn zügig in meiner Tasche. Ich schaue aus dem Fenster, doch von Mr. Landon ist nichts mehr zu sehen. Er ist verschwunden. In meinem Kopf fängt es an zu rattern. Ich wusste es! Und Mr. Landon ist der Beweis, aber er ist auf der Flucht. Nur vor wem? Werde ich beobachtet? Ich muss an die Männer denken, die vor Peters Laden standen.

Eins nach dem anderen. Bei der Bedienung bezahle ich das Getränk und eile hinaus. Der kalte Wind pustet mir entgegen und ich ziehe die Wollmütze über den Kopf.

Kapitel 54

Ich parke das Auto in einer Seitenstraße, damit es nicht so auffällt. Als ich vor dem kleine Elektronikladen stehe, fühle ich mich auf einmal nicht mehr so allein. Durch das Schaufenster sehe ich Peter, wie er gerade eine Kundin abkassiert. Das hier ist meine einzige Hoffnung, auf Jackson zu treffen. Falls er hier noch arbeitet ...

Ich gehe hinein und die Türklingel läutet. Die Kundin geht an mir vorbei und Peter schenkt mir ein freudiges Lächeln.

„Charly“, begrüßt er mich herzlich und nimmt mich in die Arme. „Wie geht es dir?“ Er betrachtet mich von oben bis unten, während seine Hände auf meinen Schultern liegen.

„Es ging mir schon besser“, antworte ich und lächele verhalten.

„Was kann ich für dich tun?“

„Arbeitet Jackson noch hier?“

„Ja, er müsste gleich eintreffen.“

Eine riesige Last fällt mir von den Schultern.

„Möchtest du auf ihn warten? Ich hole dir einen Kaffee.“ Peter geht nach hinten und ich lasse meinen Blick durch den kleinen Laden streifen.

So viele Erinnerungen stürzen auf mich ein und so gut wie alle, haben mit Jackson zu tun. Ich weiß nicht, wie er reagieren wird, wenn wir uns gleich gegenübertreten. Es macht mir Angst. Ich habe mir vorgenommen, ihn auf keinen Fall zu bedrängen. Mein Plan ist es, ihm den Umschlag zu übergeben und es ihm zu überlassen, ob er wissen möchte, wer sein Dad ist. Auch wenn ich lieber mit ihm über uns reden möchte, muss ich es ihm überlassen. Ich brauche seine Hilfe, aber ich kann sie nicht einfordern. Diese gewaltige Aufgabe, die mir Mr. Landon überlassen hat, kann ich unmöglich alleine bewältigen, dazu werde ich ihn brauchen. Also muss ich darauf hoffen, dass Jackson wieder zu mir zurückkommt.

Peter eilt mit einer dampfenden Tasse zu mir und stellt sie auf den Verkaufstresen.

Die Türglocke läutet und ich atme tief durch. Ich spüre seine Anwesenheit sofort und weiß, dass er direkt hinter mir steht. Langsam drehe ich mich um und versuche, meine Emotionen zurückzuhalten.

Ich nehme Peters Worte nicht mehr wahr. Der Raum fühlt sich plötzlich noch kleiner an, als er sowieso schon ist. Jackson sieht mich an und zieht die Augenbrauen zusammen. Kein Lächeln, keine Sehnsucht, einfach nichts. Auch wenn es mich schmerzt und ich das Gefühl habe, gleich zusammenzubrechen, stehe ich auf und trete ihm gegenüber.

„Was machst du hier?", fragt er und senkt den Blick.

„Ich wollte dir etwas geben." Mit diesen Worten ziehe ich den Umschlag aus meiner Tasche und halte ihn Jackson entgegen.

Er runzelt die Stirn und sieht mich fragend an.

„Was ist das?"

„Dort drin findest du deine Antworten", antworte ich ihm knapp. Er nimmt mir den Umschlag ab und betrachtet ihn eindringlich. Ich drehe mich zu Peter um und schenke ihm ein Lächeln.

„Danke für alles, Peter", verabschiede ich mich und verlasse den Laden.

Ich gehe zu meinem Auto, steige ein und starte den Motor. Die Hoffnung, dass Jackson aus Peters Laden gestürmt kommt und mich bittet, nicht zu gehen, findet nur in meinem Kopf statt. Auch der Kuss, nach dem sich mein Innerstes verzehrt, findet nur in meinen Gedanken statt. Daher trete ich aufs Gas und lasse diesen Abschnitt aus meinem Leben hinter mir. Aber ich werde es nicht vergessen. Nein, denn das alles hier, hat mich zu dem Menschen gemacht, der ich heute bin.

Epilog

Jackson

Ich stehe wie angewurzelt da und starre auf den braunen Umschlag in meiner Hand. Doch nicht der Umschlag hat mich so aus der Fassung gebracht, sondern Charly. Nicht nur ich habe mich verändert, auch sie. Das Strahlen in ihren Augen ist erloschen und es schmerzt, sie so zu sehen. Am liebsten hätte ich sie in die Arme genommen, ihr Halt gegeben, aber das geht nicht. In unserer letzten gemeinsam Nacht lag sie angekuschelt in meiner Umarmung und anstatt es zu genießen, habe ich mir den Kopf zerbrochen. Ich liebe sie und doch wusste ich es von Anfang an. Ich gehöre nicht an ihre Seite. Als Sam und die anderen sich über meine Herkunft lustig gemacht haben, bin ich ausgerastet. Ich habe ihm eine verpasst, obwohl ich mir geschworen hatte, mich nie wieder zu prügeln. Ich sehe den Schmerz in Charlys Augen immer noch vor mir, als sie bei den Käfigkämpfen aufgetaucht ist und doch habe ich es getan. Ich habe sie enttäuscht … wie schon so oft. Es gibt einfach kein Zurück mehr. Niemand würde mich an ihrer Seite akzeptieren. Jeder würde mich immer nur als den Schläger aus den Twin Brooks sehen. Sie hat etwas Besseres verdient. Ich würde ihr nur im Weg stehen. Peter kommt zu mir und klopft mir auf die Schulter.

„Geh nach hinten und komm kurz zu dir“, sagt er.

Ich gehe in die kleine Werkstatt und setze mich auf einen Stuhl. Den Umschlag halte ich noch immer fest in der Hand. Was soll da drin sein? Dort drin fände ich meine Antworten, waren Charlys Worte. Ich öffne den Umschlag und hole ein weißes A4 Blatt hervor – eine Geburtsurkunde. Mein Herz rutscht mir in die Hose. Das ist unmöglich. Und doch kann ich es deutlich lesen: meinen Namen. Der Name Liza Stewart ziert ebenfalls das Blatt und dann lese ich ihn zum ersten Mal in meinem Leben – Bill Clark.

Das Blatt gleitet wie in Zeitlupe zu Boden und meine ganze Welt bricht wie ein Kartenhaus zusammen. Wie kann das sein? Ich spüre Peters fragenden Blick auf mir.

„Alles okay mit dir, Junge?“ Doch ich kann nicht antworten. Das kann nicht sein! Bill Clark, der Bruder von Matthew Clark, soll mein Dad sein? Ich muss mit Mom reden, sie muss mir sagen, dass das eine Lüge ist. „Peter, ich kann heute nicht arbeiten. Es tut mir leid, aber ich muss ganz dringend nach Hause.!“

Ich schnappe mir die Geburtsurkunde und renne aus dem Laden.

Als ich in die Wohnung komme, steht Mom in der Küche.

Ich knalle die Geburtsurkunde auf den Tisch und verschränke die Arme vor der Brust.

„Sag mir, dass das nicht stimmt“, sage ich und meine Stimme zittert bei jeder Silbe. Als sie sieht, was da auf dem Tisch liegt, schlägt sie sich die Hand vor den Mund.

„Sag mir, dass das nicht stimmt“, wiederhole ich. Doch statt einer Antwort, schüttelt sie den Kopf und ihre Augen werden glasig.

„Das kann ich nicht“, bringt sie erstickt hervor und will meine Hand greifen. Doch ich weiche einen großen Schritt zurück.

„Jackson, bitte, ich kann dir das erklären.“

„Mit noch mehr Lügen?“ Ich spucke ihr die Worte vor die Füße. Wie konnte sie mir so etwas nur verschweigen? Ich ertrage es nicht, sie länger anzusehen und nehme mir die Geburtsurkunde. Ich verlasse die Wohnung und muss an Charly denken. Wie lange weiß sie schon davon? Weiß sie überhaupt davon? Sie muss es wissen. Ich bin so sauer! Auf absolut jeden! Und während mich meine Beine wie von selbst zum Ziel tragen, zieht mein ganzes Leben wie eine Lüge an mir vorbei.

Playlist

Britt Nicole – The Sun Is Rising
Rachel Platten – Fight Song
Katie Sky – Monsters
Demi Lovato – Warrior
Miley Cyrus – When I Look At You
Calum Scott & Leona Lewis – You Are The Reason
Aquilo – Silhouette
The Kid Laroi – Without You
Rag'n' Bone Man – All You Ever Wanted
Natia Todua – My Own Way
Noelle Johnson – Always Remember Us This Way

Danksagung

„Ein Buch zu schreiben, ist eine Sache,
doch eins zu veröffentlichen, eine ganz andere."
Deshalb richte ich meinen Dank zuerst dem Theil Verlag aus.
Danke, dass ihr Charly und Jackson ein Zuhause gegeben habt. Ich hätte mir keine schönere Veröffentlichung vorstellen können. Mit welcher Liebe, Hingabe und Entschlossenheit ihr, Virginia und Carina, diesen Verlag führt, ist beeindruckend und ich bin froh ein T(h)eil von alldem zu sein.

„Man muss sich Zeit nehmen, um ein Buch zu schreiben."
Daher geht ein großes Dankeschön an meine Liebsten zu Hause – an meinen Mann und unsere wundervolle Tochter. Danke, dass ihr mit mir zusammen diesen Traum lebt. Auch bedanke ich mich bei meinen Eltern und meiner restlichen Familie, die mich in allem unterstützen
und immer ein offenes Ohr haben.

„Wie langweilig wäre das Leben eines Buches, wenn es niemand liest."
Folglich möchte ich mich auch bei allen Lesern bedanken,
die mir als Neuling in der Autorenwelt eine Chance geben
und mich auf diesen spannenden Weg begleiten.
Aber auch bei meinen Bloggerteam Netti, Lisa, Murphy, Jenni, Carry, Elli, Chrissy, Nadja, Nina, July und Ebru möchte ich mich bedanken.
Für eure Unterstützung und ehrliche Meinung.
Ihr seid ganz wundervoll.

Vielen Dank an alle – ich weiß eure Unterstützung wirklich sehr zu schätzen.